KRIMI AUS RHEINHESSEN

3

Heidrun Immendorf, Jahrgang 1962, studierte Germanistik und Geschichte, arbeitete bei Hörfunksendern in Berlin und Frankfurt und lebt als Literaturkritikerin in Bremen. Im Emons Verlag erschien »Falters Schrei«.

Heidrun Immendorf

Falters Zweifel

Emons Verlag

Umschlagzeichnung: Heribert Stragholz
Druck und Bindung: Clausen & Bosse GmbH, Leck
Printed in Germany 2004
ISBN 3-89705-360-8

www.emons-verlag.de

Für Henk

EINS

Der Türrahmen, in dem Benno Falter lehnt, sieht neu aus. Irgendetwas Furniertes, Buche vielleicht. Das halb abgerissene Etikett des Herstellers klebt noch an der Innenseite. Jemand muss versucht haben, es zu entfernen. Falters Daumennagel kratzt an den Resten von Papier und Klebstoff. Er will nicht weitergehen. Am Ende des Raums, auf einem Stuhl, sitzt Katja. Ihr Kopf lehnt an der Wand, ihre Augen sind geschlossen. Ihre glatten roten Haare sehen nass aus und haften an ihren Wangen. Ihre Arme hängen seitlich an ihr herunter, wie bei einer Marionette mit schlaffen Fäden. In Falters Hals steckt die Angst wie ein Bonbon, das nicht rutschen will. Je länger er nur dasteht, die Hände am Türrahmen, weil sonst kein Halt da ist, desto schwerer wird es, mit sicheren Schritten zu ihr zu gehen, sie wie selbstverständlich in den Arm zu nehmen und zu sagen, es ist gut, ich bin da, hab keine Angst. Aber Falter ist wie festgenagelt an diesen Türrahmen und kann nur starren. Auf Katjas blasses Gesicht, auf die Blätter in ihren Haaren, auf den Riss in ihrer Jogginghose.

»Komm mal mit«, sagt eine Stimme hinter ihm. Eine Hand nimmt ihn am Arm und zieht ihn fort von der Tür. Wie ein Seiltänzer tastet er sich Schritt für Schritt über den blauen Linoleumboden hinein in einen Raum mit Schreibtisch und einem Stuhl davor. Falters Gelenke knacken, als er sich setzt, und er denkt über dieses Geräusch nach, wie jemand, der froh ist über eine Ablenkung.

»Jetzt hör mir mal zu«, sagt die Stimme. Sie kriecht in Falters Bewusstsein, drückt ihm von innen gegen die Ohren und überzieht seine Kopfhaut mit einer kalten Schicht. Falter richtet seinen Blick auf den Mann vor sich und begreift, dass er sich benimmt wie ein Idiot. In Sekundenfetzen ruft er die benötigten Koordinaten ab: Vor ihm sitzt sein Kollege Hauptkommissar Günther Erler. Sie sind auf dem Polizeirevier Mainz-Lerchenberg. Es ist Sonntagabend. Vor zwanzig Minuten hat Erler ihn angerufen und ihm gesagt, dass Katja bei ihnen sei. Er solle sofort kommen.

»Also, Benno«, sagt Erler, »Katja stand heute um 18 Uhr 43 hier bei uns. Sie sagte, sie sei im Ober Olmer Wald überfallen worden und der Angreifer sei tot. Sie konnte eine ungefähre Beschreibung der Stelle geben, in der Nähe vom Parkplatz Rondellschneise. Richard und Henning sind sofort hingefahren. Ich habe gerade mit ihnen gesprochen. Sie haben einen Mann gefunden. Tot. Der Notarzt hat es bestätigt. Ich habe Verstärkung hingeschickt, die riegeln das Gelände ab. Die Spurensicherung ist auf dem Weg. Wir müssen wissen, was passiert ist. Sprich du zuerst mit ihr. Ich mache danach das Protokoll.«

Falter nickt und steht auf, froh über klare Anweisungen. Natürlich muss er mit ihr reden. Es gibt einen Toten, seine Frau ist überfallen worden, und er ist Polizist.

Er geht zurück zu dem Zimmer, in dem Katja immer noch auf dem Stuhl sitzt. Sie öffnet die Augen ganz langsam, als sie Falter bemerkt, und streckt einen Arm nach ihm aus. Falter greift danach und zieht sie zu sich hoch. Er hält sie fest, hat plötzlich Kraft für zwei und schwört sich, diese Kraft zu behalten, egal, was wird.

»Erzähl mir alles«, flüstert er in ihr Ohr.

Sie zögert. Sucht nach Worten. Ihre Stirn reibt über seine Brust, als helfe ihr diese Bewegung beim Denken. Ihre Stimme ist kaum zu verstehen, als sie endlich anfängt.

»Ich habe diesen Mann erschlagen, mit einem Ast. Es wurde schon dunkel, und plötzlich stand er vor mir. Ein Jogger. Ich habe zuerst gedacht, er macht einen Scherz, weil er mich nicht vorbeilassen wollte, und habe noch gelacht. Ich habe gelacht.« Katjas Zähne graben sich in Falters Oberarm. Er spürt ihren heißen Atem durch den Pullover. Sie stöhnt ihre Verzweiflung in ihn hinein.

»Und dann?«

»Er drängte mich vom Weg, und dabei fiel ich hin. Dann war er über mir. Ich habe getreten, geschrien, geschlagen. Mit Blättern hat er mir den Mund voll gestopft, dabei habe ich ihn gebissen, und er hat mir mit der Faust ins Gesicht geboxt.«

Falter zieht ihren Kopf ein wenig von sich weg und schaut in ihr Gesicht. Über dem linken Jochbogen ist die Haut geschwollen. Falter schließt sie wieder in seine Arme.

»Weiter«, sagt er.

»Er saß auf mir. Er sagte, ich soll ruhig sein und stillhalten. Er hatte meine Hände festgehalten und musste loslassen, weil er seine Hose runterschieben wollte. Neben mir lag ein Stein, den hab ich ihm ins Gesicht geworfen, und irgendwie konnte ich weg von ihm. Ich wollte wegrennen, aber er packte mich an den Beinen, und ich fiel wieder hin. Und dann war da dieser Ast, der war so dick und fest, und ich hatte so einen Hass auf diesen Scheißkerl.«

Katja löst sich aus Falters Umarmung und geht hinüber zur Heizung unter dem Fenster. Sie hockt sich mit dem Rücken davor und legt ihre Handflächen auf die warmen Rippen, als sei ihr in Falters Armen kalt geworden. Ihre Stimme ist jetzt fest und ohne Tränen.

»Es klang wie Nüsseknacken. Die dicken. Wie heißen sie noch? Walnüsse?«

Falter nickt. Er kennt das Geräusch, wenn Schädel platzen.

»Wie oft?«, fragt er.

Sie zieht die Mundwinkel nach unten und die Schultern hoch. »Zweimal, zehnmal? Nein, so viel Kraft hatte ich nicht mehr.«

»Woher wusstest du, dass er tot war?«

»Weiß man so etwas nicht? Es war plötzlich still. Es war vorbei. Ich wusste es.«

»Gut, du wusstest es. Und dann?«

»Dann bin ich zum Parkplatz gelaufen und wollte dich anrufen. Aber ich hatte mein Handy vergessen. Und es war auch sonst niemand da. Niemand. Niemand hat mir geholfen. Ich war ganz allein in diesem Scheißwald. Ich hab mich ins Auto gesetzt und bin hierher gefahren, weil es das Nächste war.«

»Das war sehr gut so. Du erzählst Günther jetzt, was du mir gesagt hast, und dann fahren wir nach Hause.«

»So einfach geht das leider nicht«, sagt Erler, der hinter Falter getreten ist. »Katja wird sich untersuchen lassen müssen, am besten gleich. Wir müssen wissen, ob …«, Erler stockt, »na ja, ihr wisst schon. Ich rufe bei den Kollegen am Valenciaplatz an und sage, dass ihr vorbeikommt.«

Falter geht zu Katja hinüber. »Günther hat Recht. Die Untersuchung ist wichtig. Meinst du, du schaffst das?«

»Ich bin nicht vergewaltigt worden, Benno. Man hat mir Gewalt angetan, und beinahe hätte dieses Schwein es geschafft. Aber ich habe mich gewehrt, und deshalb ist mir das Schlimmste erspart geblieben. Ich brauche keine Untersuchung. Nein.«

Katja ist aus der Hocke auf den Boden gesunken und hat die Beine von sich gestreckt und die Arme vor der Brust gekreuzt. Sie würde sich nicht fortbewegen. Falter kennt das. Er sucht den Blickkontakt mit Günther Erler und fordert ihn mit einer Kopfbewegung auf, sie allein zu lassen. Dann setzt er sich neben Katja auf den Boden und lehnt seinen Kopf an ihr rotes Haar.

Es riecht nach Wald im Oktober. Nach feuchtem Boden, Pilzen und welkem Laub. Vor zwei Tagen erst waren sie gemeinsam durch diesen Oktoberwald gejoggt, zehn Kilometer weit, wie immer. Sie hatten die automatischen Bewegungen ihrer Körper genossen, die Mühelosigkeit ihrer Schritte auf dem Waldboden und das Gleitenlassen der Gedanken. Sie hatten am Ende ihrer gewohnten Strecke, bei den Dehnübungen am Auto, noch darüber gesprochen, dass es nun bald zu dunkel sein würde, um abends noch zu laufen, und Katja hatte gesagt, diesen Sonntag noch.

»Der Mann ist tot«, sagt Falter, »du hast ihn erschlagen, und du wirst beweisen müssen, dass du in Notwehr gehandelt hast. Katja, das ist wichtig.«

»Bleibst du bei mir?«, fragt sie.

Falter drückt ihre Hand. »Sicher.«

Die Meldung in der Montagszeitung ist kurz und beschränkt sich auf die schlichten Fakten. Ein Mann wurde im Wald erschlagen, von einer Frau, wahrscheinlich aus Notwehr. Falter würde gern glauben, dass die Sache für die Presse damit erledigt ist, aber er weiß, dass es anders kommen wird. Denn der Tote ist identifiziert worden. Man hat sein Auto auf dem Parkplatz in Richtung Drais gefunden. Dr. Konrad Schwaiger, ein Name, der Falter nichts sagt, dafür Günther Erler, der Falter zu Hause anruft, um ihm die Neuigkeit mitzuteilen.

»Schwaiger, das ist der Schönheitspapst vom Rhein-Main-Gebiet. Der bügelt dir jede Falte aus dem Gesicht. Nase gerade biegen, Busen anheben, Fett absaugen, die ganze Palette.«

»Woher weißt du so was?«, fragt Falter.

»Von meiner Frau. Annette will sich plötzlich unbedingt die Ohren anlegen lassen, und bei der Gelegenheit soll gleich noch der Hals gestrafft werden. Als ob das nötig wäre.«

Falter erinnert sich an Annette Erler, und er muss gestehen, dass er sich wegen ihrer Ohren an sie erinnert. Sie war ihm auf einem Fest der Mainzer Polizeibeamten vorgestellt worden, und er hatte spontanes Mitleid empfunden angesichts ihres misslungenen Versuchs, ihre abstehenden Ohren mit ihren dünnen Haaren zu kaschieren. Er hätte ihr am liebsten seine großen Hände auf die Ohren gelegt und ganz fest zugedrückt, als ob sie das nicht jeden Tag selbst täte. Und als ob das etwas nutzen würde. Einer Ohrenkorrektur hätte er in ihrem Fall ohne Zögern zugestimmt.

»Wenn dieser Dr. Schwaiger solche Operationen vornimmt, kann er wohl ein bisschen mehr, als nur Falten wegzuspritzen. Das heißt, er ist plastischer Chirurg«, sagt Falter.

»Er war es«, korrigiert ihn Erler. »Richard und Henning sind heute Morgen bei seiner Frau gewesen. Die ist völlig ausgerastet.«

»Ist das nicht normal? Was würdest du machen, wenn zwei Polizisten vor deiner Tür stünden und sagten, Annette sei tot?«

Falter hat diesen Teil seiner Polizeiarbeit immer als den schwersten und schrecklichsten empfunden. Frauen den Tod ihrer Männer mitteilen, Kindern den Tod ihrer Mutter, Eltern den Tod ihres Kindes. Er ist erleichtert, als Bezirksbeamter nicht mehr in diese Situation zu kommen.

»Henning meinte, es war weniger der Verlust des Mannes. Sie hat wohl Zweifel an Katjas Darstellung. Ihr Mann sei kein Vergewaltiger, und wer das behaupte, den werde sie verklagen. Laut Henning will sie Katja wegen Mordes anzeigen.«

»Wie bitte? Das geht doch nicht. Was sagt die Staatsanwaltschaft dazu?«

»Noch gar nichts. Am besten, du sprichst mit denen. Katja wird ohnehin noch mal verhört werden müssen. Wir sollen zum Tatort mit ihr. Vierzehn Uhr. Parkplatz Rondellschneise.«

»In Ordnung. Ich weiß, dass das alles nötig ist, aber ich würde es ihr so gern ersparen.«

»Jetzt mach dir mal keine Gedanken. Es war Notwehr, da kann sich diese Frau Schwaiger auf den Kopf stellen. Katja hat nichts zu befürchten. Du kommst doch mit?«

Falter bejaht und beendet das Gespräch. Er steht auf und geht zum Fenster, um es zu öffnen. Früher hätte er sich ein wenig hinausgelehnt und dann geschrien. Sich die Wut, die Angst, die Trauer und was auch immer in ihm nagte herausgeschrien. Aber das war vorbei. Seit zwei Jahren. Er hatte geglaubt, das Leben würde nun leichter, schöner, normaler vielleicht. Und es hatte ja auch gestimmt. Er war mit Katja zusammengezogen, einfach so, ohne dass sie lange darüber hätten reden müssen. Sie hatten beide dasselbe Haus in der Zeitung angestrichen, sich unabhängig voneinander mit dem Makler getroffen und es als den letzten Beweis ihrer Übereinstimmung genommen, als sie sich vor dem Haus verabredeten, um den anderen zu überraschen. Es war ein kleines Haus im Ortskern von Bretzenheim, mit zwei runden Gauben im Dach und einem Hof mit einem Sandkasten darin. Sie hatten im Sommer Blumenkübel aufgestellt, so viele, dass kaum noch Platz blieb für zwei Stühle und einen Tisch. Falters Freund Arnulf Ritzen hatte gesagt, sie sollten den Sandkasten rausschmeißen, man könne sich ja kaum drehen und wenden, und er hatte mit seinem Rollstuhl den Topf mit den Sonnenblumen umgestoßen. Aber der Sandkasten blieb.

Eine grüne Plane ist darüber gezogen, Falter kann sie vom Schlafzimmerfenster aus sehen. Katja liegt mit angezogenen Beinen im Bett. Falter möchte sich zu ihr legen, sich an ihren Rücken schmiegen, mit dem Bauch ganz nah, Löffelchen machen. Er möchte mit seiner Nase in ihren Haaren ertrinken, ersticken, nur schnell vorbei soll er sein, dieser Alptraum.

Wach gelegen haben sie, die ganze Nacht, jeder für sich, in seinem Teil des Bettes. Falter hatte seine Hand wandern lassen hinüber zu ihr, zu ihrer Hand, die zurückgezuckt war, sofort. Falter weiß nicht, warum, schiebt es auf den Schock und hat doch Angst, dass es auch danach nicht vorbei sein wird. Katjas Augen sind geschlossen, aber Falter glaubt nicht, dass sie schläft. Es ist ihr Versuch, nichts sehen zu müssen. Er nennt ihren Namen und sagt, dass sie aufstehen soll, weil sie noch einmal in den Wald müssen, dorthin, wo es passiert ist. Er sagt, dass er bei ihr bleiben werde und sie gehen könne, wenn es nicht mehr zum Aushalten sei. Sie wischt sich mit den Händen über beide Augen, als ließe sich die Angst so vertreiben, und nickt. Sie schaut ihn an und versucht ein Lächeln. Wie ein Frosch, der lacht, denkt Falter, weil er das meistens denkt, wenn Katja lächelt, nur diesmal macht es ihn nicht glücklich.

»Ich geh duschen«, sagt Katja und schlägt die Bettdecke zurück. Sie trägt einen von Falters Schlafanzügen, wie immer, wenn es draußen kühler wird. Die Hosenbeine und Ärmel sind mehrfach umgeschlagen. Katja zerstrubbelt sich die roten Haare, als sie auf Falter zutritt. Sie bleibt vor ihm stehen und lehnt ihre Stirn an seine Brust. Falter legt die Arme um ihren bettwarmen Körper und küsst ihre Haare glatt. Er zieht die Strähnen durch seinen Mund, arbeitet sich Stück für Stück über den Kopf. Nichts erinnert mehr an den Herbstgeschmack des Abends. Katjas Morgenhaar riecht nach Zitronenshampoo. Gleich nach ihrer Heimkehr war sie im Bad verschwunden und hatte so lange heiß geduscht, bis die Nebelschwaden unter der Badezimmertür hervorgequollen waren. Noch in der Nacht war sie zweimal aus dem Bett zum Bad gestürzt, und es war Falter wie Stunden erschienen, bis sie wiedergekommen war.

»Jetzt lass mich duschen«, sagt sie lachend und hebt ihr Gesicht Falter entgegen. Er zupft sich ein Haar aus dem Mund und lächelt zurück. Er küsst ihre Stirn, ihre Augen, die Nase, den Mund und möchte dort bleiben, ihr die Lippen öffnen, ihre Zungenspitze finden, jeden Zahn einzeln abfahren. Katjas Lippen sind weich, aber sie geben nicht nach.

»Ich hab mir noch nicht die Zähne geputzt«, sagt sie, als ob das eine Erklärung sei. Sie löst sich von Falter und geht, ohne ihn noch einmal anzuschauen. Falter überlegt, ob er ihr folgen soll.

Wenn er es tut, könnte sie ihn abweisen. Wenn er es nicht tut, könnte es zu spät sein für ein nächstes Mal.

Sie steht barfuß auf dem gefliesten Boden und hat den Schlafanzug ins Waschbecken fallen lassen. Falter greift nach Hose und Oberteil und hängt sie an den Haken neben seinen Bademantel. Katja hat den Duschvorhang beiseite geschoben und ist in die Dusche gestiegen. Mit einem Ruck zieht sie den Vorhang hinter sich zu. Die Ringe klackern zischend über die Stange. Sie hätte auch eine Eisentür zuschlagen können.

Falter greift nach seiner Zahnbürste und drückt einen Streifen Zahnpasta darauf, obwohl er seine Zähne schon in der Frühe geputzt hat, als Katja noch schlief. Er nimmt mehr Creme als notwendig. Sie ragt über die Borsten wie ein Würstchen über das Brötchen. Falter bürstet mit kurzen, schnellen Bewegungen. Sein Mund kann den Schaum kaum aufnehmen. Falter sieht im Spiegel, wie die Zahnbürste zwischen seinen Lippen auf und ab tanzt und weißer Schaum an seinem Kinn hinabläuft. Er spuckt ihn in dicken Placken ins Becken und dreht sich zur Dusche um. Eine Falte des Vorhangs hat sich über den Rand der Duschtasse gestülpt. Wasser läuft in einem dünnen Strahl daran herab auf den Boden und sucht sich über die Fugen weitere Wege, wie Blut, das sich durch Adern schiebt. Falter kann den Blick nicht davon nehmen. Das Wasser kriecht durch das Koordinatensystem der Fliesen auf ihn zu, als sei er das Meer, in das alles mündet.

»Hat der Mann geblutet?«, fragt er gegen das Rauschen hinter dem Duschvorhang und hofft im selben Moment, Katja habe seine Frage nicht verstanden. Er will so vieles wissen und hat doch Angst davor. Er will Katja zu nichts drängen und möchte sie doch am liebsten schütteln und sie anbrüllen, sie solle verdammt noch mal weinen, ihre Angst herauslassen. Wenn es sein müsse, auch irgendetwas zertrümmern, aber bitte nicht länger dieses sanfte Schweigen, dieses Ausschließen.

»Ich habe kein Blut gesehen«, sagt Katja und stellt das Wasser ab. Falter legt die Zahnbürste auf den Beckenrand, spuckt letzte Schaumreste aus und reicht Katja ein Badehandtuch. Sie nimmt es mit einem Lächeln, dessen Höflichkeit Falter schmerzt.

»Ist das wichtig? Ob er geblutet hat?«

»Nein, es fiel mir nur so ein. Dreh dich um, ich trockne dir den Rücken ab.«

Falter ist danach, jeden Wirbel ihres Rückens langsam abzufahren, vom Hals bis zum Po und noch langsamer wieder zurück. Aber Katjas aufrechte Haltung signalisiert ihm, dass energisches Trockenrubbeln angebrachter ist, wie bei Kindern, die bibbernd aus der Wanne steigen.

»Du bist so weit weg von mir«, sagt Falter zu Katjas Nacken.

»Ich weiß«, sagt sie. Ihr Kopf sinkt nach vorn. Nicht aus Traurigkeit, sondern um die Muskeln zu dehnen. »So ist es jetzt nun mal.«

Später fahren sie schweigend die Koblenzer Straße hoch zum Lerchenberg und weiter bis zum Ober Olmer Wald.

Falter fährt schneller als erlaubt. Er fühlt sich wohl auf geraden Strecken, wenn er bis zum Horizont schauen kann und kein Abzweig ihn zwingt, über rechts und links nachzudenken. Vor ihm, auf dem Armaturenbrett, kleben zwei gelbe Pfeile, die nach rechts und links zeigen und unter denen gut lesbar rechts und links steht. Sie sind seine Orientierung, wenn er zweifelt, in welche Richtung er muss. Diese Unsicherheit hatte ihn lange davon abgehalten, nach knapp geglückter Führerscheinprüfung tatsächlich Auto zu fahren. Während seiner Dienstzeit als Streifenbeamter hatte er bereitwillig das Steuer seinen Kollegen überlassen, und später, als er Bezirksbeamter in Bretzenheim wurde, legte man es ihm als erfreulich bürgernah aus, wenn er sich nur zu Fuß fortbewegte und somit jederzeit ansprechbar war.

Katja war es, die ihn in ihrem ersten gemeinsamen Urlaub dazu überredet hatte, es noch einmal zu probieren mit dem Autofahren. Sie waren über die schmalen Küstenstraßen der Nordbretagne geschlichen, das Meer zu Falters Rechten, immer geradeaus, und mit jedem Kilometer, jedem Dorf, das sie hinter sich gelassen hatten, ohne einmal abgebogen zu sein, wurde Falter mutiger, und er spürte zum ersten Mal den beglückenden Kitzel, lediglich durch feinste Verlagerung des rechten Fußes seinem Leben Tempo oder Langsamkeit zu verleihen. Am zweiten oder dritten Tag waren sie überraschend an eine Straßensperre gelangt, die dort wegen des französischen Nationalfeiertags aufgestellt worden war und die Autofahrer dazu zwang, einen Bogen um den Festplatz zu machen. Katja hatte Falter angeboten, nun wieder das Steuer zu übernehmen, aber er wollte das jetzt wissen. Katjas Anweisungen, entweder rechts oder links zu fahren, brachten ihn alsbald so gründlich durcheinander, dass sie zwar aus dem Netz der dörflichen Gassen herausfanden, jedoch gefährlich nah an die Klippen gerieten, auf die sie durch ein mannshohes Maisfeld zurasten. Katjas gellendem Schrei, er solle um Himmels willen bremsen und das Steuer nach rechts rumreißen, leistete Falter wie unter Schock vorschriftsmäßig Folge. Obwohl die Fenster des Wagens geschlossen waren und der Mais sie umgab wie eine Höhle, hörten sie das Rauschen des brandenden Meeres unter sich. Nur ein schmaler Pfad, gerade so breit, dass zwei Spaziergänger nebeneinander passten, trennte den Wagen vom Abgrund. Seither versagen Falters Gehirnhälften nur noch selten.

Den Weg in den Wald findet er ohne Schwierigkeiten. Als er auf den Parkplatz Rondellschneise einbiegt, stehen bereits mehrere grün-silberne Streifenwagen dort. Günther Erler ist im Gespräch mit einer Frau, die ihn um einen halben Kopf überragt.

Sie trägt einen mittelgrauen Hosenanzug, dessen Beine zum Fuß hin enger werden. Falter vermutet, dass der Anzug bei seiner Anschaffung zu teuer war, als dass man ihn ausrangiert, nur weil heute weitere Hosenbeine in Mode sind. Die Haare der Frau sind schulterlang und naturblond, ohne Glanz und an den Spitzen strohig. Obwohl sie sehr groß ist, trägt sie schwarze hochhackige Pumps. Ihre Füße sind nackt, was Falter wundert, denn die Sonne ist nicht mehr stark genug, um den Tag so zu erwärmen, dass die ersten Nachtfröste vergessen sind. Über die Schultern hat sie sich ein dunkelblaues Strickjäckchen gehängt, das sie mit beiden Händen vor der Brust zusammenhält. Während sie mit Erler spricht, tippelt sie von einem Fuß auf den anderen. Sie wirkt ungeduldig, aber das kann auch an der Kälte liegen. Als Falter und Katja auf sie zugehen, lösen sich ihre Hände von der Strickjacke, und sie greift nach einer Aktentasche, die auf der Kühlerhaube eines schwarzen BMW liegt. Ihre Miene ist ohne höfliche Aufmerksamkeit, als sie Falter und Katja begrüßt und sich als Staatsanwältin Dorothee Schlingmann vorstellt. Sie fordert sie auf, keine Zeit zu verlieren und ihr an den Tatort zu folgen.

Katja fasst nach Falters Hand. Der Ring, den er ihr geschenkt hat, da kannten sie sich gerade zwei Monate, drückt gegen seinen kleinen Finger. Katjas Schritte sind so langsam, als denke sie über jeden einzelnen nach. Während Staatsanwältin Schlingmann auf ihren Pumps erstaunlich sicher über den Waldweg hastet, kommen Falter und Katja kaum voran. Als sei ihre Bewegung nur eine scheinbare, wie auf einem Laufband, auf dem man ausschreitet, ohne von der Stelle zu kommen. Günther Erler hat beide erreicht und hakt Katja unter. Er ermuntert sie, ein wenig schneller zu gehen.

»Die Schlingmann hat wieder keine Socken an. Wenn der kalt ist, wird sie unausstehlich. Obwohl, wenn ich's recht überlege, ist sie auch mit Socken unausstehlich. Lass dich von der nicht klein machen, Mädchen.« Erler drückt Katjas Arm und lächelt ihr zu. Sie lässt Falters Hand los und bleibt stehen.

»Ich will da nicht hin«, sagt sie und schaut Erler an. »Ich will da nicht hin.«

Man kann die rotweißen Absperrbänder schon sehen. Staatsanwältin Schlingmann ist am Tatort eingetroffen und ruft: »Beeilung bitte.«

»Katja«, sagt Erler, »du musst. Die Schlingmann hat schon Eisfüße, und wenn du hier rumzickst, dann fängt die an zu beißen. Im schlimmsten Fall ordnet sie Untersuchungshaft an, und du kannst tagelang in einem Verhörzimmer mit ihr plaudern.«

»Ich habe Angst«, sagt Katja.

»Wovor? Du bist im Recht. Du bist das Opfer. Mensch, Mädchen, mach dich doch nicht verrückt.« Erler hat Katja den Arm um die Schulter gelegt und schiebt sie voran. Falter bleibt zurück und schaut auf ihren Rücken und fühlt sich hilflos wie so oft. Nie fallen ihm die Worte ein, die nötig sind.

Erler drückt mit dem Fuß das Absperrband ein Stück herunter, damit Katja leichter darüber steigen kann.

»Nun, Frau Petri, dann erzählen Sie mal«, sagt Staatsanwältin

Schlingmann und zeigt auf den Waldboden. Markierungen stecken darin, gruppiert um einen armdicken Ast, der im Laub liegt wie ein gekrümmter Körper. Durch Falters Magen schießt eine heiße Welle hinauf zu seiner Kehle. Bis zu diesem Augenblick war alles nicht wahr gewesen. Irgendwo im Kopf, ja, aber doch so unvorstellbar, dass die Seele sich wegducken konnte. Katja hat hier um ihr Leben gekämpft, und er hat sich kleinliche Gedanken darüber gemacht, dass sie ihn nicht teilhaben lässt an ihrem maßlosen Schreck und der Todesangst. Sie hat um ihr Leben gekämpft und dabei einen anderen getötet, um sich zu retten. Hat er erwartet, sie würde eine Nacht in seinen Armen weinen, und danach sei alles wieder gut?

Hat er gedacht, sie könne den Dreck auf ihrer Seele mit ein paar Mal Duschen abspülen und sich danach mit ihm auf dem Badezimmerteppich vergnügen? Er war zu wenig aufmerksam gewesen. Hatte sich leiten lassen von seiner eigenen Angst, dass nun alles kaputtginge, ihr gemeinsamer Weg sich gabeln könnte. Er würde es wieder gutmachen. Jeden Tag, jede Woche, jeden Monat, so lange es nötig sein würde, um Katjas Seele zu heilen und ihr Glück zu hüten.

»Lassen Sie meine Frau in Frieden«, brüllt er und bemerkt mit Genugtuung, dass es Staatsanwältin Schlingmann kurz die Röte in die fahlen Wangen treibt.

Katja schaut ihn erschrocken an. »Es ist okay, Benno. Ich schaff das schon.«

In Dorothee Schlingmanns Augen liest Falter die kühle Warnung, dass sie ihn eigenhändig aus dem Wald wirft, wenn er sich noch einmal einmischt. Sie zieht Katja von Falter fort und führt sie zum Weg. »Also noch mal: Wie war das, als der Mann auf Sie zukam?«

Falter lehnt sich mit dem Rücken an einen Baum. Durch die Äste scheint die Sonne mild auf sein Gesicht.

»Willst du eine?«, fragt Günther Erler neben Falter und hält ihm eine Packung Zigaretten hin. Falter raucht seit zwei Jahren nicht mehr. Der erste Zug ist wie ein Taumeln durch Nebel, ein Balanceakt zwischen Schwindel und Euphorie. Falter raucht mit geschlossenen Augen. Die Stimme von Staatsanwältin Schlingmann ist undeutlich wie ein Radio mit schlechtem Empfang. Die Worte verschwimmen in einem knatternden Rauschen. Falter spielt Klick-Klack, ein Spiel, das er als Kind erfunden hat. Wenn seine Mutter ihn anbrüllte, machte er Klick, und er sah nur ihren weit aufgerissenen Mund, aus dem Unverständliches gurgelte. Bei Klack hörte er, was sie sagte. Er konnte hin- und herschalten, wie es ihm passte. Als hätte er einen Hebel im Kopf. Wenn er zu oft und zu schnell schaltete, meinte er manchmal sogar, das Klicken zu spüren. Kopfschmerzen bekam er davon.

Klack.

»Kannten Sie den Mann?«

»Nein.«

»Ist er Ihnen vorher schon einmal begegnet?«

»Nein.«

»Sie sagten, Sie seien regelmäßig hier gejoggt. Da könnte es doch sein, dass man immer wieder die gleichen Jogger trifft.«

»Ja, aber nicht den.«

»Bei dem Opfer handelt es sich um Dr. Konrad Schwaiger. Ist Ihnen der Name ein Begriff?«

»Nein.«

»Dr. Schwaiger war ein sehr bekannter Schönheitschirurg.«

»Muss ich ihn deshalb kennen?«

»Nun gut, Frau Petri. Dann belassen wir es fürs Erste dabei. Ich werde zu einem späteren Zeitpunkt erneut auf Sie zukommen. Guten Tag.« Staatsanwältin Schlingmann hat sich die Aktentasche unter den rechten Arm geklemmt und das Strickjäckchen wieder vor der Brust zusammengezurrt. Mit hochgezogenen Schultern steigt sie über das Absperrband und stampft abwechselnd mit den Füßen auf, als sie den Waldweg erreicht.

»Wenn die in ihrem Büro ist, nimmt sie erst mal ein heißes Fußbad«, sagt Erler. »Mensch, Kinder, das hätten wir hinter uns. Hat doch prima geklappt alles, oder?«

Katja zuckt die Schultern, Falter schweigt. Was soll er auch sagen, wo er doch kaum etwas gehört hat. Sein Kopf tut weh. Am liebsten würde er mit Katja noch ein Stück durch den Wald gehen, mit großen Schritten die Lungen voller Luft füllen und den Kopf frei pusten mit Sauerstoff. Aber dieser Wald ist nur noch

Vergangenheit. Falter wird nie mehr hierher kommen. Er wird an ihm vorbeifahren wie an einem Zauberwald, den niemand betreten darf, der nicht verhext werden will.

»Wo er jetzt wohl ist?«, fragt Katja.

»Wen meinst du?«

»Den Mann.«

»Warum willst du das wissen?«, fragt Falter.

Katjas Blick hängt irgendwo in der Ferne.

»Nur so.«

»Gerichtsmedizin, nehme ich an. Den nimmt sich Arnulf zum Kaffee vor.«

ZWEI

Kirschstreusel. Oder Mohnstreusel. Falter kann es nicht genau erkennen. Das bläuliche Deckenlicht macht alles einheitlich dunkel, nimmt die Farben fort. Die Leiche auf dem Seziertisch changiert zwischen Violett und Grau. Selbst der gelbliche Haarkranz von Arnulf Ritzen ist nur noch von fahlem Aschblond.

»Bei der Beleuchtung sehen sogar die Lebenden aus wie Tote«, sagt Falter.

Ritzen zuckt zusammen. Er hat Falter nicht bemerkt. Schnell deckt er den Leichnam mit den weißen Leintüchern zu, die rechts und links vom Seziertisch herabhängen.

»Benno, wie schön. Ich meine, wie überraschend. Was machst du hier? Wird dir in der Gerichtsmedizin nicht immer schlecht?« Ritzen lacht und verschluckt sich dabei, weil er noch ein Stück Kuchen im Mund hat. Falter tippt jetzt auf Mohnstreusel. Zwischen Ritzens Zähnen sitzen kleine schwarze Perlen, die sich nur mit der Zahnbürste entfernen lassen werden.

»Willst du auch ein Stück?«, fragt Ritzen.

Falter winkt ab. »Ich habe ein Problem«, sagt er.

»Das ist gut. Ich liebe deine Probleme. Bist du wieder falsch abgebogen und hast jemanden umgenietet, und ich soll die Leiche jetzt untersuchen und bestätigen, dass sie schon vorher tot war? Nein, lass mich raten, du hast einen Toten und glaubst, er sei umgebracht worden?« Ritzen lacht so heftig, dass sein Rollstuhl quietscht.

»Fast richtig«, sagt Falter.

»Wie machst du das? Ich dachte, als Bezirksbeamter hast du ein ruhiges Leben. Ein paar Falschparker, ein bisschen Nachbarschaftsstreit, hier und da ein Ladendiebstahl. Aber nein, der Herr Falter braucht Mord und Totschlag. Ich dachte, seit dem Fall Körner seist du von Verbrechen kuriert.«

»Es geht nicht um mich.«

»Um wen dann?«

»Um Katja.«

»Katja?« Ritzen wirft den Kuchen auf den Teller und wischt sich die Hände an den Hosen ab. »Was ist mit Katja? Himmel noch mal, erzähl!«

»Sie ist gestern überfallen worden. Im Wald. Ein Jogger wollte sie vergewaltigen, so sieht es jedenfalls aus. Sie hat sich gewehrt, mit allen Mitteln. Du kennst sie ja. Und dabei hat sie ihn erschlagen, mit einem Ast.«

»Ist er tot?«

»Völlig.«

Ritzen ballt die Hand zur Faust. »Gut so. Scheißkerl. Wie geht es Katja?«

»Wenn ich das wüsste. Sie ist völlig verschlossen. Duscht ständig. Ja, ich weiß, dass das normal ist. Aber ich fühle mich so hilflos. Wir mussten heute noch mal in den Wald. Dahin, wo es passiert ist. Irgendeine Staatsanwältin hat Katja befragt, und da wirkte sie ganz ruhig, unbeteiligt fast. Das liegt wahrscheinlich am Schock. Aber ich habe trotzdem Angst.«

»Wovor hast du Angst?«

»Dass alles vorbei ist.«

»Was meinst du damit? Benno, spinn nicht rum. Ihr doch nicht. Ihr zwei, ihr seid, wie soll ich sagen, wie Marzipan und Schokolade. Ihr passt zusammen. Wie Brezeln mit Butter. Dass Katja verstört ist, kann dich doch nicht wundern. Mein Gott, sie wäre beinahe vergewaltigt worden, sie hat um ihr Leben gekämpft, und sie hat einen Menschen umgebracht! Egal, aus welchem Grund. Sie hat einen Menschen getötet. Das muss sie verkraften.«

»Ich weiß das alles«, sagt Falter. Mit dem rechten Zeigefinger fährt er sich über eine Stelle zwischen Herz und Schlüsselbein. Sie muss über Nacht entstanden sein, zwischen Wachliegen und kurzem Wegdämmern. Die Stelle fühlt sich taub und kalt an. Sie strahlt bis in Falters Schulter. Während sein Finger Kreise zieht, sagt er Ritzen, dass er wohl Recht habe. Sie bekommen das hin. Weil es nicht anders sein könne und weil er noch nie so glücklich war wie mit dieser Frau.

Ritzen nickt. Ratlos ist er manchmal gewesen über diese Liebe. Eine Liebe, die Falter und Katja abstrahlten wie eine Infrarotlampe die Wärme. Ritzen hat lange keine Erklärung für die Chemie zwischen beiden gehabt. Keine wissenschaftliche, obwohl ihm die am liebsten gewesen wäre, und keine persönliche, eine, die er selbst hätte nachempfinden können. Er musste sich damit begnügen, dass es offensichtlich Menschen gab, die aneinander andockten und so zueinander passten, dass sich die Frage nach Haken und Widersprüchen erübrigte. Ritzen hätte gern eine Kamera erfunden, die Glück sichtbar machte, und sie an Falter und Katja ausprobiert. Wenn er die Kamera auf sich selbst gerichtet hätte, wäre das Bild wahrscheinlich finster geblieben.

»Wenn man so glücklich ist«, sagt er, »kann man sich nicht vorstellen, dass es einmal nicht mehr so sein könnte. Man ist süchtig nach dem Gefühl, will es immer haben. Euch ist jetzt etwas Entsetzliches passiert, aber das heißt doch nicht, dass ihr ab sofort im Unglück leben werdet. Ihr werdet euch verändern, eure Liebe wird sich verändern, das kannst du nicht verhindern. Tu es bloß nicht. Wenn du mit aller Macht am Alten festhältst, wirst du blind für das Neue.« Ritzen hat mit bemerkenswertem Ernst gesprochen. Für gewöhnlich ist er ein extremer Ratgeber, ein gnadenloser Übertreiber. Falter findet, er ist geradezu darin vernarrt, andere Leute vor den Kopf zu stoßen und ihre Probleme mit der Präzision des Gerichtsmediziners in Scheiben zu schneiden und wie unter dem Mikroskop zu bewerten. Bei aller Lust an der Provokation hat ihm Falter aber immer zugestehen müssen, dass er mit seinen Urteilen meistens ins Zentrum traf. Ritzens Meinung ist Falter immer wichtig gewesen, und er hat die Scharfsicht bewundert, mit der sie zustande kam. Von sich selbst gab Ritzen selten etwas preis. Aber Falter hat die Fähigkeit, die schwachen Klopfzeichen seiner Seele zu hören, als sei Ritzen ein Verschütteter nach einem Erdbeben und niemand glaube mehr daran, dass er noch lebt. So war es auch Falter, der als Erster gespürt hatte, dass Ritzens medizinische Laufbahn in einer Sackgasse steckte. Voller Unlust nahm er den Alltag als praktischer Arzt hin. Die Praxis in Bretzenheim blieb immer öfter geschlossen, was weder dem Verhältnis zu den Patienten noch Ritzens finanzieller Situation diente. Warum er sich nicht auf die freie Stelle bei der Mainzer Gerichtsmedizin bewerbe, hatte Falter ihn vor einem knappen Jahr gefragt, und Ritzen hatte ihn zunächst barsch abgetan, dass Falter nicht meinen müsse, nur weil er jetzt im Rollstuhl sitze, könne er seinen Job nicht mehr machen.

Drei Monate später fing er in der Gerichtsmedizin an. Anfängliche Bedenken der Institutsleitung stellten sich rasch als unbegründet heraus. Die Obduktionstische ließen sich problemlos automatisch auf Ritzens Sitzhöhe runterfahren, zunächst unüberwindbare Treppenstufen nahm er nach kurzer Zeit mit erstaunlicher Könnerschaft, weil er nicht wollte, dass das gesamte Institut mit Rampen verunstaltet wurde. Einige Berühmtheit erlangte Ritzen mit seiner Methode, das Institut über die Eingangstreppe zu verlassen. Es bedurfte dafür eines besonderen Schwungs, den er sich auf dem langen geraden Gang im Erdgeschoss holte und der ausreichte, um über die vier Treppenstufen hinaus ins Freie zu fliegen und dort dank bester Federung weich zu landen. Die einzige Hilfe, die Ritzen in Anspruch nahm, war die von Pförtner Bruno Kempinski, einem ehemaligen Halbgewichtsboxer und späteren Bestattungsunternehmer in Frührente. Sobald Ritzen die Rechtskurve Richtung Ausgang erreicht hatte, schrie er: »Pinski!«, und Bruno Kempinski stürzte aus seiner Pförtnerkammer zur Schwingtür und riss sie auf. Manchmal musste er noch späte Besucher des Instituts zur Seite stoßen, damit sie nicht mit Ritzen und seinem Rollstuhl kollidierten.

»Und wie ist es bei dir?«, fragt Falter. »Siehst du das Neue?«

»Klar und deutlich, mein Lieber.« Ritzens Miene wechselt von ernst zu heiter. Er hebt die Arme in die Luft und zeigt damit auf den Raum um sich. »Es war die beste Entscheidung meines Lebens. Und das verdanke ich dir. Na ja, früher oder später wäre ich wahrscheinlich selbst drauf gekommen. Es ist phantastisch. Hier spielt das wahre Leben. Selbstmörder, Wasserleichen, Giftopfer. Ich kann dir gar nicht sagen, wie herrlich das ist.« Ritzens rechter Arm fällt mit einem Knall auf die Leiche neben ihm, direkt auf den Bauch, der sich unter dem Leintuch wölbt. Falter zuckt zusammen und weicht einen Schritt zurück.

»Ist was?«, fragt Ritzen. »Der merkt nichts mehr. Schädelfraktur. Hab ich dir schon erzählt, dass ich meine Schädelsammlung dem Institut als Dekoration zur Verfügung gestellt habe? Wirklich begeistert waren sie allerdings nicht. Versteh ich nicht. Gerade der Flur zur Kantine ist völlig trostlos. Da würden sie hervorragend zur Geltung kommen.«

Manchmal weiß Falter nicht, ob Ritzens salopper Umgang mit menschlichen Überresten die nötige Voraussetzung für seinen Beruf ist oder einer angeborenen Unbekümmertheit entspringt. Auf lebende Menschen wirkte sie eher befremdlich, und es kam nicht von ungefähr, dass Ritzen in seiner aktiven Zeit als praktischer Arzt von seinen Patienten »Dr. Mabuse« genannt wurde, was auch auf die dreiundzwanzig Totenköpfe seiner Schädelsammlung zurückzuführen war, die in dem Behandlungszimmer gestanden hatten, das für die Patienten mit Kopfschmerzen und psychosomatischen Erscheinungen bestimmt gewesen war. Wer die Therapie im »Schädelzimmer« überstand, konnte sich nachhaltig als geheilt betrachten. Ritzens Rückfallquote war verschwindend. Die wenigsten suchten Erlösung bei anderen Ärzten und ihren konventionellen Methoden der Schulmedizin. Ritzen, so hatte es Falter damals beobachtet, brachte seine Patienten dazu, ihre Krankheit als eine vorübergehende Erscheinung zu begreifen, der nicht übermäßige Beachtung geschenkt werden sollte. Das entsprach ganz Ritzens eigener Einstellung. Nur der Tod war groß und wichtig für ihn.

»Du musst leider gehen, Benno«, sagt Ritzen und rollt zum Waschbecken, um sich die Hände zu waschen. »Gleich kommt die ganze Mannschaft. Den hier müssen wir heute noch fertig kriegen. Wir sind sowieso schon spät dran. Seit heute Nacht kommt eine Leiche nach der anderen rein.« Während sich Ritzen die Hände abtrocknet, dreht er sich zu Falter um und sieht ihm fest in die Augen.

»Ich weiß, warum du hier bist, Benno. Wegen dem da, stimmt's?« Er weist mit dem Kinn zu der Leiche in Weiß. Falter reagiert nicht.

»Konrad Schwaiger. Ist er das?«

Falter nickt und räuspert sich, kann aber nicht sprechen.

»Dr. Konrad Schwaiger. Schönheitschirurg. Darf sich auch

Arzt nennen. Ein alberner Mensch. Hab ihn auf ein paar Kongressen getroffen.«

Ritzen rollt zurück zum Seziertisch. »Willst du ihn sehen?«

Falter bringt ein heiseres Ja zustande.

»Dann schau hin.« Ritzen reißt das Laken beiseite. Wie ein Zauberer, der die zersägte Jungfrau wieder zusammengefügt hat und nun den Applaus des Publikums entgegennimmt.

Ritzen richtet eine Lampe mit schneidend weißem Licht auf den nackten Körper. Es ist nur noch die Hülle eines Menschen, der in seinem Leben zu viel gegessen und sich zu wenig bewegt hat. Die fahle Haut hängt schlaff und schwer auf dem rostfreien Stahl des Tischs. Wenn die Seele den Körper verlassen hat, ist der Rest nur Materie. Sie erzählt nicht mehr, was diesen Menschen ausgemacht hat. Ob sein Mund beim Sprechen ein Lächeln formte oder sich mürrisch verzog. Ob die Augen wach und freundlich schauten oder misstrauisch und abschätzend. Waren seine Bewegungen rund oder eckig, kippten die Schultern nach vorn oder war er ein aufrechter Geher? Küsste er seine Frau morgens zum Abschied oder verließ er kommentarlos das Haus? Hüpfte sein Herz, wenn sich die Hand seines Kindes in seine schmiegte oder hatte er gar keine Kinder? Hatte er schon andere Frauen vergewaltigt oder sollte Katja die Erste werden? Es fällt Falter schwer, Hass zu empfinden. Diesem seelenlosen Leib kann er keine Empfindung mehr entgegenbringen. Er hat einmal gelesen, dass sich manche Tiere um ihre kranken Artgenossen kümmern, sich aber abwenden, sobald sie tot sind, als würden sie ihre eigene Art nicht mehr erkennen. Auch Falter kann in Dr. Konrad Schwaiger keinen Artgenossen mehr sehen. Selbst sein grau-braunes Haar ähnelt mehr dem Fell eines Rauhaardackels als einem menschlichen Kopfschmuck, der täglich mit teurem Shampoo gepflegt wurde.

Es ist vorbei, denkt Falter. Hass, Gewalt, Entsetzen lösen sich auf. Es gibt nichts mehr zu sagen, zu denken und zu fühlen. Dieser tote Körper ist das Ende von allem. Katja müsste das hier sehen.

»Da hat sie ihn erwischt«, sagt Ritzen und zeigt auf eine Wunde kurz über der Stirn. Er rollt auf die andere Seite des Seziertisches. »Und hier. Hätte mich auch gewundert, wenn der mit einem Schlag erledigt gewesen wäre. Wie hat sie es gemacht, sagtest du? Mit einem Ast?« Ritzen fährt zurück auf Falters Seite. »Das kriegen wir alles raus.« Er betrachtet die Leiche stumm mit dem intensiven, ahnenden Blick des Entdeckers. »Wie ein Jogger sieht er nicht aus. Was meinst du?«

»Auf den ersten Blick nicht«, stimmt Falter zu. »Vielleicht wollte er abnehmen und hat gerade erst angefangen. Du warst auch ein ziemlicher Klumpen, als du noch gelaufen bist.«

Ritzen lacht kurz und laut auf. »Allerdings. Es ist wirklich verrückt. Ich bin dreimal in der Woche wie ein Irrer durch die Felder gerannt und habe nicht ein Gramm abgenommen. Und seit ich mich überhaupt nicht mehr bewege, sehe ich aus wie Wolfgang Schäuble.« Ritzen zieht die Backen ein, um die Ähnlichkeit noch zu unterstreichen. So deutlich ist Falter Ritzens Verwandlung nie aufgefallen. Aber nun sieht er sie. Aus dem rundlichen rosigen Menschen mit dem Babygesicht hat die Zeit einen fast asketischen Mann herausgemeißelt. Nur sein blondes welliges Haar, das sich um seine Stirnglatze wölbt, gibt ihm noch Volumen.

»Machst du auf Gandhi oder wieso bist du so mager geworden?«, fragt Falter. »Es fällt mir jetzt erst richtig auf. Oder liegt das an diesem schrecklichen Licht hier?«

»Woran es liegt, weiß ich nicht. Ich esse den ganzen Tag«, sagt Ritzen und zeigt auf das Kuchentablett mit zwei übrig gebliebenen Stücken. Er lehnt sich in seinem Rollstuhl zurück und faltet die Hände über dem Bauch. »Doch, ich weiß, woran es liegt. Die Ruhe macht mich schlank. Mir ist es egal geworden, ob ich dick oder dünn bin. Vielleicht ist das mein Geheimnis. Ich könnte Millionen damit machen. Ich verordne den Dicken dreimal täglich absolute Ruhe. Damit sie über sich nachdenken können. Denn wenn sie mal über sich nachdenken würden, könnten sie sehen, wer sie wirklich sind, und danach leben. Ich sage dir, Ruhe, Denken und Erkennen sind die besten Fettlöser.«

Norbert, der Leichenpräparator, steckt den Kopf zur Schwingtür herein und fragt, ob es losgehen kann. Ritzen hebt die Hand und spreizt die Finger. »Fünf Minuten noch.« Dann wendet er sich wieder der Leiche von Konrad Schwaiger zu.

»Dieser Knabe hier ist jedenfalls noch nie in seinem Leben gejoggt. Das sehe ich. Frag nicht, woran. Ich sehe so was. Das könnte heißen, er hat nur so getan, als sei er ein Jogger, um im Wald nicht aufzufallen und um sich an Frauen ranzumachen.«

»Katja sagt, es war ein Jogger. Deine Theorie könnte also stimmen.« Falter schweigt, um die Informationen in sich ankommen zu lassen. Er sieht den dicken Mann vor sich, wie er schwitzend einen Fuß vor den anderen setzt, und die drahtige Katja, deren Füße den Boden nie zu berühren scheinen. Die durch den Wald tänzelt und nie müde wird. Die nach einer Stunde Joggen so ausgeruht und frisch ist wie nach einem Tag am Meer.

»Hätte Katja nicht weglaufen können?«, fragt er Ritzen.

»Nicht, wenn er hinter einem Baum stand oder so und auf sie gewartet hat. Stell dir vor, es packt dich jemand, wenn du gar nicht damit rechnest. Überraschung macht einen Menschen für Momente völlig handlungsunfähig. Diese kurze Zeit kann ausgereicht haben, um Katja zu überwältigen. Und Kraft dürfte er gehabt haben, der Schwaiger.«

Der Fleck über Falters Herz strahlt seine Kälte bis hinunter zum linken Arm. Mit der Kälte kommt der Hass. Noch vor wenigen Minuten hat Falter geglaubt, die schlaffe, fahle Hülle des Toten bedeute ihm nichts. Jetzt möchte er eines der Messer nehmen, die auf dem Stahltablett neben ihm liegen, und in dieses Fleisch stoßen und sich bis in die Eingeweide bohren.

»Ich geh dann mal«, sagt er und reicht Ritzen die Hand. Aus einem Nebenraum sind Stimmen zu hören, Lachen und Klappern. Ritzen küsst Falters Hand, eine neue Angewohnheit. Weil Falter die schönsten Hände habe, die er kenne, und er sie erst richtig entdeckt habe, seit er sich ständig mit ihnen auf Augenhöhe befinde. Falter war dieser Kuss am Anfang wie die Geste eines Menschen vorgekommen, der aus seiner Situation etwas Leichtes und irgendwie Lächerliches machen will. Aber dann hatte er begriffen, dass es ein Ersatz für die Umarmungen war, mit denen sie sich früher begrüßt und verabschiedet hatten, als sie sich noch gegenüberstehen konnten.

Ritzen schaut Falter hinterher. »Sag Katja, dass ich dieses Schwein mit Wonne aufschneiden werde.«

Als Falter aus dem Obduktionssaal tritt und das bläulich kalte Licht hinter sich lässt, ist er erleichtert wie ein Taucher, dem die Luft knapp geworden ist und der sich an der Wasseroberfläche nun mit Sauerstoff voll saugt. Er lehnt sich gegen die schmutzig beige Wand und atmet tief und regelmäßig. Vom Ende des Flurs nähern sich Schritte. Der Mensch, der da kommt, hat es eilig und trägt hochhackige Schuhe. Es geht eine ungeduldige Energie von ihm aus. Falter kann sie auf der Kopfhaut spüren. Die Schritte machen abrupt vor ihm Halt. Falter schließt die Augen und denkt: Scheiße.

»Was machen Sie hier?«, fragt Dorothee Schlingmann. Selbst ihre Stimme hat etwas Hochhackiges. Falter öffnet die Augen und schaut ihr ins Gesicht. Ihre Haut ist gerötet. Auf den Wangen liegt ein Netz aufgeplatzter Äderchen. Ob Staatsanwältin Schlingmann ein Alkoholproblem hat?

»Was machen Sie hier?«, fragt sie noch einmal.

Es gibt keine Antwort auf diese Frage, also bemüht sich Falter nicht. Er zuckt die Achseln und hält ihrem Blick stand. Dorothee Schlingmann scheint ein Mensch mit wenig Selbstbeherrschung zu sein. Ihre Wut über Falters Verweigerung schießt ungebremst in ihr Gesicht und quillt aus ihrem Mund.

»Das wird Folgen für Sie haben, Falter«, sagt sie. Sie sucht nach Worten, die ihn vernichten sollen, und findet sie nicht. Ihrem Mund entfährt nur ein tonloses Japsen, das Falter fast amüsiert, obwohl die Situation für ihn alles andere als komisch ist. Die Erregung der Staatsanwältin hat durchaus ihre Berechtigung. Er darf hier nicht sein. Er blickt ihr hinterher, wie sie in den Raum mit dem Sichtfenster abbiegt, von wo aus sie die Obduktion beobachten kann. Nur in besonderen Fällen ist die Anwesenheit der Staatsanwaltschaft erforderlich. War dies ein besonderer Fall?

DREI

Ocker. Wenn Falter an Katja denkt, sieht er Ocker, riecht er Ocker, schmeckt er Ocker. Hört es sogar. Kann man Farben hören? Ocker ist lehmig gelb, wie Erde, die mit Wasser vermischt sich kneten lässt und weich und geschmeidig in den Handflächen liegt. Ocker riecht nach Hauswänden im Süden kurz vor Sonnenuntergang. Ocker ist das Licht, die Kraft, die Ruhe, die Falter empfindet, wenn er Katjas Hand hält, ihren Nacken küsst oder ihr dabei zusieht, wie sie ein Buch liest und sich dabei abwesend an dem kleinen Doppelkinn zupft, das sich dann unter ihrem Hals wölbt. Ocker ist der Hunger, den er empfindet, wenn er morgens in sein Büro geht und einen langen Tag ohne sie verbringen muss. Wenn er sie um die Mittagszeit anruft, um ihr zu sagen, wie sehr er sich danach sehnt, abends die Tür aufzuschließen, und sie ist schon da. Ocker ist seine Ungeduld, seine Gier, sie in den Arm zu nehmen, ihre Oberfläche mit seiner zu verbinden, seine Fingerspitzen jedes Wort ihres Körpers lesen zu lassen. Ocker ist die Welle, die sein Innen ausgießt wie flüssiges Gold, wenn er versucht, ihr seine Liebe zu nennen, und die Worte nicht finden kann. Ocker ist seine Verzweiflung über dieses Unvermögen, die Stärke seines Gefühls nicht annähernd so beschreiben zu können, wie es in ihm brandet. Ocker ist Katja, ist Falter, ist ihr Zustand, der Falter vorkommt wie eine Reise ohne Zeitdruck. Sie sind unterwegs ohne Ziel, berauscht von den Entdeckungen, die sie schon gemacht haben, und freudig gespannt auf das, was morgen kommen wird. Ocker ist ihr Weg, den sie gemeinsam gehen, ohne vorher über die Route gesprochen zu haben. Sie sind aus verschiedenen Richtungen gekommen, haben sich an einer Kreuzung getroffen und sind in schweigender Übereinkunft Hand in Hand weitergegangen. Ocker ist ihre Farbe. Ocker gehört ihnen, als sei es nur für sie gemacht, gemischt, erfunden worden. So wie Falter das Gefühl hat, dass ein Buch, das in seine Seele trifft, nur für ihn geschrieben wurde. Ein

Bild, das ihn rührt und verzaubert, nur für ihn gemalt wurde. Katja muss irgendwo zwischen Himmel und Erde von zwei Händen aus ockergelber Erde geformt worden sein, um eines Tages, als er nicht mehr damit rechnete und jedes Hoffen aufgegeben hatte, an seine Seite zu treten und Gefährtin zu sein. Katja ist ihm Ruhe und Aufregung zugleich, nur sie macht Sinn.

Der Abend ist blau, als Falter nach Hause kommt. Er hat den Bus von der Gerichtsmedizin am Pulverturm bis Bretzenheim genommen. Von der Haltestelle bis zu seinem Haus muss er die schwach beleuchteten Gässchen nehmen, die nur für Fußgänger und Radfahrer gedacht sind. Er mag dieses kluge Netz von Wegen, die an jeden Punkt des Ortes führen. Sein Haus leuchtet gelb gegen den dunklen Abendhimmel. Zum ersten Mal, seit er dort wohnt, denkt Falter auch über sein Haus in Ocker. Ockerfarbene alte Ziegel mit roten Riemen an den Fenstern und Türen. Im Innern scheint das Haus zu glühen. Licht kommt aus jedem Fenster, Kerzen brennen auf den Fensterbänken. Falter steht auf der gegenüberliegenden Straßenseite und muss an einen Backofen denken.

Schon in der Diele hört er Musik, obwohl die Tür zum Wohnzimmer geschlossen ist. Er kann sich nicht erinnern, sie je zuvor gehört zu haben. Katja ist in der Küche. Sie schneidet Zwiebeln auf einem Holzbrett. Neben ihr steht die blau-grüne Schüssel, die sie immer nimmt, wenn sie ihren großen Salathunger hat. Eigentlich hat sie immer Salathunger, aber wenn er besonders groß ist, muss es die blau-grüne Schüssel sein, in der ein Medizinball Platz hätte, ohne den Rand zu berühren. Im Waschbecken der Spüle wässert Feldsalat, in einer Pfanne auf dem Herd braten Speckwürfel kross. In der Rinne zwischen Spülbecken und Wandfliesen liegen drei Eier, von denen Falter annimmt, dass sie bereits hart gekocht sind. Katja schnieft und reibt sich mit dem Handrücken die Augen.

»Küss mir mal die Zwiebeldämpfe aus den Augen«, sagt sie, als sie Falter bemerkt. Falters Zungenspitze fährt an ihrem unteren Lidrand entlang, rechts und links. Katja kneift die Augen zusammen und sagt, das kitzle und sei auch nicht so ernst gemeint gewesen. Er könne schon mal die Eier pellen und hacken und nach den Speckwürfeln schauen. Sie klingt wie eine mit dem Abendessen beschäftigte Frau. Falter streicht ihr über das Haar und holt sich ein Messer. Als er das erste Ei an seinem Hinterkopf aufklopft, zuckt Katja zusammen.

»Mach das nicht«, sagt sie so heftig, dass Falter das Ei fallen lässt und es mit einem dumpfen Knirschen auf dem Küchenboden aufschlägt. Er bückt sich danach und legt es mit beiden Händen auf die Arbeitsplatte. Wenn er vorsichtig ist, wird er es pellen können, ohne dass zu viel Eiweiß an der Schale kleben bleibt.

»Was ist mit dem Ei?«, fragt er.

»Gar nichts. Es war nur dieses Geräusch«, sagt sie, schon wieder abwehrend, als sei nichts gewesen.

Falter versteht plötzlich. Es wird sie erinnert haben. In der Datei der Geräusche haben ein am Kopf aufgeschlagenes hart gekochtes Ei und eine aufplatzende Schädeldecke, die von einem Ast getroffen wurde, die größtmögliche Übereinstimmung. Falter wird mehr auf das achten müssen, was er tut und sagt. Er war unaufmerksam, hat nicht an die Folgen gedacht, als das Ei seinen Kopf traf. Dass es natürlich ein sehr ähnliches Geräusch sein würde. Dass es Katja natürlich erinnern würde und er doch alles hatte vermeiden wollen, was sie erinnerte.

Er wollte nur Salat machen mit ihr, eine Sauce zubereiten aus Essig und Öl, Gewürzen und einer Prise Zucker, mit gehacktem Ei und krossen Speckwürfeln. Er hätte den Feldsalat vorsichtig untergehoben, Weißbrot im Ofen gewärmt und Katja später am Tisch mit Brot und Salat gefüttert, bis ihr Mund übergelaufen wäre und er ihr die Salatsauce vom Kinn hätte wischen müssen.

»Ich habe keinen Hunger mehr«, sagt sie und geht nach nebenan. Die Musik wird noch lauter, tut fast weh. Geht vom Ohr gleich ins Sternum und kitzelt unangenehm. Falters Augen wandern von dem Salat im Waschbecken zu den gehackten Zwiebeln und dem zerbrochenen Ei. Weiß und Grün. Grün und Weiß. Die Dinge verschwimmen. Falter reibt sich die Augen, ihm ist übel. Als verengten sich die Versorgungsleitungen in seinem Hirn und hielten dem Druck des nachfließenden Blutes nicht stand. An seinem linken Lidrand beginnt es zu flimmern. Seit zwei Jahren hat Falter keine Migräne mehr gehabt. Er hat geglaubt, alles hinter sich gelassen zu haben, was die Fließgeschwindigkeit seines Stoffwechsels je gehemmt hatte. Er hat sich klar und ruhig gefühlt, die Straßen seines Gehirns waren wie frisch asphaltiert. Eine Autobahn für seine Gedanken und Gefühle, die dahingleiten konnten, ohne dass ein Schlagloch oder Steinchen den Lauf irritiert hätte.

Falter dreht den Wasserhahn auf und hält sein Gesicht darunter. Wenn er den Anfängen wehrt, kann es sein, dass er mit einem normalen Kopfschmerz davonkommt. Aber ist es nicht längst zu spät? Was heißt hier Anfang? Hat er seit gestern Abend, als er Katja von der Polizei auf dem Lerchenberg abgeholt hat, nicht schon geahnt, dass nicht nur sein Leben, sondern auch sein Kopf in Unordnung geraten werden? Sein Kopf verrückt wird, verrückt um einige Zentimeter, so dass sich die Gedanken und Gefühle nicht mehr auskennen und schmerzhaft ihren alten Platz suchen?

Das kalte Wasser auf seiner Haut tut gut. Irgendwo in den Schubladen müssen Schmerztabletten sein. Falter dreht das Wasser ab, trocknet sein Gesicht und findet die Tabletten in einer Schublade mit anderen Medikamenten. Er nimmt gleich zwei und schluckt sie mit Rotwein hinunter, der in einem Glas neben dem Herd steht. Die Speckwürfel sind verschrumpelt wie getrocknete Rosinen. Falter schaltet den Herd aus und stellt die Pfanne beiseite. Der Geruch des geräucherten, jetzt fast verkohlten Specks bereitet ihm erneute Übelkeit. Die Musik aus dem Wohnzimmer trommelt gegen seine Stirn. Er geht hinüber zu Katja und fragt, ob er es ein bisschen leiser machen kann. Sie reagiert nicht. Ihr Kopf liegt auf der Lehne des Sofas, die Beine hat sie nah an sich herangezogen. Falter geht zu ihr und hockt sich vor sie.

»Ich bin ein Idiot. Ich weiß, was du gedacht hast. Bei dem Geräusch, meine ich. Es tut mir Leid. Ich habe jetzt eine Beule. Fühl mal.« Falter nimmt Katjas Hand und führt sie zu der Stelle. »Kopfschmerzen hab ich auch.«

Katjas Finger kämmen sich behutsam durch Falters Haar. Sie betrachtet ihn milde und irgendwie staunend. Als sei sie auf diesem Sofa gelandet und sehe sich einem Fremden gegenüber, der spontan ihr Interesse und ihre Zuneigung geweckt hat.

Ihre Hand wandert vom Hinterkopf zu Falters Nacken. Ihre Finger deuten Massagebewegungen an. Falter lässt seinen Kopf nach vorn hängen, damit sie sich dem Nacken intensiver widmen kann, und gibt wohlige Geräusche von sich. Seine Stirn berührt Katjas Brust. Er drückt leicht dagegen, lässt nach und drückt wieder, wie ein junges Tier, das spielen will. Er atmet ihren Duft aus Parfum, Zwiebeln, Haut und Waschpulver.

Als seine Hand Katjas Bauch unter ihrem Pullover berührt, zuckt sie kurz zusammen, weicht aber nicht zurück. Sie löst sich von seinem Nacken, greift fest in sein dichtes dunkles Haar und zieht seinen Kopf zu ihrem Gesicht. In Katjas grünen Augen steht immer noch Staunen, aber ihre Lippen zucken herausfordernd. Sie nimmt Falters Gesicht in beide Hände und kommt ihm so nah, dass ihre Augen zu einem großen Fleck verschmelzen. Der Atem ihres halb geöffneten Mundes stößt in Falters Nase.

»Ich weiß nicht, ob es gehen wird«, sagt sie. »Aber lass es uns versuchen.«

Es gehört zu Falters morgendlicher Routine, auf dem Weg zum Büro in Helenes Laden zu gehen, um die Zeitung zu holen. Katja hat ihn mehrmals gedrängt, die Zeitung zu abonnieren, um sie zu Hause während des Frühstücks lesen zu können, aber Falter weicht nur ungern von seinen Gewohnheiten ab. Er mag den kleinen düsteren Laden an der Endstation der Straßenbahn, in dem Helene mit der ruhigen und runden Geste des dicken Menschen Zeitschriften rollt und mit einem Gummiband verschnürt, Lottoscheine entgegennimmt, Bonbons aus großen Apothekergläsern in kleine dreieckige Tüten füllt. Helenes Laden ist wie eine Höhle, in der sich Menschen treffen, um für einen Augenblick zu verharren, über das Wetter zu reden, über Neues im Dorf, über das, was sie krank macht oder am Leben hält.

Sobald Falter den Laden betritt, gehört ihm Helenes ganze Aufmerksamkeit, egal, wen sie gerade bedient, mit wem sie gerade spricht. Sie nimmt die Zeitung, die sie für Falter zurückgelegt hat, und reicht sie ihm. Wie eine Mutter dem Kind die Brotdose, bevor es das Haus verlässt, um zur Schule zu laufen. Meist geht ihre Konversation am Morgen nicht über Begrüßungs- und Abschiedsworte hinaus, aber der kurze Moment der Zeitungsübergabe ist für Falter der eigentliche Beginn des Tages. Als brauche er Helenes Fürsorge, so wie das Kind das Brot braucht, um ohne Hunger den Unterricht zu überstehen.

»Das wird Sie interessieren«, sagt sie, als Falter den Laden betritt. Er ist überrascht, schon von ihr angesprochen zu werden, bevor er die klapprige Tür hinter sich geschlossen hat.

»Ein Mord im Wald. Oben auf dem Berg.« Sie hält ihm die Zeitung hin. »Ein Schönheitschirurg.« Sie betont jede Silbe, um das ungewohnte Wort fehlerfrei über die Lippen zu bekommen.

»Mord?«, fragt Falter und nimmt die Zeitung. »Steht da wirklich Mord?«

»Was sonst. Wo er doch tot ist, der Schönheitschirurg.«

Falter widersteht dem Bedürfnis, noch hier, vor Helene und den anderen Kunden nachzulesen, was geschrieben steht über Schwaiger und vor allem über Katja. Er knickt die Zeitung in der Mitte und klemmt sie sich unter den Arm.

»Das ist ja interessant. So ein Mord«, sagt er so unbeteiligt wie möglich und grüßt zum Abschied. Er hatte noch Blumen kaufen wollen für Katja, aber das kann er auch später machen. Jetzt will er so schnell wie möglich ins Büro und lesen. Noch im Gehen studiert er die Titelseite, findet aber nur einen Artikel von wenigen Zeilen, der auf einen ausführlichen Bericht im Lokalteil verweist. Die Tür zu seinem Büro klemmt, wie meistens nach einer dienstfreien Zeit, als habe die Tür während dieser Tage vergessen, dass es zu ihrer Aufgabe gehört, sich reibungslos öffnen und schließen zu lassen.

Hastig gibt Falter Tee und Wasser in die Teemaschine und stellt sie an. Er reißt beide Fensterflügel auf, um frische Luft hereinzulassen, und ist für einen Moment irritiert von dem Vogelgezwitscher, das hereinzieht. Es hat nichts von dem herbstlichen Abgesang, den er erwartet hatte. Es ist ein fröhliches, Aufbruch verheißendes Geträller, das zum weichen Duft eines ersten ernsthaften Frühlingstages passt und nicht zu diesem grauen und feuchten Herbstmorgen. Wider Willen ist Falter für einen Moment heiter gestimmt. Er findet es nicht angemessen, innerlich eine Melodie zu pfeifen, während auf seinem Schreibtisch der Zeitungsartikel über Katja und den Mann im Wald lauert. Er rückt sich den Stuhl zurecht und zieht mit klopfendem Herzen den Lokalteil hervor.

»Drama im Wald« steht da in fetten Buchstaben. Darunter: »Frau erschlug mutmaßlichen Vergewaltiger mit Ast«. Falters Atmung entspannt sich. Auch im weiteren Bericht steht nichts, was nicht stimmt. Katja wird als eine siebenunddreißigjährige Frau aus Mainz beschrieben. Konrad Schwaiger hingegen widmet das Blatt eine längere Biographie mit Bild. Das Foto hat nur entfernt Ähnlichkeit mit dem Mann, den Falter nackt und totenblass in der Gerichtsmedizin gesehen hat. Er beugt sich ein Stück vor, um das Gesicht besser studieren zu können. Falter nimmt an, dass das Foto aus einer Werbebroschüre für Schwaigers Praxis stammt. Schwaiger ist bemüht, Kompetenz und Menschlichkeit auszustrahlen. Aber Falter sieht die Geringschätzung in seinem Blick. Die linke Augenbraue ist ein Stückchen zu hoch gezogen, und Schwaigers Lippen liegen gepresst aufeinander. Krawatte und Hemdkragen sitzen makellos, ebenso der weiße Kittel darüber, der den ärztlichen Status unterstreichen soll. Aber Falter kommt er nicht vor wie ein Arzt. Eher wie der Leiter einer Entwicklungsabteilung irgendeiner Fabrik, der sich hochgearbeitet hat, zäh und rigoros, und der es nun genießt, mit Klemmbrett und weißem Kittel sein Territorium abzuschreiten. Einer, der so beliebt ist wie Schlagsahne, die gerade anfängt, sauer zu werden. Und von der man nicht weiß, ob man sie noch essen kann, es aber tut, weil sie schon auf dem Kuchen ist und man sich nicht so anstellen will.

Natürlich weiß Falter, dass sein Blick subjektiv ist. Dass er sich in etwas hineinsteigert, je länger er Schwaiger betrachtet. Er steht auf und geht zum Fenster. Lust auf eine Zigarette schwappt in ihm hoch. Als er noch jeden Morgen um sechs Uhr am Fenster stand und hinausschrie, gehörte die Zigarette danach zum Ritual. Während der Dienstzeit hatte er gar nicht geraucht, weil er den Geruch in seinem Büro nicht mochte. Aber abends, wenn er zu Hause war, Rotwein trank und Filme schaute, dann gönnte er sich drei Zigaretten, die er nebeneinander auf den kleinen Holztisch vor sich legte. Seit er nicht mehr schrie und morgens länger schlief, war die Notwendigkeit der Zigarette verschwunden. Und abends zwickte ihn nur manchmal das Verlangen, aber aus Rücksicht auf Katja gab er ihm nicht nach.

Die neuerliche Lust, am Fenster zu stehen und zu rauchen, ist stärker als jeder Vorsatz. Er verschließt die Bürotür und macht sich eilig auf zum nächsten Zigarettenautomaten. Zwei Frauen, an denen er vorbeihastet, grüßen ihn verwundert und rufen, wohin so schnell, Herr Kommissar. Falter hebt nur kurz die Hand zum Gruß. Er kann nicht stehen bleiben wie sonst und eine Unterhaltung beginnen, deren Länge genau bemessen ist. Lang genug, um aufrichtiges Interesse zu signalisieren, aber nicht lang genug, um in dörflichen Klatsch hineingezogen zu werden.

Erleichtert stellt er fest, dass es den Automaten neben der Pizzeria noch gibt. Als er die Münzen in den Schlitz gesteckt hat, zögert er, welche Marke er nehmen soll.

»Dachte, du rauchst nich mehr.«

Falter dreht sich um. Hinter ihm steht Theo. Irgendetwas ist anders an ihm. Auch die Art, wie er spricht. Falter sieht ihm in das gefurchte Gesicht und vergisst für einen Moment, dass er unbedingt Zigaretten ziehen will und sein Geld schon im Automaten steckt.

»Tu ich auch nicht. Aber heute mache ich eine Ausnahme«, sagt Falter und drückt irgendeine Taste, ohne genau hinzusehen. Die Marke hatte er noch nie. Ultraleicht. Der totale Fehlgriff. Trotzdem reißt Falter die dünne Folie ungeduldig ab und knackt die Packung.

»Auch eine?«, fragt er Theo.

Theo nickt und lächelt übertrieben. Wie ein zähnefletschender Affe. Jetzt sieht Falter, was anders ist an Theo. Er hat zwei Reihen makelloser Zähne im Mund. In seinem runzeligen, staubigen Gesicht wirken sie wie eine schneeweiße neue Haustür an einem verfallenen Schuppen. Die wenigen Zahnstummel, die Theo früher im Mund gehabt hatte, waren Falter immer unangenehm gewesen, zumal er selbst peinlich auf seine Zahnpflege achtete. Die kolossale Veränderung von Theos Gebiss aber macht ihn traurig, und er fühlt sich verantwortlich. Immer wieder hatte er den Alten gedrängt, einen Zahnarzt aufzusuchen.

»Und? Was sagst du?« Theo zieht die Lippen auseinander und legt das gesamte Ausmaß seiner Prothesen offen.

»Lass uns erst mal eine rauchen«, antwortet Falter ausweichend und hält Theo die Zigaretten hin. Er tastet in seinen Uniformtaschen nach Feuer und findet natürlich keines. Theo reicht ihm ein Päckchen Streichhölzer.

»Muss mich erst dran gewöhnen«, nuschelt Theo und zieht an der Zigarette. »Die Dinger schlackern so im Mund.«

»Du brauchst Haftcreme, sonst hält es nicht.«

»Hat der Arzt auch gesagt. Muss ich wohl machen, oder?« Theo schaut Falter an. Auf ihn hört er. Falter nickt.

»Ich muss mich auch erst dran gewöhnen, dass du jetzt Zähne im Mund hast. Du siehst ganz anders aus.«

»Zehn Jahre jünger, hat der Arzt gesagt.«

Falter verschluckt sich am Rauch seiner Zigarette. Lachen kitzelt drohend hinter seinem Brustbein. Er lehnt sich mit dem Rücken gegen die Wand neben dem Zigarettenautomaten und versucht den Kitzel wegzuatmen, was nicht gelingt. Er kann nichts dagegen tun. Er lacht so laut, dass die Verkäuferin vom Laden gegenüber neugierig ans Schaufenster tritt. Er lacht mit zuckenden Schultern, bis ihm Tränen aus den Augen fließen. Er krümmt sich nach vorn und richtet sich wieder auf. Er schlägt sich gegen die Brust, um sich zur Vernunft zu bringen. Er versucht, Worte der Entschuldigung zu finden, und scheitert bei jedem Luftholen. Theo steht neben ihm und raucht schweigend in kurzen, hastigen Zügen. Er sieht Falter an wie einer, der den Witz nicht verstanden hat. Er nimmt die halb gerauchte Zigarette und tritt sie auf der Straße aus.

»Davon werden meine Zähne gelb, glaub ich.«

Sie müssen ein seltsames Bild abgeben, der kleine, verschrumpelte alte Mann, der unschlüssig rumsteht, und der große Polizist in Uniform, der sich immer noch wie unter Krämpfen windet.

»Jetzt hör mal auf, du«, sagt Theo und zieht Falter ein Stück mit sich. »Du kommst mit zu mir. Die Leute gucken schon so blöd.«

Falter lässt sich willenlos führen. Bis zu Theos Haus sind es nur ein paar Meter. Das große Tor, das zum Hof führt, öffnet sich unter Ruckeln. Theo schließt es hinter ihnen mit einem energischen Knall. Augenblicklich ist Falters Lachreiz erloschen. Als habe er sich in eine Festung retten können, wohin ihm die Eruptionen seines Körpers nicht folgen konnten. Er legt Theo einen Arm auf die Schulter und drückt ihn kurz an sich.

»Tut mir Leid. Aber du siehst einfach komisch aus. Ein Theo mit Zähnen ist so ungewohnt.«

Theo antwortet nicht, scheint aber auch nicht beleidigt zu sein. Er geht voraus zum Haus und hält Falter die Tür auf, damit er eintreten kann. Auf seinem Gesicht liegt ein erwartungsvolles Lächeln, als wolle er sagen, da staunst du, was.

Falter sieht sich in der Diele um, geht weiter zum Wohnzimmer, steckt den Kopf hinein, geht weiter zur Küche. Theo hat nicht nur sich renovieren lassen. Das Haus, das in einem ähnlich maroden Zustand gewesen war wie seine Zähne, ist frisch gestrichen und aufgeräumt. Die Möbel sind die alten geblieben, aber sie stehen zum ersten Mal dort, wo man sie üblicherweise vermutet.

»Wie hast du das gemacht?«, fragt Falter. Er kennt Theo seit sieben Jahren. Nie ist der Alte bereit gewesen, etwas an seinem Haus zu verändern, ebenso wenig, wie er sich von irgendetwas trennen kann, das er auf der Straße findet. Theo ist bekannt als fanatischer Sammler und wird von allen nur Lumpen-Theo genannt. Er ist eine Art Dorfnarr, dem man seine Spinnereien nachsieht, obwohl manche ihn auch gern zum Teufel jagen würden, wenn er mit seinem verbogenen Fahrrad durch die Straßen zieht und Müll aus den Tonnen holt. Was nicht mehr in den Hof vor seinem Haus passt, lagert er in Wohnzimmer und Küche. Zeitungen stapelten sich jahrelang rechts und links von den Fenstern bis zur Decke hinauf.

»Ich wollt mal was machen mit meinem Geld«, sagt Theo und klingt, als wolle er sich dafür entschuldigen. Als sei er nicht sicher, ob er es richtig gemacht hat.

»Das war eine sehr gute Idee«, sagt Falter, aber im Stillen ist er nicht davon überzeugt. Alles sieht plötzlich aus wie in anderen Häusern. Alles ist so, wie man es erwartet. Nichts erinnert daran, dass Theo hier lebt. Er schaut auf den Alten mit seinem grotesken Gebiss und auf die frisch geweißten Wände und versteht es nicht. Klar war es gut, dass Theo etwas anfing mit seinem Geld. Schließlich war noch genug übrig von den sechshunderttausend Euro, die er im Lotto gewonnen hatte vor zwei Jahren, obwohl er einen großen Teil für den neuen Kindergarten gespendet hatte.

»Was hast du mit dem ganzen Plunder gemacht, der hier rumlag?«, fragt Falter.

»Container. Alles weg. Der Eisen-Bertram war auch hier und hat was abgeholt. Wollte mir noch Geld dafür geben.« Theo tippt sich an die Stirn.

»Und? Fühlst du dich wohl so?«

»Is mal was anderes. Außerdem dachte ich, ich such mir eine Frau.« Theo bleckt die Zähne und lächelt verlegen. In Falter steigt wieder der quälende Lachreiz von vorhin auf, aber er darf dem nicht nachgeben.

»Aha, eine Frau. Mit der willst du hier leben?«

»Ja, dachte ich. Meinst du, das geht nich?«, fragt Theo unsicher.

»Doch. Warum nicht? Ist ja jetzt prima hier.« Soviel Falter weiß, hatte Theo nie eine Beziehung zu einer Frau. Dass er nun damit beginnen will, ist so überraschend wie das neue Gebiss.

»Hast du schon eine Frau im Auge oder suchst du noch?«

Theo zuckt die Schultern und schaut auf seine Schuhe. »Es gäb da schon eine.«

»Kenn ich sie?«

»Kann schon sein. Is hier aus Bretzenheim.«

Da Theo nicht gewillt scheint, die Frau seiner Wahl zu benennen, geht Falter für sich die allein stehenden Frauen zwischen sechzig und siebzig durch. Rosa aus dem Blumenladen vielleicht, oder Frau Bürgerich, die alle Würgerich nennen, was so falsch nicht ist. Früher hatte er gedacht, Theo habe eine besondere Vorliebe für Helene, weil sie ihm immer etwas zugesteckt hatte, als er noch ein armer Schlucker war. Nachdem ihn sein unerwarteter Lottogewinn zu einem wohlhabenden Mann gemacht hat, sind seine Besuche im Laden jedoch seltener geworden. Helene erkundigt sich manchmal bei Falter, wie es wohl Theo gehe, weil er sich kaum noch blicken lasse.

»Dann wünsche ich dir viel Erfolg, Theo«, sagt Falter. »Ich muss los. Noch Blumen für Katja kaufen.« An der Haustür dreht er sich um. »Blumen kommen übrigens immer gut an.«

Er kauft einen dicken Strauß Sonnenblumen. Das Gelb der Blütenblätter scheint ihm ins Herz. Der kalte Fleck unterhalb des Schlüsselbeins hat sich der normalen Hauttemperatur angepasst. Zum ersten Mal seit Sonntag kommt ihm das Leben wieder leichter vor. Normaler. Er fühlt sich stark und gerade. Sie könnten wegfahren am Wochenende. Rüber nach Frankreich, das ist in zwei Stunden zu schaffen. Sich irgendwo ein kleines Hotel suchen und es genießen, in einem anderen Land zu sein. Sonntagmorgens in der Bar Tabac eines zeitlosen Dorfes einen Milchkaffee trinken und den alten Männern zuschauen, wie sie schon in der Früh ihren Roten nehmen. Irgendwann möchte Falter so leben, in einem unscheinbaren, intakten Winkel der französischen Provinz, in einem Dorf mit einem zentralen Platz, um den sich Bäckerei, Mairie, Metzger, die Bar Tabac und ein kleiner Lebensmittelladen gruppieren. Nirgends sonst hat Falter je eine solche Sicherheit, eine solche Ruhe empfunden wie in Dörfern dieser Art. Er wird sich bald auf die Suche danach machen und es eines Tages finden. Das Dorf, das nur für ihn gemacht ist.

Während er durch die Bert-Brecht-Straße geht, überlegt er, ob er die Blumen zu Hause abstellen soll. Dann findet Katja sie, wenn sie von der Arbeit zurückkehrt, und freut sich schon ohne ihn.

»Muss Ihre Frau heute nicht arbeiten?« Von der anderen Straßenseite ruft eine Frau zu ihm herüber, die er als seine Nachbarin erkennt, deren Namen er sich nicht merken kann. Korrekt wäre, dass er sich ihren Namen nicht merken will. Weil er nicht in die Versuchung geraten möchte, mit ihr sprechen zu müssen. Denn sie gehört zu den Menschen, die gleich losreden, wenn man sie nur grüßt. Die sich hartnäckig an einen heften, obwohl man weitergeht, und auch dann noch erzählen, wenn man schon um die Ecke gebogen ist. Als Bezirksbeamter ist es Falter gewohnt, dass man ihn auf offener Straße in ein Gespräch verwickelt, und er hat keine Probleme damit, auch unwesentlichen Berichten mit Interesse und Aufmerksamkeit zu folgen. Für seine Nachbarin bringt er diese Professionalität nicht auf. Vielleicht liegt es daran, dass sie ihm wie die Verkörperung menschlicher Selbstüberschätzung vorkommt. Sie lässt keine Gelegenheit aus, ihren guten Geschmack zu preisen, ihr enormes Einkommen, ihre unfehlbare Einschätzung politischer Zusammenhänge und ihren wertvollen Rat. Ihre ungefragten Ratschläge gingen so weit, dass sie Falter kurz nach seinem und Katjas Einzug ein paar Gardinen überreichte, die sie als die einzig möglichen und wahren anpries. Sie tat dies mit einer wohlwollenden Geste, die Falter immer noch wütend macht. Einzig seine Höflichkeit verbat es ihm damals, ihr die Gardinen in den Briefkasten zu stopfen, wie er es gern getan hätte.

Im Sommer bemäkelte sie Katjas und Falters Balkonbepflanzung, im Herbst das nicht weggefegte Laub, und im Winter fand sie die Eingangsstufen zu Falters Haus als zu rutschig, woraufhin sie ihm unangemeldet einen Fliesenleger vorbeischickte, der bereits den alten Belag abklopfte, als Falter ihn bemerkte und fragte, was er da zum Teufel mache.

Für nachbarschaftliche Höflichkeit gibt es in Falters Augen seither keine Notwendigkeit mehr. Er richtet seinen Blick starr geradeaus, wenn er die Frau nahen sieht, und summt ein Lied. Irgendeine Melodie, die ihm gerade einfällt.

»Sieht schlecht aus, Ihre Frau. Dabei ist sie viel jünger als ich«, ruft die Nachbarin zu Falter rüber. Er hört sie wider Willen, trotz des Liedes, das er innerlich anstimmt, und beschleunigt seinen Schritt. Heute Morgen hatte Katja ihm gesagt, sie wolle wieder in die Bibliothek gehen, weil ihr die Arbeit gut tun werde. Sie hatten sich voller Wehmut voneinander verabschiedet, weil die Erinnerung an die Nacht noch auf ihrer Haut brannte. Was konnte Katja veranlasst haben, ihre Pläne zu ändern? Als Falter in die Straße zu seinem Haus einbiegt, hört er die Musik schon. Die Musik vom Abend, so laut wie am Abend. Mit den Blumen im linken Arm schließt er die Haustür auf. Die Wände vibrieren. Falter spürt die Schallwellen durch seine Schuhsohlen. Katja sitzt auf dem Teppich im Wohnzimmer. In ihrem Schoß liegt der Telefonhörer. Sie scheint nicht überrascht, ihn zu sehen. Falter geht zur Stereoanlage und schaltet die Musik aus. Mit den Blumen vor der Brust kniet er sich vor sie. »Für dich.« Sie schafft ein kurzes trauriges Lächeln.

»Die Frau hat angerufen.«

»Welche Frau?«

»Von dem Mann. Sie hat gesagt, ich sei eine Mörderin.«

VIER

Benno Falter ist der Wut, die er empfindet, nicht gewachsen. Er sitzt vor Katja auf dem Boden, die Köpfe der Sonnenblumen sind abgeknickt. Es sind dicke, feste Stängel, aber Falter hat es trotzdem geschafft. Die Köpfe brachen mit einem Knacken, und für einen Moment schien ihm die Möglichkeit, einem anderen den Hals zu brechen, als so abwegig nicht. Die Wut ist wie eine Zange, die ihm den Hals zudrückt. Sie hat ihn ohne Vorwarnung gepackt. Er zappelt in ihren Fängen, kommt sich hilflos vor und so nackt, als habe er nie über die Gabe verfügt, anderen das Gefühl der Sicherheit und der Ruhe zu geben. Das hat er immer am besten gekonnt: Sicherheit geben. Bei ihm beruhigen sich randalierende Taschendiebe oder alkoholisierte Autofahrer schneller als bei seinen Kollegen. Er muss gar nichts tun. Nur stehen, unbeweglich und fest, und sie anschauen. Wie ein schwarzes Loch, das jeden Laut, jedes Licht in sich aufnimmt und ungeschehen macht.

Sich selbst ist Falter keine Hilfe. Er hat keine Idee, was er tun soll. Diese Frau zur Rede stellen? Ihre Adresse herausfinden, hinfahren und ihr seine Wut ins Gesicht spritzen? Wie sie dazu komme, seine Frau eine Mörderin zu nennen, wo es doch ihr Mann war, der angegriffen hat.

»Ich habe noch nie so viel Hass gespürt«, sagt Katja. »Sie klang, als wollte sie mich vernichten.«

»Das wird sie nicht schaffen. Du hast nichts getan.«

»Ich habe ihren Mann umgebracht.«

»Du hast dich gewehrt. Du«, sagt Falter und zeigt auf Katja, »du bist das Opfer. Klar?«

Katja zuckt mit den Schultern, nickt dann aber.

Falters Wut zieht sich langsam zurück. Zunächst geht es gar nicht um die Frau von Konrad Schwaiger und was sie behauptet. Es geht darum, woher sie Katjas Namen hat. Wer ihr diesen Namen gegeben hat und warum.

Falter steht auf und klopft sich die Blumenreste von der Hose.

»Tut mir Leid«, sagt er und zeigt auf die geköpften Blüten am Boden. »Ich muss weg. Ich muss klären, woher Frau Schwaiger von dir weiß.«

Draußen würde er am liebsten rennen, aber er käme sich komisch vor dabei. Er bemüht sich um ein normales Tempo, das kein Aufsehen erregt, ihn aber so zielstrebig erscheinen lässt, dass niemand auf die Idee kommt, ihn aufzuhalten. Als er sein Büro erreicht, sucht er sofort nach der Telefonnummer von Silvia Münster. Sie ist Falters Verbindung zur Mordkommission.

Sie klingt, als habe sie mit seinem Anruf gerechnet. Falter schließt daraus, dass ihr der Fall bekannt ist.

»Du weißt, was passiert ist?«, fragt er trotzdem.

»In groben Zügen. Beschissene Sache. Wie geht es Katja?«

»Wie erstarrt. Vor allem, weil heute Morgen die Frau von dem Toten bei ihr angerufen hat. Kannst du mir sagen, wie das passieren konnte?«

»Woher hatte die Katjas Namen?«

»Das frage ich dich.«

»Also von uns nicht, Benno. Das muss dir klar sein.«

»Im Prinzip ja, aber es ist nun mal passiert.«

»Ich kümmer mich drum. Aber ich glaube nicht, dass wir eine undichte Stelle haben. Vor allem, wer soll daran interessiert sein, Katjas Namen auszuplaudern? Nein, das kann ich mir nicht vorstellen. Ich meine, wir sind ja nicht die Einzigen, die mit der Sache zu tun haben. Das Loch kann genauso bei der Staatsanwaltschaft sein.«

»Kennst du da eine Frau Schlingmann?«, fragt Falter.

»Das Eisbeinchen? Kenne ich, ja. Hat die den Fall? Na, prosit. Aber die hat bestimmt nichts gesagt. Die ist so hundertprozentig korrekt, die würde das nie machen. Ich kann mir wirklich niemanden vorstellen, der irgendeinen Vorteil davon haben könnte, Katjas Namen zu verraten.«

»Hörst du dich trotzdem ein bisschen um?«

»Ja.«

»Danke. Bis bald.«

»Ach, Benno, noch was. Dass du dich aus dem Fall raushältst, ist klar?«

»Unbedingt.«

Silvia Münster lacht kurz auf, dann ist das Gespräch beendet. Falter sucht in seiner Jackentasche nach den Zigaretten. Er raucht ohne Genuss. Die Unruhe bleibt. Was kann er tun? Vor allem, was darf er überhaupt tun? Silvia Münster hat ihn bereits gewarnt. Es ist nicht sein Fall. Er ist Bezirksbeamter in Bretzenheim und nicht bei der Kripo. Er muss sich raushalten.

Auf seinem Schreibtisch liegt genug Arbeit. Und im Supermarkt wird seit einer Woche Alkohol geklaut. Da wird er öfter vorbeigehen müssen. Er wird Katja den Leuten überlassen, die mehr Erfahrung und Kompetenz haben. Silvia zum Beispiel. Auf Silvia kann er sich verlassen. Falter zwingt sich, die Post durchzusehen und ein paar Telefonate zu erledigen. Was Ritzen wohl herausgefunden hat? Er wollte sich doch melden. Falter wählt seine Privatnummer. Ritzens Frau Jutta klingt abweisend. Um diese Zeit sei Arnulf nie zu Hause. Wenn überhaupt.

Falter fragt nicht nach. Beendet den Anruf schnell. Gesprächen mit Jutta Ritzen haftet ein unausgesprochener Vorwurf an. Sie macht Falter verantwortlich für die Veränderungen in ihrem Leben. Sie gibt ihm die Schuld, dass ihr Mann im Rollstuhl sitzen muss. Falter kann es ihr nicht übel nehmen, im Grunde ist es ja so. Den Kontakt mit ihr meidet er trotzdem, so gut es geht, was nicht ohne Komplikationen ist, denn die Freundschaft zu Arnulf Ritzen will er auf keinen Fall gefährden.

In der Gerichtsmedizin ist Ritzen auch nicht. Der sei schon vor Stunden an ihm vorbeigeflogen, sagt Kempinski. Falter gibt es auf. Für heute kommt er nicht weiter. Er wird noch eine Runde durch den Ort drehen, neue Blumen für Katja kaufen, im Supermarkt reinschauen und bei der Gelegenheit gleich eine Flasche Wein für den Abend besorgen. Die Aussicht auf einen unangestrengten Tagesausklang stimmt ihn augenblicklich heiter. Falter schätzt den gemächlichen Fluss seines Alltags. Nichts könnte ihn dazu veranlassen, seinen Posten in Bretzenheim gegen einen bei der Kripo oder einem anderen Mainzer Dezernat einzutauschen. Er könnte die krank machende Hektik des Ermittleralltags mit seinen unkalkulierbaren Arbeitszeiten nicht aushalten. Falter hat keinen Ehrgeiz, sich dem Markt untereinander konkurrierender Kollegen auszusetzen und für das Erlangen der nächsten Beförderungsstufe die Ellbogen zu spitzen. Er braucht keine spektakulären Fälle, von denen er erzählen kann, wenn man ihn auf seinen Beruf anspricht. Es macht ihm nichts aus, dass sich die meisten höflich-enttäuscht zurückziehen, wenn er nur berichten kann, dass ihn letzte Woche Frau Lorenzen um Hilfe gebeten hat, weil sie den unteren Teil ihres Gebisses nicht mehr fand und sie sich nicht anders zu helfen wusste, als die Polizei zu rufen. Die wenigsten wollen danach wissen, ob Falter Frau Lorenzens Gebiss gefunden hat, was er selbstverständlich bejaht hätte, da Frau Lorenzen ihr Gebiss durchschnittlich einmal im Monat verlegt und es Falter noch jedes Mal gelungen ist, es wiederzubeschaffen, selbst als es sich auf dem Grund der Toilette befand. Wie es dorthin gelangen konnte, hat Falter nie hinterfragt. Frau Lorenzen ist eine einsame Frau ohne Kinder und nähere Verwandtschaft und ohne ein ausreichendes Gedächtnis, um tägliche Verrichtungen pannenfrei auszuführen. Der regelmäßige Verlust ihrer dritten Zähne ist für Frau Lorenzen der Höhepunkt größtmöglicher Katastrophen und aus ihrer Sicht gleichzusetzen mit einem Kapitalverbrechen, für das andere selbstverständlich die Polizei benachrichtigen würden. Falter sieht das genauso. Für ihn macht es keinen Unterschied, ob er den Verbleib eines Gebisses oder den Verlust einer Handtasche bearbeitet.

Als ebenso ausreichend empfindet er die Erregung, die in ihm aufsteigt, als er durch die automatische Schiebetür des Supermarktes tritt. Pulsfrequenz und Adrenalinausschüttung sind leicht erhöht. Es kann sein, dass er in den nächsten Minuten in die Situation kommt, einen vermeintlichen Ladendieb zu stellen, festzunehmen und abzuführen. Zunächst hat sich nur eine Mutter im Drehkreuz zur Gemüseabteilung verheddert. Sie müht sich vergeblich, mit einer Hand den Kinderwagen durch die Sperre für die Einkaufswagen zu schieben und sich selbst seitlich davon durch das störrische Drehkreuz zu wuchten. Falter hilft ihr und winkt den Marktleiter zu sich, der mit freudigem Erkennen auf ihn zukommt.

»Herr Kommissar, gut, dass Sie gerade jetzt kommen. Ich glaube, sie sind da.« Er wird die Ladendiebe meinen, aber Falter will erst etwas anderes klären.

»Bauen Sie doch mal dieses Bollwerk ab«, sagt er und zeigt auf das Drehkreuz. »Als Mensch mit Kinderwagen hat man ja fast keine Chance, hier einzukaufen. Oder wollen Sie genau das?«

»Nein, nein, selbstverständlich nicht. Ich werde sehen. Aber jetzt kommen Sie bitte schnell.«

Kurz vor dem Regal mit den Süßigkeiten bleiben sie stehen. Von hier aus lässt sich die Abteilung mit den Schnaps- und Weinflaschen gut einsehen. Im Gang steht ein Junge und schaut die Flaschen an. Er trägt einen Schulranzen auf dem Rücken, was Falter wundert, denn es ist schon Nachmittag und die Schule längst vorbei. Der Junge ist klein, vielleicht ein Erstklässler. Er hat den Kopf ein wenig in den Nacken gelegt und studiert die Etiketten. Seine dicken blonden Locken reichen über den Kragen seines Anoraks hinaus. Der Junge bemerkt Falter erst, als er ihn anspricht.

»Weißt du schon, was du nimmst?«

Der Junge zuckt so heftig zusammen, dass Falter selbst erschrickt. Die zarten, noch babyhaften Wangen sind plötzlich tiefrot. Der Junge starrt Falter an, und Falter starrt zurück. Es ist Arnulf Ritzens Sohn. Falter hat ihn lange nicht gesehen. Über ein Jahr bestimmt. Max Ritzens Ähnlichkeit mit seinem Vater vor dessen Verwandlung ist auffallend. Falter ist auf eine Weise froh und gerührt, dass er in die Knie geht und den Jungen umarmt. Das hat er noch nie getan. Er hält ihn an den Schultern umfasst, schiebt ihn ein Stück von sich weg, um ihn genauer zu betrachten und dann wieder an sich zu ziehen. Falter kann sich die alberne Erleichterung, die er empfindet, so wenig erklären wie sich vermutlich Max Ritzen die unerwartete Begegnung mit dem Polizisten Benno Falter, der ein Freund seines Vaters ist.

Der Marktleiter in seinem weißen Kittel ist zu den beiden getreten und räuspert sich: »Das ist einer von denen.«

Falter sieht ihn kalt an und sagt barsch: »Ich klär das.«

Er nimmt Max Ritzen den Schulranzen vom Rücken und bittet ihn, sich auf den Boden zu setzen. Falter hockt sich neben ihn.

Der Junge ist Falters Wunsch mit niedergeschlagenen Augen gefolgt. Seine Wangen sind immer noch unnatürlich rot und erinnern Falter an Werbung aus seiner Kindheit. Für Zwieback oder Vitaminpräparate.

»An Jugendliche unter sechzehn Jahren darf kein Alkohol verkauft werden«, sagt er. »Weißt du das?«

Max Ritzen zieht die linke Schulter ein Stückchen hoch.

»Wolltest du Alkohol kaufen?«

Max Ritzen schüttelt den Kopf.

»Wolltest du ihn klauen?«

Wieder Kopfschütteln.

»Dann wolltest du nur mal gucken?«

»Hm.«

»Gucken ist nicht verboten. Aber der Mann da in dem weißen Kittel glaubt, du wolltest klauen. Ich werde dem jetzt sagen, dass du das nicht vorhast und auch nie tun wirst. Einverstanden?« Falter knufft den Jungen leicht in den Arm. Dann steht er auf und hilft ihm auf die Beine.

»Na komm, nimm deinen Ranzen und dann ab nach Hause. Es wird schon dunkel.«

Max Ritzen windet sich in die Gurte seiner Schultasche und rennt zum Ausgang.

»Der kommt nicht wieder«, sagt Falter zum Marktleiter. »Und jetzt empfehlen Sie mir mal einen guten Rotwein.«

»Ich habe heute Max getroffen«, sagt Falter, während er Zwiebeln schneidet. Es ist ihr zweiter Versuch, die blau-grüne Schüssel mit Salat zu füllen, und diesmal, glaubt Falter, wird er gelingen.

»Meinst du Juttas Max?«, fragt Katja zurück.

»Nein. Ja. Natürlich, es ist ja auch Juttas Max. Für mich ist er vor allem Arnulfs Sohn.«

»Wo hast du ihn getroffen?«

»Im Supermarkt. Er wollte Wein klauen.«

»Woher weißt du das? Hast du ihn erwischt?«

»Nein. Deshalb hab ich ihn auch laufen lassen. Er stand nur vor den Regalen und guckte sich Etiketten an. Aber der Filialleiter hat ihn wohl schon öfter beobachtet, und seit einer Woche fehlen Flaschen.«

»Und das gibt dir die Gewissheit, dass er Wein klauen wollte?«

»Gewissheit nicht, nein.«

»Und warum sagst du dann so was?«

»Mein Gott. Einfach so. Ich bin mir sicher, dass er es tun wollte.«

»Aber du hast keine Beweise.«

»Nein, habe ich nicht. Nur Hinweise. Was nimmst du das denn plötzlich so genau?«

»Wenn man jemanden beschuldigt oder beschuldigt wird, muss man es sehr genau nehmen, findest du nicht?«

Sie hat natürlich Recht, aber Falter fühlt sich trotzdem angegriffen. Als sei er schlampig mit seinem Urteil. Als sehe er den messerklingendünnen Grat zwischen Glauben und Wissen nicht.

»Wie hat Max sich verhalten?«, fragt Katja nach einer Weile. Sie klingt etwas versöhnlicher.

»Er war erleichtert und ist weggerannt. War ihm wahrscheinlich ein heilsamer Schock. Ich glaube nicht, dass er da noch mal hingeht.«

»Du solltest es Jutta trotzdem sagen.«

»Ich? Jutta? Nein, beim besten Willen nicht. Ich kann nicht mit Jutta reden. Außerdem glaube ich nicht, dass das nötig ist. Max tut das nicht wieder.«

»Dann vielleicht etwas anderes.«

»Du tust so, als sei der Junge ein Krimineller. Das ist ein Kind, Katja, ein süßer blonder Engel, der eine Dummheit gemacht hat. Ich glaube eher, dass ihn irgendwelche Jugendliche angestiftet haben, für sie Wein zu klauen.«

»Dieser süße blonde Engel hat zwei seiner Mitschüler verprügelt und nachweislich in der Schule Geld geklaut.«

»Woher weißt du das?«

»Von Jutta.«

»Du hast Kontakt zu Jutta?«

»Wir treffen uns manchmal. Oder telefonieren.«

»Warum sagst du mir nichts davon?«

»Weil es nicht nötig ist. Es gibt keinen Zusammenhang zwischen dir und ihr. Ich mache das ganz unabhängig von dir. Du bist nie das Thema, das ist klar zwischen uns.«

Katja hat die Salatsauce angerührt und schüttelt den Salat in einem Handtuch trocken. »Es geht Jutta sehr schlecht. Sie macht sich Sorgen um alles. Um Max, um Arnulf. Max ist seit ein paar Monaten in der Schule und schon als Raufbold und Dieb verschrien. Und Arnulf, der kommt so gut wie gar nicht mehr nach Hause. Zwischen den beiden ist alles verstummt. Alles, verstehst du.«

»Das wusste ich nicht«, sagt Falter und fragt sich, was er noch alles nicht weiß, weil er nicht richtig hinschaut, nicht richtig wahrnimmt. Sein bester Freund ist dabei, seine Familie aus den Augen zu verlieren, und Falter weiß nichts davon. Hat nicht einmal eine Ahnung gehabt. Gestern noch ist ihm Ritzen wie ein zufriedener Mensch erschienen, der ganz bei sich ist. Das könnte das Problem sein. Dass Ritzen so sehr bei sich ist, dass er seine Familie nicht mehr wahrnimmt.

»Hat Jutta eine Erklärung für Arnulfs Rückzug?«, will Falter wissen.

»Die übliche. Der Unfall, der Rollstuhl, die Gerichtsmedizin. Sie meinte mal zu mir, er sei wie in einer Taucherglocke. Man sieht ein bisschen von ihm durch ein kleines Bullauge, kann ihn aber nicht hören, und er hört auch nichts. Ich könnte nicht mehr atmen, wenn du so wärst.« Katja ist hinter Falter getreten und hat ihre Arme um seinen Bauch geschlungen. Ihre Nase reibt zwischen seinen Schulterblättern hin und her. Falter dreht sich langsam zu ihr um und küsst sie, andächtig zunächst, abwartend auch. Es soll kein Kuss sein, der nur getan wird, weil es nichts mehr zu sagen gibt. Es soll ein Kuss sein, der aus Lust geschieht, aus dem Bedürfnis nach Innigkeit und als Beweis für das Vertrauen, das sie zueinander haben, egal, was um sie herum passiert. Mit dem Kuss gehen sie auf ihre Insel, auf die ihnen niemand folgt. Kein Arnulf Ritzen mit seinen Problemen, von denen er noch nichts ahnt, und kein Mann aus dem Wald, der es fast geschafft hätte, ihre Insel zu betreten.

FÜNF

Plötzlich ist der Sommer zurück. Die schon fast blattlosen Bäume beginnen zu knospen. Die gelbe Sommerrose an der Hauswand treibt grelle Blüten und duftet so intensiv, dass Falter morgens fast ein wenig schwindelig wird, wenn er aus dem Haus tritt. Die Kinder auf dem Weg zur Schule tragen wieder kurze Hosen und bunte T-Shirts. Am Rhein schieben sich Fahrradfahrer, Skater und Spaziergänger aneinander vorbei, auf den Bänken und in den Straßencafés sitzen die Menschen mit ausgestreckten Beinen und in die Sonne gereckten Gesichtern. Der Herbst hat ihnen einen Aufschub gewährt, dem sie sich gierig hingeben.

Falter hat das Wochenende mit Katja in Frankreich verbracht. Sie haben ihre Nähe neu gefunden und sich durch den Tag treiben lassen. Die Worte sind ihnen leicht gefallen, auch solche, die vorher schwer waren. Katja hat ihren Schmerz beschrieben, der sie umklammert wie rankender Efeu. Sie haben geschwiegen, wenn die Grenzen erreicht waren, aber es war ein gutes Schweigen, bei dem nichts zurückbleibt. Sie sind gewandert mit strammem Schritt, als Ersatz für das Laufen, denn Laufen, das wissen sie beide, kann nie mehr die Bewegung sein, die sie ausüben können, ohne sich zu erinnern.

Die Rückkehr in den Alltag ist fließend. Der goldene Sonnenschein schon am Morgen macht den ganzen Tag heiter.

Katja ist wieder bei ihren Büchern in der Stadtbibliothek, Falter dreht seine Runden mit tausend kleinen Glückskugeln im Bauch. In Helenes Laden steht ein Blumenstrauß auf der Theke, so bunt wie die Bonbons in den Gläsern dahinter. Falter glaubt zu wissen, von wem die Blumen sind, sagt aber nichts. In Helenes Gesicht spiegelt sich zwar Stolz über dieses ungewohnte Geschenk, es ist ihr aber auch peinlich, vor allem die Frage nach dem vermeintlichen Verehrer.

Theo kommt Falter auf dem Weg zum Büro entgegen. Er trägt einen Anzug, dessen Jackett und Hose nicht zusammenpassen.

Von weitem wirkt er unrasiert, aber als er näher kommt, erkennt Falter, dass der Bart auf Oberlippe und am Kinn gewollt ist und die Wangen sauber rasiert wurden. Theo lächelt nicht wie sonst. Beim Sprechen versucht er die Lippen kaum zu öffnen, was das Verständnis für seine Worte extrem belastet. Theo zieht Falter nah an sich heran und nuschelt, dass da ein weißes Auto sei.

»Wo?«, fragt Falter und schaut sich um.

»Bei dir.«

»Bei mir? Was für ein weißes Auto?«

»Vor deinem Haus. Sitzt einer drin und guckt dein Haus an.«

»Vor meinem Haus steht ein weißes Auto, und da sitzt einer drin, der mein Haus beobachtet? Meinst du das?«

»Sieht so aus, ja.«

»Wer soll das sein?«

»Weiß ich doch nich. Musst du selber rausfinden.«

In Falters Kopf laufen die Informationen aneinander vorbei. Er kann keine sinnvollen Verbindungen herstellen. Was Theo da erzählt, wird er sich nicht ausgedacht haben. Theo ist ständig im Ort unterwegs. Ihm fallen Dinge auf, die Falter entgehen. Aber warum sollte ihn jemand beobachten?

»Seit wann steht der Wagen da?«, fragt Falter.

»Seit vorgestern. Der hat sogar im Auto geschlafen. Dabei wart ihr gar nicht zu Hause.«

»Dann werde ich mir den Wagen und den Kerl mal anschauen«, sagt Falter. Er reicht Theo die Hand und hat es eilig. Als er in seine Straße einbiegt, wird er langsamer. Am Bordstein stehen mehrere weiße Autos, aber keines parkt vor oder in der Nähe seines Hauses, und es sitzt auch niemand darin. In einer großen Parklücke findet Falter frische Ölflecken auf dem Asphalt. Hier könnte er gestanden haben. Die Sicht auf Falters Haus ist optimal.

Am Abend, als Falter nach Hause kommt, parkt ein weißer Passat Kombi halb auf dem Bürgersteig. Der Mann darin raucht bei geöffnetem Fenster. Falter geht zur Haustür und tut so, als bemerke er den Beobachter nicht. Katja ist schon da. Ihre Schuhe und ihre Tasche liegen in der Diele. Falter kümmert sich nicht darum, sondern geht hoch in den ersten Stock. Vom Badezimmerfenster aus kann er den Wagen sehen. Katja kommt herein und erschrickt, als sie Falters Silhouette unerwartet am Fenster erkennt.

»Warum stehst du hier im Dunkeln?«

Sie schaltet das Licht ein, und Falter tritt sofort vom Fenster zurück. Er lässt ihre Frage hinter sich und geht schnell auf sie zu und umarmt sie.

Später, Katja ist schon im Bett, steht der weiße Wagen immer noch da. Im Dunkeln leuchtet die Glut einer Zigarette. Mit zusammengekniffenen Augen kann Falter das Kennzeichen entziffern. Der Wagen ist in Alzey zugelassen. Wieso wartet jemand aus Alzey vor seinem Haus? Falter kann lange nicht einschlafen. Er sucht Erlösung an Katjas warmem Rücken, legt die Hand auf ihren Busen und hofft auf die beruhigende Wirkung ihres gleichmäßigen Atmens. Es ist nur ein Auto mit einem Mann darin. Im Traum sieht er sich mit Flaschen aus dem Supermarkt gehen. Er läuft fast, kommt nicht schnell genug voran, weil die Flaschen ihn behindern. Er weiß nicht, warum er die Flaschen im Arm trägt. In einem stillen Winkel stellt er sie ab und betrachtet sie. Es sind Liköre, die er nicht trinkt. Warum hat er sie dann gestohlen?

Falter erwacht, weil Katja sich über ihn beugt. Sie ist schon angezogen und muss gehen.

»Warum hast du mich nicht geweckt?«, fragt Falter. Es ist Viertel nach acht.

»Hab ich versucht, aber du warst nicht wach zu kriegen«, sagt sie und fährt mit der Zungenspitze an Falters Ohr entlang. »Bis heute Abend.«

Als er sie unten die Tür schließen hört, fällt ihm alles wieder ein. Er stürzt ins Bad und zieht das Rollo hoch. Der weiße Wagen verlässt gerade seinen Platz. Falter schaut ihm hinterher, bis das Fensterglas seinen Kopf stoppt.

Heute zahlt es sich aus, dass er seine Uniform abends ordentlich ablegt. Hemd, Hose und Jackett hängen anziehbereit über dem Stuhl. Falter wirft sich die Kleider über, stolpert in Socken auf der Treppe, fängt sich kurz vorm Sturz noch ab und zieht sich in der Diele die Schuhe mit zittrigen Fingern an. Er knallt die Haustür hinter sich zu und rennt. Katja nimmt die Straßenbahn um 8 Uhr 31. Auf Falters Uhr ist es 8 Uhr 28. Er könnte es schaffen. Er rennt durch die Gassen und über die Spielstraße, in der man nur Schritt fahren darf. Niemand hält sich daran. Ein blauer Sportwagen braust an Falter vorbei. Falter beschleunigt und überholt ihn noch vor der Ecke, an der er rechts abbiegen muss. Er ist auf der Zielgeraden. Den weißen Wagen und das rote Hinterteil der Straßenbahn sieht er fast gleichzeitig. An der Haltestelle wartet niemand mehr. Die Straßenbahn klingelt und setzt sich langsam und fast lautlos in Bewegung. Der Motor des weißen Wagens startet röhrend. Der Auspuff schleudert eine schwarze Wolke in die Luft. Falter bleibt schwer atmend stehen und sieht beiden hinterher. Es geht also um Katja.

Falter läuft, ohne sich die Zeitung zu holen, zu seinem Büro und schaltet den Computer ein. Seit ein paar Monaten sind auch die Bezirksbeamten vernetzt und haben Zugriff auf Datenbanken. Falter gibt das Kennzeichen des weißen Passats ein. Er ist angemeldet auf einen Jochen Dotter aus Alzey. Privatdetektei Jochen Dotter. Er kannte mal einen Jochen Dotter. Sie haben zusammen Abitur gemacht. Irgendwas bei der Post soll er danach gemacht haben, meint Falter sich zu erinnern.

Das Telefon klingelt. Es ist Arnulf Ritzen.

»Willst du wissen, was mit dem Kerl ist?«, fragt er ohne Einleitung.

»Sicher«, sagt Falter, obwohl er noch lieber wissen würde, warum sich Ritzen erst jetzt meldet.

»Schwaiger wurde liegend erschlagen. Es waren mindestens fünf Schläge mit einem stumpfen Gegenstand. Die dadurch ausgelöste Hirnblutung führte zum Tod.«

»Das heißt?«

»Das heißt gar nichts oder viel. Für mich heißt es, Katja hat Schwaiger erschlagen, als er auf dem Boden lag. Hätte er gestanden oder wäre er aufrecht gewesen, wäre es ihr nie gelungen, ihn zu töten.«

»Wieso nicht?«

»Weil der Kopf automatisch zurückfedert, wenn ihn ein Schlag trifft. Dadurch wird die Wucht des Schlags praktisch halbiert. Katja hat nicht die Kraft, einen Menschen im Stehen zu erschlagen.«

»Gut. Schwaiger lag also. Ist das nicht egal?«

»Nicht ganz. Wenn Schwaiger lag, frage ich mich, wieso er lag.«

»Er wird gestürzt sein. Kannst du mir sagen, worauf du eigentlich hinauswillst?« In Falter steigt Ärger hoch.

»Schwaiger wog einhundertfünf Kilo. Er war einen Meter fünfundachtzig groß. Was wiegt Katja? Fünfzig Kilo? Eins fünfundsechzig groß? Wie soll sie ihn zu Fall gebracht haben? Und selbst wenn er gestürzt sein sollte, wie du sagst, wieso hat er sich nicht wieder hochgerappelt? Er lag auf dem Rücken. Das steht fest. Würdest du dir auf dem Rücken liegend einen Ast über den Schädel ziehen lassen?«

»Vielleicht war er zu überrascht. Katja ist stärker, als du glaubst.«

»Das wäre natürlich eine Möglichkeit«, sagt Ritzen ohne Überzeugung. »Aber da ist noch etwas.«

Falter erwartet Ritzens Worte wie ein kleiner Junge, der von den Größeren in die Ecke gedrängt wurde und nun den ersten, unausweichlichen Schlag erhält.

»Es gibt zwei Tatwaffen. Den Ast und einen Stein. Verstehst du?«

»Nein. Tu ich nicht. Erklär es mir.«

»Es ist nur eine Theorie, aber das Vorhandensein zweier Tatwaffen legt nah, dass Katja Schwaiger zuerst mit dem Stein getroffen hat und dann erst den Ast genommen hat.«

»Ja und?«

»Beide Tatwaffen trafen Schwaiger im Liegen. Der Stein traf ihn frontal. Das könnte bedeuten, dass Katja ihm sehr nah war. Vielleicht neben ihm oder auf ihm.«

»Halt. Ich erinnere mich. Katja hat mir gesagt, als der Mann über ihr war, habe sie ihm mit einem Stein ins Gesicht geschlagen. Daher der Stein. Darauf war der Kerl so überrascht, dass er sie losgelassen hat, und das wird sie ausgenutzt haben, um ihn zu überwältigen.« Falter ist glücklich wie einer, der gerade noch einmal davongekommen ist. Es gibt für alles eine Erklärung.

»Nein, Benno. Das kann nicht sein. Der Stein traf ihn liegend. Er kam von oben und wurde mit großer Wucht geführt. Umgekehrt hätte er nie diese Schlagkraft besessen. Und, wie gesagt, es ist schwer vorstellbar, dass Katja diesen Bullen so im Griff hatte, dass sie in aller Ruhe aus nächster Nähe mit einem Stein seinen Schädel treffen konnte.«

»Ich weiß nicht, was du mir mit all dem sagen willst, Arnulf. Dass Katja auf dem seelenruhigen Schwaiger gesessen hat, um ihm einen Stein auf den Kopf zu schlagen? Das ist doch absurd.« Falters Ton ist gereizt. Ritzen ist sein Freund. Warum sagt er so etwas?

»Welche Schlüsse daraus zu ziehen sind, ist nicht Sache der Gerichtsmedizin, Benno. Ich habe dir lediglich mitteilen wollen, was wir herausgefunden haben. Ich hätte dir das nicht sagen müssen. Ich darf es natürlich auch gar nicht. Aber ich wollte, dass du es weißt. Die Staatsanwaltschaft geht dem nach.«

Falters Erregung ebbt augenblicklich ab. Ritzen hat es gut gemeint. Er hat keine Schuld an den Fakten. Er hat nur seine Arbeit gemacht.

»Tut mir Leid, Arnulf«, sagt Falter. »Mit so etwas habe ich einfach nicht gerechnet. Ich weiß nicht, was ich damit anfangen soll. Katja wäre beinahe vergewaltigt worden und hat sich gewehrt. Das sind die Fakten. Alles andere wird sich aufklären.«

»Natürlich. Das muss alles nichts bedeuten. Ich muss leider Schluss machen. Wir haben gerade eine Wasserleiche reingekriegt. Auf die freue ich mich schon. Sehen wir uns bald?«

»Ja. Donnerstag? Soll ich zu dir kommen?« Falter hat zwar wenig Lust auf eine Begegnung mit Jutta Ritzen, aber nach dem, was Katja ihm erzählt hat, könnte es gut sein, den Kontakt wieder aufzunehmen.

»Donnerstag ist gut. Lass uns aber lieber irgendwo was essen gehen. Ich melde mich.«

Falter sitzt lange bewegungslos da und versucht zu ordnen, was Ritzen ihm gerade berichtet hat. Aber jeder Gedanke verpufft, bevor er konkret wird. Sein Gehirn schickt ihm Störfeuer, die ihn ablenken. Die Wahrheit, das hat Falter mal irgendwo gelesen, schwimmt eines Tages immer oben. Als Wasserleiche.

Katja muss zu Hause sein. Der weiße Passat steht schon da. Falter öffnet die Beifahrertür und setzt sich. Dem Mann ist vor Überraschung die Zigarette in den Schoß gefallen. Er reißt die Beine auseinander und klopft die Glut auf die Fußmatten.

»Hallo, Jochen«, sagt Falter und kurbelt das Seitenfenster herunter. Das Innere des Autos stinkt wie ein vergessener Aschenbecher am Morgen.

»Hallo, Benno«, sagt Jochen Dotter und zündet sich eine neue Zigarette an. Er stößt den Qualm des ersten Zuges aus und grinst Falter an.

»Ich dachte, du bist bei der Post«, sagt Falter.

»Ich dachte, du bist Polizeipräsident. Mindestens.«

»Gib mir auch eine«, sagt Falter und zeigt auf Dotters Zigaretten. Nach den ultraleichten Versuchen der letzten Tage fährt der scharfe Rauch wie eine Planierraupe durch Falters Lungen.

»Du beobachtest meine Frau.«

»Ja.«

»Warum?«

»Das ist mein Auftrag.«

»Wer hat dich beauftragt?«

»Sag ich nicht.« Dotter grinst immer noch. Gleich macht er atschibätsch, denkt Falter.

»Ist es eine Frau Schwaiger?«, fragt er und sieht Dotter direkt an.

»Kein Kommentar.«

»Zeig mir mal deine Lizenz«, sagt Falter.

Mit der Zigarette im Mund greift Dotter in die Innentasche seiner Jacke und holt eine an den Ecken gebogene Klarsichthülle mit einem Ausweis raus. Falter nimmt ihn erst gar nicht.

»Wann hast du umgeschult?«, will er wissen. Wenn er Dotter knacken will, muss er ihm die Gelegenheit zur Selbstdarstellung geben. So war es früher jedenfalls.

»Vor vier Jahren. Läuft echt gut.«

»War aber bestimmt schwierig, die Lizenz zu kriegen.«

»Nö. Zwei Jahre Fernstudium und dann Prüfung. Zwischendurch Praktika bei Detekteien. Das Schwierigste war, für die Zeit bei der Post freizukriegen. Musste ich ein bisschen blaumachen.«

Wenn Dotter lacht, klingt es, als wolle er mit den Mandeln einen Tischtennisball aus seinem Mund schleudern.

»Hier. Meine Karte. Siehst du den gelben Punkt?«

Falter nickt.

»Jochen Dotter. Dotter, wie das Gelbe vom FBI. Verstehst du?«

Falter braucht ein bisschen und tut dann so, als sei es sehr lustig. Dotter scheint noch genau so bekloppt zu sein wie zu Schulzeiten. Er hatte nie zu irgendeiner Gruppe gehört, war immer ein wunderlicher Außenseiter gewesen, weil niemand wusste, was er von ihm halten sollte. Er konnte ernsthaft sein wie ein Priester bei der Beichte und im gleichen Moment dieses irre, gepresste Lachen lachen und dabei die Augen rollen, als sei er gerade vergiftet worden. Nie sah man ihn mit Mädchen, was zunächst die Vermutung schürte, er könnte schwul sein. Aber auch dafür gab es keinen Hinweis. Dotter war ein geschlechtsloses Wesen, ein grinsendes Neutrum. Obwohl ihn nie jemand dazu aufforderte, war er immer irgendwie dabei. Tauchte auf wie aus dem Boden gewachsen und redete, ohne angesprochen zu sein. Auf den düsteren Kellerpartys aus Falters Jugend saß Dotter mit nach innen gedrehten Füßen auf den Matratzen und redete. Über Kriegsdienstverweigerung und grausige Augenerkrankungen (seine Mutter putzte bei einem Augenarzt). Über seine Cannabispflanzen auf der Terrasse, die nie jemand gesehen hatte. Über Vergaserventile und Lakritzschnecken, über die Unsinnigkeit von Verfallsdaten bei Lebensmitteln und über den ungelösten Streit, ob Pitta Gyros mit oder ohne Krautsalat am besten schmeckt. Er war Falter damals vorgekommen wie jemand, der seine Botschaften an Bäume heftet. Weniger, damit sie gelesen werden, mehr, um sich mitzuteilen. Nie hörte ihm jemand wirklich zu, und kam es doch einmal vor, dann bereute derjenige es augenblicklich. Falter hatte diesen Fehler mehrmals gemacht, aus Mitleid und weil es ihn reizte, Dotter mit einem scheinbaren Interesse zu Höchstformen abwegiger Gedankengänge zu treiben. Später war es ihm nur lästig gewesen, dass Dotter sich neben ihn hockte und redete, egal ob sich Falter gerade intensiv dem Mund irgendeiner Zufallsbekanntschaft widmete oder selbst mit jemandem im Gespräch war.

Durchs Abitur kam Dotter nur, weil die Lehrer seine mündliche Prüfung kampflos aufgaben. Die letzte Erinnerung, die Falter an ihn hat, ist das Abschlussfoto, auf dem Dotter den Arm in die Höhe reckt und die Finger zum Victory-Zeichen spreizt. Danach hieß es nur, Dotter sei bei der Post.

»Ich hab dich gleich erkannt«, sagt Dotter. Falter weiß nicht, ob er es als Kompliment nehmen soll.

»Ich dich auch. Du benimmst dich nicht gerade wie ein Undercover-Agent.«

Das scheint Dotter zu denken zu geben. Er sieht Falter unsicher an.

»Hast du mich etwa gleich bemerkt?«, will er wissen.

»Sofort«, lügt Falter und leistet Theo stille Abbitte. »Dachtest du, ein Polizist merkt so was nicht?«

»Das ist mir noch nie passiert. Ehrlich.«

»Ist ja auch egal«, beruhigt ihn Falter. »Wir müssen eben schauen, was wir aus der Situation machen.«

»Wie meinst du das?«

»Na ja, du bist enttarnt. Das ist ganz schlecht. Das wird deine Auftraggeberin gar nicht freuen. Wenn du den Job nicht verlieren willst, gibt es nur eine Möglichkeit.«

»Welche?«

»Du sagst mir, wer dich geschickt hat, und dann arbeiten wir zusammen.«

»Wie soll das denn gehen?«

»Na ja«, sagt Falter wieder und tut so, als müsste er überlegen. »Du berichtest Frau Schwaiger, was Katja so den ganzen Tag macht, und du erzählst mir ein bisschen was von Frau Schwaiger.«

»Auf keinen Fall«, sagt Dotter entschieden. »Wie kommst du überhaupt auf Schwaiger?«

»Okay. Dann nicht. Dann werde ich Frau Schwaiger anrufen und ihr sagen, dass ich sie wegen Belästigung anzeigen werde.« Falter öffnet die Beifahrertür und will aussteigen. Dotters Antwort dauert länger, als er gedacht hat.

»Warte mal. Setz dich wieder rein. Ich muss überlegen.«

Falter setzt sich, lässt die Tür aber offen. Der Rahmen ist verrostet, der Passat mindestens fünfzehn Jahre alt. Auch Dotter sieht aus, als läge sein letzter Kleiderkauf Jahre zurück.

»Was willst du denn über sie wissen?«, fragt Dotter.

»Erst mal, warum sie dich engagiert hat. Was sie von Katja will.«

»Sie hat gesagt, deine Frau hätte ihren Mann getötet. Weil der sie vergewaltigen wollte, aber das könne nicht sein. Und jetzt will sie wissen, ob es etwas Belastendes gegen deine Frau gibt. Welchen Lebenswandel sie hat. Liebhaber und so.«

»Liebhaber? Ist die verrückt?« Der Gedanke ist so abwegig wie ein Schneesturm im Sommer, eine Hitzewelle im Dezember, ein Leben ohne Katja.

»Sie behauptet, ihr Mann kennt deine Frau von früher.«

Die Sache wird immer lächerlicher.

»Meine Frau hat keine Liebhaber.«

»Weißt du das? Ich kann dir Sachen erzählen. Mannomann.«

Falter möchte Dotter in sein spitznasiges Gesicht schlagen.

»Hör auf!«, brüllt er. »Ich sag dir jetzt mal, wie es wirklich war. Dieser Schwaiger hat Katja im Wald überfallen, und sie hat sich gewehrt. Sie hat ihn erschlagen, weil er sie sonst vergewaltigt hätte. So ist es nämlich gewesen und nicht anders. Und was diese Frau Schwaiger behauptet, ist eine Unverschämtheit. Und ich werde sie anzeigen.«

Falter hat die Wagentür zugeknallt, sie wieder aufgestoßen und wieder zugeknallt. Die Wut hackt kleine Stücke aus seinem Magen.

»Hast du nie Zweifel an deiner Frau?«, fragt Dotter in einer Mischung aus Anteilnahme und Unglauben.

»Nein.«

Sie schweigen lange, rauchen und starren aus dem Fenster.

»Und jetzt?«, fragt Dotter nach einer Weile.

»Jetzt fährst du nach Hause, legst dich in dein Bett und schläfst. Morgen früh wirst du Frau Schwaiger erzählen, dass Katja ein ganz braves Mädchen ist und du keine Hinweise auf Liebhaber oder sonst was gefunden hast. Danach kommst du zu mir ins Büro, und dann sehen wir weiter.«

Als Falter ins Haus tritt, kommt ihm Katja schon entgegen.

Sie strahlt ihn an mit ihrem großen Mund und umarmt ihn, als wolle sie sich in ihm verkriechen. Ihre Lippen sind dunkelrot geschminkt; Falter kennt sie so nicht.

»Du bist spät«, sagt sie. »War etwas Besonderes?«

»Nein. Nichts Besonderes.«

SECHS

Es stimmt etwas nicht mit diesem Morgen. Schon beim Aufwachen hat Falter das Gefühl, dass ihm sein Körper nicht mehr gehört. Er drückt schwer nach unten, als habe Falter eine Bleischürze an, wie beim Zahnarzt, wenn geröntgt wird. Gebeugt und um jeden Schritt kämpfend, tastet er sich durch die Straßen und Gassen zu Helenes Laden. Die wenigen Stufen, die zum Eingang führen, sind kaum zu schaffen. Falter kann seine Knie nicht beugen. Mit steifen Beinen humpelt er Stufe für Stufe hinauf. Die Türklinke drückt er mit dem Ellenbogen herunter. Das Atmen ist schwer, der Panzer um seinen Leib presst ihn langsam zusammen.

Als er ungelenk wie ein Eingegipster in den Laden taumelt, verstummen die Gespräche. Es ist die Stille eines plötzlich angehaltenen Films. Eingefrorene Bewegungen, erstarrte Gesichter. Die Worte, die gerade noch durch den Raum flogen, hängen in der Luft wie Wäsche an der Leine. Der Film setzt sich nur in Zeitlupe wieder in Bewegung. Helene wälzt sich auf Falter zu und hält ihm die Zeitung hin. Ihr Lächeln passt nicht in ihr Gesicht. Es ist ein dünnes Lächeln, das sich in den fleischigen Falten ihrer Wangen verliert. Ihre Augen sehen Falter an, weit aufgerissen und prüfend. Sie zieht ihn an sich mit ihren Augen, weg von den anderen, die ihn anschauen und die Hälse recken.

Helenes Stimme ist leise und gesenkt.

»Hier steht nichts drin«, sagt sie und zeigt auf Falters Zeitung. »Nehmen Sie die noch mit.« Zwischen die Seiten hat sie die Bild-Zeitung gelegt. Falter versteht nicht, nimmt es aber willenlos hin, dass ihn Helene mit sanftem Druck zurück zur Tür schiebt, sie öffnet und es ihm überlässt, sie wieder zu schließen.

Er steht unentschlossen auf den Stufen. Wahrscheinlich ist er krank. Er müsste zum Arzt. Aber seit Arnulf Ritzen seine Praxis aufgegeben hat, schiebt er die Suche nach einem Ersatz vor sich her. Falters linker Arm schmerzt. Die Stelle unter seinem Schlüsselbein brennt vor Kälte. Er möchte zurück in die Dunkelheit von Helenes Laden, nur dasitzen und ihr zuschauen. Die Helligkeit des Tages, der vor ihm liegt und zu dem er die paar Stufen herabsteigen müsste, verlangt nach Aktion.

Seine Finger umschließen die beiden Zeitungen, doch die Kraft schwindet mit jeder Sekunde mehr. Er versucht, die andere Hand zur Faust zu ballen, aber auch das gelingt nicht. Sie ist schlaff wie am frühen Morgen, wenn die Muskeln noch müde, die Finger geschwollen sind und jede Kontraktion einen Kitzelreiz auslöst. Falter ist fern von hypochondrischen Neigungen, aber in diesem Moment auf der Treppe kommt ihm der Gedanke, dass er kurz vor einem Herzinfarkt stehen könnte. Er malt sich aus, wie er kopfüber auf den Bürgersteig knallt, ohne sich abzufangen. Sein Schädel wird aufplatzen und sein Blut auf die Zeitung fließen. Was auch immer in dieser Zeitung unter seinem Arm steht, es hat etwas mit ihm zu tun, und Falter gibt sich für einen Moment dem dramatischen Gedanken hin, dass sein Blut Lügen und Gerüchte ertränken wird.

Der weiße Wagen von Jochen Dotter durchfährt sein Gesichtsfeld, setzt zurück und bleibt vor ihm stehen. Dotter hupt zweimal und stößt von innen die Beifahrertür auf. Falter erkennt den Wagen als letzte Möglichkeit, von dieser Treppe runterzukommen. Er hangelt sich rüber zu Dotter und lässt sich in den Autositz fallen. Dotter fährt an, während Falter noch die Tür schließt.

»Du hast mich gerettet«, sagt Falter.

»Dacht ich mir. Du standst da wie der Heilige Geist, der in der Hölle gelandet ist. Was war denn los?«

»Ich weiß es nicht. Ich konnte mich nicht mehr bewegen. Die Frau in dem Laden, Helene, war so komisch. Irgendetwas muss hier drin sein.« Falter zieht die Bild-Zeitung hervor und hält sie hoch wie ein Beweisstück.

»Ja, blöde Sache. Ich kann nichts dafür. Ich hatte keine Ahnung, was die Schwaiger vorhat.«

Falter streckt seine Finger und ballt sie wieder. Blut fließt zurück in seine Hände. Stärker werdendes Kribbeln unter der Haut signalisiert ihm, dass die Funktionen wiederkehren. Er greift nach der Zeitung, und als es ihm gelingt, sie festzuhalten, beginnt er damit, sie auseinander zu falten. Er hält sie mit ausgebreiteten Armen und nimmt Dotter die Sicht auf die Straße. Auf der ersten Seite des Lokalteils prallt Falter gegen ein Foto von Konrad Schwaiger. »Dr. Schön – was geschah wirklich im Wald?« steht in der Schlagzeile. Darunter ein kleines Foto, das aus größerer Entfernung aufgenommen wurde und bei der Vergrößerung an Schärfe verloren hat. Es zeigt Katja, wie sie aus der Stadtbibliothek tritt. »Katja P. – nur Opfer oder mehr?«

Falter hat mit hämmerndem Herzen gelesen. Jetzt ist es ganz still in ihm. Er betrachtet Katjas Foto, ihre ahnungslose Haltung, ihren unbekümmerten Blick. Mit dem Daumen fährt Falter über ihr Gesicht und legt dann seine Handfläche auf das Bild, als könne er Katja dadurch vor unerlaubten Blicken schützen. Er fühlt sich machtlos, entblößt und zur Schau gestellt. Nicht Katja und er werden von nun an die Fäden in der Hand halten, sondern Tausende Leser, die nach allem schnappen, was ihnen die Zeitung hinwirft. Die Wahrheit wird irgendwo im Mörser der Gerüchte und falschen Behauptungen zerrieben werden, und Katja und er werden weder die Kraft noch die Macht haben, das zu verhindern. Falters Puls pocht bis in die Fingerspitzen, die grau sind von der Druckerschwärze.

»Du musst lesen, was sie schreiben«, sagt Dotter.

Falter bemüht sich, durch den Schleier vor seinen Augen die Zeilen zu finden. Elena Schwaiger wird zitiert, ihr Mann sei kein Vergewaltiger und der rechtsmedizinische Befund habe ergeben, dass die Version der Katja P. nicht zu halten sei. Es gebe Hinweise, wonach es viel wahrscheinlicher sei, dass Katja P. freiwillig mit »Dr. Schön«, wie die Bild-Zeitung ihn nennt, im Wald gewesen sei, um ihn dann zu erschlagen.

»Brauchst du einen Schnaps?«, fragt Dotter und zeigt auf das Handschuhfach. »Ist alles drin. Jägermeister, Kirschwasser, Doppelkorn, sogar Cognac.«

Falter schüttelt den Kopf. Er will sich nicht betäuben.

»Ich muss ins Büro. Sofort. Ich muss telefonieren. Ich muss mit Katja reden. Und mit Arnulf. Woher weiß die Zeitung das alles?«

»Von der Schwaiger.«

»Und woher weiß die das?«

»Sie tut sehr geheimnisvoll und meint immer, sie hätte Informanten, die ihr was schuldig seien. Ihrem Mann was schuldig seien. Ich hatte es für dummes Zeug gehalten. Ehrlich gesagt, die Frau kommt mir ein bisschen bekloppt vor, wie die ihren toten Mann anhimmelt. Aber sie sieht gut aus.«

»Das Foto ist von dir, oder?«, fragt Falter.

Dotter nickt bekümmert. Er habe nicht gewusst, dass sie es an die Bild-Zeitung geben würde. Falter glaubt ihm. Fotos gehören zum Job dazu.

Dotter hält vor Falters Büro und kommt mit hoch. Falter hat nichts dagegen. Er ist froh, nicht allein zu sein. Er braucht jemanden, mit dem er reden kann, der ihn ablenkt.

Auf dem Anrufbeantworter seiner Dienststelle blinken sechs Anrufe. Die ersten drei sind anonym. Ob das Falters Frau sei, dort in der Zeitung? Wie es sein könne, dass die Frau eines Polizisten einen Mann getötet habe? Falter löscht sie sofort. Der vierte ist von Katja. Sie klingt erschöpft und meint, sie versucht es auf Falters Handy. Aber das hat er ausgeschaltet.

Er ruft sie sofort zurück und lässt sie nicht zu Wort kommen.

»Ich hab alles gelesen. Wir müssen etwas unternehmen. Es muss eine undichte Stelle bei der Staatsanwaltschaft geben oder bei der Kripo. Wir werden die Schwaiger verklagen. Du musst dir einen Anwalt nehmen. Am besten kommst du sofort nach Hause und gehst nicht ans Telefon.«

»Benno. Diese Staatsanwältin hat schon angerufen. Ich muss heute Nachmittag hin.«

»Was hat sie gesagt?«

»Sie hat gesagt, dass sie noch Fragen hat, weil es ein paar neue Fakten gibt und ich dazu Stellung nehmen soll. Und ich habe sie gefragt, wie es kommt, dass solche Sachen in der Bild-Zeitung stehen. Darauf wusste sie keine Antwort, und das tue auch nichts zur Sache.«

»Von wegen«, brüllt Falter in den Hörer. »Der werde ich gleich was erzählen.«

»Sie hat ausdrücklich mich allein gemeint. Du darfst nicht mitkommen.«

»Hat sie das so gesagt?«

»Ja.«

»Du kannst da nicht alleine hin. Du brauchst einen Anwalt.«

»Ich habe nichts getan, Benno. Wozu brauche ich einen Anwalt?«

»Weil du Schutz brauchst. Weil du jemanden brauchst, der dieser Schlingmann was entgegensetzt und Halt sagt, wenn sie zu weit geht.«

»Mag sein, aber erst mal will ich es alleine schaffen. Ich weiß auch gar nicht, wo ich so schnell einen Anwalt herkriegen soll.«

Dotter macht Falter Zeichen, dass er etwas sagen möchte.

»Wenn sie einen Anwalt braucht, ich kenn ein paar gute. Super Typen«, flüstert er Falter zu.

»Dotter sagt, er kennt einen Anwalt«, sagt Falter.

»Dotter?«

»Ja, ein Freund von mir, aus der Schule. Erklär ich dir später. Also, was ist jetzt? Anwalt oder nicht Anwalt?«

»Nicht Anwalt.«

»Gut, du bestimmst. Ich mach mir trotzdem Sorgen. Ich will dich nicht allein lassen.«

»Ich weiß, aber so ist es nun mal. Ich melde mich, wenn es vorbei ist. Ich liebe dich.«

»Ich liebe dich«, sagt Falter und will sich noch nicht von ihrer Stimme trennen, aber sie hat schon aufgelegt.

»Der Kaffee ist gleich fertig«, sagt Dotter und schaltet die Maschine ein. Falter ist so vertieft in sich, dass er den Widerspruch nicht bemerkt. Erst als er das Brodeln des heiß einschießenden Wassers wahrnimmt, fällt ihm wieder ein, was Dotter gesagt hat.

»Ich trinke keinen Kaffee«, sagt Falter. »Das ist eine Teemaschine.«

»Die jetzt Kaffee macht«, sagt Dotter und gluckst. Falter hat nicht die Kraft zu widersprechen. Allerdings wundert es ihn, wieso Dotter Kaffee mitgebracht hat.

»Woher weißt du, dass es hier keinen Kaffee gibt?«

Dotter schürzt geheimnisvoll die Lippen. Von seinem Gesicht kann Falter ablesen, dass er es kaum schafft, die Lösung des Rätsels noch länger für sich zu behalten.

»Du warst schon mal hier?«, fragt Falter.

»Ja«, sagt Dotter stolz.

»Wann?«

»Vorgestern Nacht.«

»Was wolltest du hier?«

»Mir einen Überblick verschaffen. Du bist Katjas Mann. Du gehörst dazu.«

»Und?«, fragt Falter. »Was hast du herausgefunden?«

Dotter sieht ihn an, wie jemand, der nur ungern die Wahrheit preisgibt, sich aber notgedrungen zu ihr bekennt. »Ich habe herausgefunden, dass du ein ziemlich langweiliges Leben führen musst. Dieser Mief hier erinnert mich total an die Post.«

Falter könnte erwidern, dass nicht alles langweilig ist, nur weil es so riecht, aber das klänge nur nach Rechtfertigung, und rechtfertigen muss er sich vor Dotter nicht.

»Wie bist du reingekommen?«, fragt er stattdessen. »Gehört das zur Ausbildung eines Detektivs?«

»Nicht direkt. Ich habe mich quasi selbst weitergebildet.«

Falter sieht zur Tür, deren Schloss unversehrt ist. Er geht näher heran und kann nichts feststellen, was auf ein Eindringen ohne Schlüssel schließen ließe.

»Gut gemacht«, sagt Falter, auch wenn das nicht die Antwort eines Polizisten sein dürfte, in dessen Büro jemand eingebrochen ist. Dotters Wangen färben sich rosa. Er strahlt wie eine Wunderkerze und holt aus der Innentasche seiner Jacke ein gerolltes Etui, in dem feines Werkzeug steckt.

»Für unten habe ich einen gebogenen Dreier gebraucht. Hier oben war es schon schwieriger. Da habe ich es erst mit dem Einer probiert.«

»Ja, schon gut«, sagt Falter, der verhindern möchte, dass ihm Dotter von jedem Bruch erzählt, den er im Dienste seiner Kunden schon gemacht hat. »Geh lieber mal Milch holen. Ohne Milch kann ich den Kaffee überhaupt nicht trinken.«

Während Dotter weg ist, ruft Falter in der Gerichtsmedizin an.

»Hier ist die Hölle los«, sagt Ritzen. »Die Staatsanwaltschaft glaubt, wir hätten unsere Ergebnisse an die Bild-Zeitung gegeben, und jetzt rutschen alle auf den Knien rum und suchen die undichte Stelle.«

»Ich habe Informationen, dass die Schwaiger die Bild-Zeitung gefüttert hat. Fragt sich nur, woher sie das alles weiß.«

»Die Staatsanwaltschaft tut natürlich so, als könnte der Fehler nur bei uns liegen. Dabei hat sie den Bericht seit Ende letzter Woche, hätte die Infos also auch weitergeben können.«

»Katja ist heute Nachmittag bei der Schlingmann. Ich weiß nicht, ob sie das alles übersteht«, sagt Falter.

»Ja, schwer zu sagen. Es ist jedenfalls nicht leichter geworden. Bleibt es bei morgen?«

»Kommt drauf an, wie es Katja geht«, antwortet Falter.

»Mach's irgendwie möglich, ja? Ich hätte Lust, ein bisschen rauszufahren, vielleicht nach Sörgenloch. Was meinst du? Würde doch passen.« Ritzen lacht röhrend, und Falter lacht widerwillig mit. Ihm müsste der Hals zugeschnürt sein vor Sorgen. Er müsste seine Fingernägel in die Haut seines Unterarms bohren, um den Schmerz noch zu verstärken. Aber ihm ist viel leichter, als hätte das Reden die Konzentration seiner Angst verdünnt. Früher hatte er jede Last unverdünnt nur für sich getragen und alles mit sich allein ausgemacht. Er hatte das Risiko gescheut, das Liebe und Freundschaft mit sich bringen. Er war lieber unangreifbar gewesen, als enttäuscht zu werden. Er lebte im Vakuum seiner eigenen Gedanken und Gefühle. Einsamkeit war normal, Freundschaft eine überschätzte Sentimentalität, Liebe die größtmögliche Unvernunft.

Es sind nur noch aromatische Erinnerungen, die Falter an diese frühere Haltung, sein früheres Dasein hat. An seine Wohnung, die immer ein wenig unbewohnt roch und in der noch nicht Katjas Parfüm die Räume füllte. An den Geschmack der Schokolade, die er in Mengen vor dem Fernseher aß und die kurz vor dem Runterschlucken ein bisschen nach Seife schmeckte, egal, welche Sorte er probierte. Selbst Wein hatte seine Zunge früher anders wahrgenommen. Als hätten seine Geschmacksknospen nur Saures erkannt und nicht Würze, Weichheit und Fülle. Ihm war ein Wein wie der andere erschienen, akzeptabel schmeckend und in größeren Mengen angenehm betäubend. Den ersten Rotwein mit Katja hatte er überrascht ausgespuckt, weil ihm die Flüssigkeit in seinem Mund fremd vorgekommen war. Beim zweiten Schluck hatte seine Zunge die Verwirrung des ersten fast überwunden, und beim dritten legten sich die Geschmacksknospen friedlich hin wie eine Katze vor den Kamin.

Kaffee hatte er gar nicht trinken können. Er war ihm vorgekommen wie die Essenz aller Bitterkeit, die sich auch mit noch so viel Zucker nicht besänftigen ließ.

Der Duft, der jetzt seiner Teemaschine entsteigt, ist ungewohnt, aber nicht unangenehm. Falter spürt sogar eine gewisse Lust, mehr noch ein freudiges Gespanntsein, wie es sein wird, davon zu probieren. Er hat noch nicht gefrühstückt. Die Anstrengungen seiner vorübergehenden Unbeweglichkeit und der Schock über Katjas Foto in der Zeitung haben seine Energiereserven aufgezehrt. Er geht zum Fenster, um zu sehen, wo Dotter bleibt.

Auf dem Bürgersteig nähert sich eine Gruppe Kinder. Sie halten sich zu zweit an den Händen gefasst. Manche mit Inbrunst, weil der Partner ein Freund oder eine Freundin ist. Andere mit sichtlichem Widerwillen und der ständigen Versuchung, die Hand loszulassen und auf die Straße zu springen. Hinter der kleinen Gruppe taucht Dotter auf. Sein Blick klebt an den wippenden Köpfen vor ihm, und er ahmt die kurzen Schritte kleiner Beine nach. Als er hochschaut und Falter am Fenster stehen sieht, winkt er mit der Milchtüte. Während er zu Falters Büro im ersten Stock hochsteigt, macht er Geräusche wie ein Rennauto, und als er ins Zimmer einbiegt, bleibt er mit quietschenden Reifen stehen, legt mit der Milchtüte den Rückwärtsgang ein und manövriert sich zum Regal, wo der Kaffee steht.

»Tassen. Löffel. Zucker. Hopp, hopp, wir haben nicht viel Zeit.«

Falter springt ihm gehorsam bei. Sie arbeiten Hand in Hand, schnell und präzise wie bei einem Boxenstopp. Mit vollen Tassen lassen sie sich auf die Stühle sinken und nehmen den ersten Schluck. Falter schließt die Augen und tastet mit der Zunge nach der früheren Abscheu, aber da ist nichts mehr. Das warme Gemisch aus Kaffee, Milch und Zucker umspült seinen Gaumen und löst in ihm die Erinnerung an die Sahnebonbons seiner Kindheit aus. Er war süchtig danach gewesen und hatte die Tüte, die seine Mutter ihm nur zu seltenen Anlässen kaufte, jedes Mal in einem Zug geleert. Der zähe, cremige Schleim in seinem Mund hatte sich in jede Ritze seiner Zähne gelegt und später zu seinem ersten schmerzhaften Zahnarztbesuch geführt, der ihm den weiteren Verzehr der Sahnebonbons nachhaltig verleidete.

»Hast du Kinder?«, fragt Dotter, der den Kaffee gierig und schlürfend getrunken hat und sich eine zweite Tasse holt.

»Nein.«

»Warum nicht?«

»Hat sich nicht ergeben. Katja und ich sind erst seit zwei Jahren zusammen.«

»Und vorher?«

»Da war niemand.«

Dotter sieht ihn erstaunt an, und Falter weiß, was er denkt. Für ihn war Falter immer der Junge, dem die Mädchen hinterherschauten und die nur darauf warteten, dass er sie ansprach.

»Ich hab auch keine«, sagt Dotter, was Falter wenig überrascht.

»Ich war mal mit einer Frau zusammen. Ellen. Sie stand an der Straße, und ich hab sie mitgenommen.«

»Und dann?«, fragt Falter.

»Dann ist sie bei mir geblieben. Aber eines Tages war sie wieder weg. Keine Ahnung, wohin.«

In Falters Kopf wird die gerade erhaltene Information in die Bilder eines Films umgesetzt. Eine Frau am Straßenrand. Es regnet. Die Scheibenwischer sind nicht schnell genug, um das Wasser beiseite zu schieben, und der Fahrer erkennt die Gestalt nur im letzten Augenblick. Die langen Haare der Frau sind dunkel vom Regen, und die Tropfen perlen über ihre Schultern auf den Sitz des Wagens. Sie sieht den Mann an und dann nach vorn auf die nasse Scheibe. Sie fahren durch die Nacht, in schweigendem Einverständnis, und verschwinden im aufsteigenden Dunst der regenglatten Straße. An einem heiteren Tag steht die Frau wieder am Straßenrand. Sie wartet. Ihre Haare wehen hell und leicht im Wind. Ein Wagen rast an ihr vorüber und bremst hart nach ein paar Metern. Die Frau geht mit langen, ruhigen Schritten darauf zu und steigt ein, ohne zu fragen und ohne hinzusehen. Glück hat seine eigene Logik.

Dotter ist nie sein Freund gewesen. Falter hat in den fünfundzwanzig Jahren seit ihrer letzten Begegnung nicht einen Gedanken an Dotter gehabt. Mit Dotter verbinden ihn keine gemeinsamen Erlebnisse, an die sie heute anknüpfen könnten. Dotter ist ein Zufall. Eine unbedeutende Koordinate aus Falters Vergangenheit. Ihn stört Dotters Lachen. Ihn stört, wie er sich kleidet, mit seinen runterhängenden Hosen, die schon hingen, bevor sie zum Modekodex pubertierender Jugendlicher wurden. Ihn stört Dotters Frisur, die im Nacken zu lang und oben zu kurz ist. Ihn stört der unbestimmte Geruch, der von ihm ausgeht. Eine Mischung aus fehlgeleiteten Hormonen und schlecht getrockneter Wäsche. Ihn stört Dotters Blick, der immer noch der des überraschten, staunenden Kindes ist, das sich vertrauensvoll an Erwachsene hängt. Er hatte es immer für ein Zeichen von Dümmlichkeit gehalten. Aber heute sieht er darin die schlichte Ehrlichkeit eines Menschen, der sein Vertrauen in andere noch nicht verloren hat und dem man selbst vertrauen kann. Und das tut Falter. Er vertraut ihm. Auch wenn er sich dabei lächerlich vorkommt.

Dotter sitzt mit nach innen gedrehten Füßen an der vorderen Kante des Stuhls. Sein Kopf liegt auf der Rückenlehne. Er schlägt sich mit der Hand auf den vorgereckten Bauch und ruft: »Hunger.«

Falters Magen schmatzt wie eine trocken gelaufene Pumpe. Der Kaffee hat ihm nur noch mehr Appetit gemacht.

»Hunger«, sagt auch er und schlägt sich wie Dotter auf den Bauch, was ihm sofort peinlich ist, weil es nicht zu ihm passt und nur seiner momentanen Zuneigung zu Dotter entspringt.

»Kann man hier irgendwo was essen gehen?«, fragt Dotter. Falter schüttelt den Kopf.

»Dann lassen wir uns was kommen«, sagt Dotter und holt seine Jacke. Er hält die Innenseite ausgebreitet vor Falter hin und fordert ihn auf, sich etwas auszusuchen. Die Jacke hat sechs übereinander liegende Innentaschen, aus denen Zettel hervorschauen. Falter versteht nicht.

»Mexikanisch, italienisch, chinesisch, indisch, deutsch.« Dotter nimmt die Zettel raus und legt sie Falter in den Schoß. Es sind Flyer von Mainzer Imbissstuben mit Bringservice. Falter nimmt sich den ersten und fängt an zu lesen.

»Und? Schon was gefunden?«, fragt Dotter.

»Moment. Ich bin erst bei der Pizza«, sagt Falter. Er ist ein gewissenhafter Speisekartenleser und mit der Vielfalt der hier angebotenen Auswahl völlig überfordert.

»Ich nehm die Vier«, sagt Dotter.

»Pizza Funghi?«, fragt Falter.

»Keine Ahnung. Ich nehm immer die Vier.«

Falter sieht ihn prüfend an und greift zur nächsten Speisekarte. Nummer vier ist ein unaussprechliches indisches Lammgericht.

»Murgh Dhal?«, fragt Falter.

»Keine Ahnung. Ist es die Vier?«

Falter nickt und nimmt die nächste Karte. »Jägerschnitzel mit Pommes frites?«

»Auch gut. Hauptsache, die Vier.«

Sie bestellen für Falter gemischte Nudeln und für Dotter irgendeine Vier.

Falter isst mechanisch, ohne Appetit. Es ist bald Nachmittag, und Katjas Termin bei Staatsanwältin Schlingmann rückt näher.

»Ich kann hier nicht rumsitzen«, sagt er und schiebt die Aluschale mit den kalten Nudeln von sich weg. »Ich muss was machen. Lass uns in die Stadt fahren. Ich will wenigstens draußen warten, wenn Katja rauskommt.«

»Dann los«, sagt Dotter und wischt sich Mund und Finger an einer Papierserviette ab.

Das Gebäude der Staatsanwaltschaft ist nicht weit vom Rhein weg. Dotter macht den Vorschlag, die Zeit für einen Spaziergang zu nutzen, was Falter zunächst ablehnt, dann aber annimmt. Die Luft wird ihm gut tun, und Wasser hat eine beruhigende Wirkung auf ihn, solange er es vom Ufer aus betrachtet. Während sie an der Promenade entlanggehen, erzählt Falter, dass er im Winter einmal in den Fluss gefallen ist, weil ihn jemand hineingestoßen hat. Da Dotter ihm schweigend zuhört, erzählt er die ganze Geschichte. Von Margarethe Körners Tod vor zwei Jahren und seinem Verdacht, dass es Mord war. Von Erika Hess, der Mörderin, und ihrem Komplizen Wolfgang Frankenberg, der Theo fast zu Tode geprügelt hätte. Und von dem Haus, in dem Falter beinahe verbrannt wäre. Dotter, der sonst keinen anderen Gemütszustand als den der Fröhlichkeit zu akzeptieren scheint, geht schweigend neben Falter her und schaut ernst auf einen unbestimmten Punkt am Horizont. Falter hätte ihm die Sensibilität des Schweigens an der richtigen Stelle nicht zugetraut und fühlt sich mehr und mehr bestärkt, dass ihm hier ein unverhoffter Freund erwachsen ist.

Der Schlag in den Rücken trifft ihn ohne Vorwarnung. Er strauchelt und stößt schmerzhaft mit dem Schienbein gegen die halbhohen Stangen, die die Promenade von der Uferkante trennen. Für einen Moment schnellt sein Kopf über die Kante, und er sieht das schwappende Wasser unter sich, das von einem Ausflugsdampfer in Bewegung gesetzt wurde. Hinter ihm lacht Dotter sein Tischtennisballlachen.

»Du Arschloch«, schreit Falter.

Katja steht vor der Tür des Justizgebäudes und sieht in den Himmel hinauf. Der Eingang liegt im Schatten, und es muss unerwartet kühl sein, denn sie hat die Arme vor der Brust gekreuzt und die Schultern hochgezogen. Sie trägt eine weite weiße Leinenhose und ein meergrünes T-Shirt mit kurzen Armen. Falter mag das T-Shirt, weil es wunderbar zum Rot ihrer Haare passt und weil ihn diese Kombination an eine Reise nach Spanien erinnert. Es war März gewesen und noch recht kühl im Landesinnern, und im Jahr darauf sollte Falter Abitur machen. Er war überrascht gewesen von den Farben des Landes, mit dem er bis dahin nur Strand, Meer und Bettenburgen verbunden hatte. Er war hingerissen von der roten lehmigen Erde, die das Land überzog, und von den pudrigen grau-grünen Olivenbäumchen, die aus dieser Erde wuchsen. Katjas Haare hatten genau diesen Erdton, und manchmal rochen sie sogar nach frisch gepflügtem Lehmboden.

»Ich geh allein zu ihr«, sagt Falter zu Dotter. »Danke fürs

Fahren.« Er wartet keine Antwort ab und schaut sich nicht mehr um. Seine Augen kleben an Katja. Ihr Magnetismus arbeitet mit doppelter Kraft. Falter geht über die Straße, ohne auf den Verkehr zu achten, wie von einem Seil gezogen. Sie haften aneinander wie Minus- und Pluspol, unfähig, sich aus eigener Kraft voneinander zu lösen. Ein eisiger Wind weht über das Portal und zieht einen flatternden Strudel welker Blätter hinter sich her. Die Luft riecht plötzlich nicht mehr nach Sonne und trägem Hochdruckgebiet. Eine scharfe Kälte bricht in die Stadt ein, als wolle sie mit einem Handstreich jede Spur der außergewöhnlichen Wärme beiseite fegen und unmissverständlich klarmachen, dass dies der letzte Aufschub gewesen war. Katja zittert in Falters Armen. Er zieht seine Jacke aus und hilft ihr hinein. Aneinander gedrückt und geduckt laufen sie zur Großen Bleiche hinüber. Als sie das »Pomp« erreichen, bricht Hagel über sie herein, und sie können sich mit einem Schwarm ebenfalls Überraschter ins warme Innere retten. Falter bestellt für beide Milchkaffee. Katja bemerkt es nicht. Sie lehnt an Falters Schulter und ist so schmal und zart, als würde sie sich allmählich auflösen wie eine Tablette im Wasser. Falter drückt sie an sich, um diesen Prozess aufzuhalten.

»Erzähl, was war«, fordert er sie auf.

Sie atmet tief ein und setzt sich aufrecht hin. »Ich werde wohl doch einen Anwalt brauchen«, sagt sie und schaut Falter an. In ihren Augen ist nichts. Nichts gibt es nicht, denkt Falter, aber er hat keine anderen Worte für die Leere in Katjas Blick. Er hatte Zorn oder Angst, Kampfeslust oder Verzweiflung in ihm erwartet, nicht aber dieses Nichts, das ihn mehr beunruhigt als jede extreme Regung.

»Hey«, flüstert er und streicht mit seiner Nase an ihrer Nasenspitze vorbei, »was ist los? Sag's mir bitte.«

»Nichts ist los. Außer dass mich die Staatsanwältin jetzt für eine Mörderin hält.«

SIEBEN

Falter erwacht mit dem Gedanken, dass Selbstjustiz keine Lösung ist. Die Fetzen seiner Träume hängen noch an ihm, und er rekonstruiert die Schnipsel zu einem Unterwasserbild, in das er eingetaucht war, ohne Luft holen zu müssen. Die nackten Beine schwimmender Menschen hatten sich über ihm bewegt, und obwohl er die Gesichter zu den Beinen nicht kannte, war ihm klar, wem sie gehörten. Er zog an den ersten beiden, bis er keinen zappelnden Widerstand mehr spürte. Dann nahm er die nächsten. Es ging leichter, als er gedacht hatte. Er wusste, dass die Beinwesen tot waren. Es war ein Wissen, das es so nur in Träumen gibt. Falter spürte keine Schuld, aber auch weniger Erleichterung als gehofft. Plötzlich wurde auch ihm die Luft knapp, und er erreichte die Oberfläche mit dem letzten Sauerstoff. Er schwamm zwischen den treibenden Leichen zweier Frauen. Ihre offenen Haare bewegten sich im Takt der Wellen.

»Ich habe die Schwaiger und die Schlingmann umgebracht«, sagt Falter in die Stille des noch dunklen Schlafzimmers. Katja liegt auf der rechten Seite und hat ihm den Rücken zugekehrt. Er weiß trotzdem, dass sie wach ist.

»Ich habe sie ersäuft«, sagt Falter weiter. »War ganz leicht.«

»Und?«, fragt Katja mit einer Stimme, die sie Mühe kostet. »War das die Lösung?«

Falter brummelt ein Nein. Er hat noch nie einen ähnlichen Traum geträumt. Selbst seine Mutter hat er nicht im Traum ermordet, er kann sich jedenfalls nicht daran erinnern. Vielleicht ist er ein Mensch, der für andere töten könnte, nicht aber für sich selbst. Während er das denkt, weiß sein Innerstes, dass er nie im Leben töten würde, egal in welcher Situation. Und wenn er in Katjas Situation wäre?

Am Abend fährt er mit Ritzen nach Sörgenloch, obwohl sie wegen des Wetters nicht mehr auf der Terrasse des Schlosses sitzen können, wie sie es sich vorgestellt hatten. Ritzens Rollstuhl liegt zusammengeklappt im Kofferraum. Auf der Rückbank sitzt mit breiten Beinen Jochen Dotter und lächelt glücklich, weil er mitdarf. Er ist am Morgen wie selbstverständlich wieder in Falters Büro erschienen, hat den Kaffee gemacht, die Post geöffnet und die wichtigsten Schreiben Falter zuoberst auf einen Stapel gelegt. In einem Fall hat er das Anliegen des Briefschreibers sogar mit Textmarker unterstrichen. Es war die wenig höflich formulierte Aufforderung, Falter möge dafür sorgen, dass ein gewisser Theo Eschweiler sein aufdringliches Werben um die Mutter des Schreibers, eine Frau Lotte Langmuth aus Bretzenheim, unverzüglich einstellt.

»Wer ist dieser Theo Eschweiler?«, hatte Dotter gefragt, und Falter erzählte ihm das Nötigste. Dass man ihn immer noch Lumpen-Theo nennt, obwohl er jetzt ein reicher Mann ist. Dass er ein bisschen spinnt, aber ein herzensguter Mensch ist und im reifen Alter plötzlich unbedingt heiraten möchte.

»Wenn dieser Theo so reich ist, frage ich mich, wieso der Sohn von dieser Lotte etwas dagegen hat?«, war Dotters Überlegung gewesen, was Falter für einen durchaus berechtigten Gedanken hielt. Er würde sich später mit der gebotenen Zurückhaltung darum kümmern.

Als sie den steilen Berg zu »Schloss Sörgenloch« hochfahren, hat Falter Schwierigkeiten, durch den dichten Regen die Straße zu sehen. Er beugt sich weit über das Steuer und berührt mit der Nase fast die Windschutzscheibe. Er sieht den Fahrradfahrer trotzdem nicht, der plötzlich von rechts auftaucht. Er tritt auf die Bremse, als wolle er das Bodenblech durchschlagen. Seine Stirn touchiert das Lenkrad, Ritzen ruft laut »Hoppla«, und Dotter stürzt kopfüber zwischen die beiden Vordersitze. Der Wagen rollt langsam bergab, weil Falter in seinem Schreck die Kupplung tritt, um den abgewürgten Motor neu zu starten, die Handbremse aber nicht angezogen hat. Ritzen greift danach und zieht bis zum Anschlag, wobei er Dotter mit dem Ellenbogen unters Kinn schlägt.

»Kupplung raus«, schreit Dotter.

»Lenk nach links«, schreit Ritzen.

Falter reißt das Steuer nach rechts, und sie kommen mit einem Knall zum Stehen. Falter sieht sich nach hinten um.

»Ein Baum«, sagt er.

Dotter und Ritzen drehen sich ebenfalls um. »Stimmt.«

Für ein paar Sekunden ist es still. Der Regen prasselt auf das Blech des Autodachs. Der Wagen fängt leicht zu zittern an. Ritzens Körper vibriert vor Lachen. Dotter schlägt seinen Kopf in schnellen Stößen gegen Falters Nackenstütze und gibt erstickte Laute von sich.

»Was ist daran komisch?«, fragt Falter. Die Sorge um Katjas Auto, das er gerade an einen Baum gesetzt hat, treibt ihn hinaus. Es regnet unnatürlich heftig. Künstlich irgendwie, als stünde einer aus der Requisite auf einer Leiter und kippte einen Eimer Wasser nach dem anderen aus, weil das Drehbuch an dieser Stelle Regen vorsieht. Falter geht zum Ende des Wagens und betrachtet die Stoßstange. Was er erkennen kann, ist nicht so ernst, wie er befürchtet hatte. Dotter ist ebenfalls ausgestiegen und fordert Falter auf, sich wieder reinzusetzen, er fahre weiter. Er startet den Motor, und mit quietschenden Reifen schießt der Wagen den Berg hoch. Das Wasser tropft ihnen aus den Haaren und läuft in Rinnsalen durch die Falten ihrer Kleidung, als sie die Eichentür von »Schloss Sörgenloch« aufstoßen und Ritzen vor sich in die Eingangshalle schieben.

»Ein trockenes Plätzchen am Kamin bitte«, ruft Ritzen dem Kellner zu, der ihnen zögernd entgegenkommt.

Sie haben den Raum für sich allein und hängen ihre nassen Sachen über die Stühle und schieben sie nah an das Feuer.

Ritzen bestellt heißen Wein und drei Handtücher. Schweigend studieren sie die Speisekarte.

»Und?«, fragt Ritzen. »Was essen wir denn Schönes?«

»Die Vier«, sagt Dotter.

Ritzen sieht Falter fragend an, der zuckt aber nur die Schultern.

»Welche Vier?«, fragt Ritzen.

»Die Vier eben«, sagt Dotter.

Ritzen beugt sich zu Falter und raunt: »Kannst du deinem Freund sagen, dass wir hier nicht in einer Imbissbude sind?«

Falter ärgert sich über Ritzens Ton, kann ihn andererseits aber verstehen, weil er seinen eigenen Hochmut spiegelt, den er früher für Dotter hatte.

»Er macht das immer so«, sagt er nur.

Ritzen bestellt für alle. »Der junge Mann hier hätte gerne einmal die Vier mit viel Siebzehn.«

Während sie auf das Essen warten, mustert Ritzen Dotter mit unverhohlener Neugier.

»Nun, Dotter, wer sind Sie?«

»Dotter, Privatdetektiv«, sagt er. »Dotter. Wie das Gelbe vom FBI.«

»Er sollte Katja beobachten«, erklärt Falter schnell.

Ritzen lacht noch, als das Essen kommt. Erst als Falter die Sprache auf Katja bringt, beruhigt er sich.

»Ich hatte es befürchtet«, sagt Ritzen. »Die Fakten sehen leider nicht gut aus. Katja wird sich eine überzeugende Antwort überlegen müssen.«

»Die wird sie haben«, sagt Falter fest.

Dotter nickt ihm aufmunternd zu. »Es wäre interessant, diesen Schwaiger unter die Lupe zu nehmen«, meint er.

»Das wird kaum gehen, mein Guter«, sagt Ritzen. »Der befindet sich in den Kühlfächern der Gerichtsmedizin.«

Dotter ist für einen Moment unsicher, wie er Ritzens gönnerhaften Ton parieren soll. Er entscheidet sich für Sachlichkeit und spricht betont in Falters Richtung.

»Wer ist eigentlich dieser Schwaiger? Seine Frau hat ihn in den Himmel gehoben, was verdächtig ist. Wie war er im Job, wie war er privat? Wenn man mal anfängt zu wühlen, findet man immer was.«

»Ich weiß nicht«, sagt Falter zögernd. »Was soll das bringen? Außer verdammten Ärger? Weißt du, was passiert, wenn das rauskommt? Polizist beauftragt Privatdetektiv, das mutmaßliche Mordopfer seiner Frau auszuspionieren. Meinen Job wär ich los.«

»Wär sowieso das Beste«, murmelt Ritzen, aber Falter hört es trotzdem.

»Wie soll das rauskommen?«, fragt Dotter aufrichtig erstaunt.

Falter fallen gleich mehrere Möglichkeiten ein, aber er möchte ihm nicht ausgerechnet vor Ritzen eine Lehrstunde über die Folgen von Selbstüberschätzung geben.

»Wie wollen Sie denn vorgehen, Agent Dotter?«, mischt sich Ritzen ein.

»Ich schau mich in der Praxis von dem Schwaiger um. Rede mit Angestellten. Soviel ich weiß, läuft der Betrieb da weiter.«

»Klingt sehr unauffällig, Meister«, sagt Ritzen und zuckt nur leicht zusammen, als Falter ihm unter dem Tisch auf den Fuß tritt. »Wie wollen Sie den Leuten in der Praxis Ihr Interesse an Dr. Schwaiger denn erklären?«

»Ich gebe mich als Patient aus. Ganz einfach«, sagt Dotter triumphierend, als habe er diese Methode gerade erfunden.

»Klasse Idee, mein Lieber. Ein bisschen Fett absaugen wird Ihnen gut tun.« Für Ritzen ist das Gespräch beendet. Er fordert Falter auf, ihn zur Toilette zu begleiten. Während sie der Beschilderung folgen, beschwört er Falter, einen Einsatz von Dotter unbedingt zu verhindern. »Der ist ja gemeingefährlich.«

Falter hält ihm die Schwingtür zur Herrentoilette auf. Die Kabine ist gerade groß genug, dass Ritzen mit seinem Rollstuhl hineinpasst.

»Den Rest schaff ich allein, Mami«, sagt er und zieht die Tür hinter sich zu. Falter lehnt sich an die Wand und wartet.

»Hast du von der Wasserleiche gelesen?«, fragt Ritzen von innen.

»Nein. Meinst du die, die du vor ein paar Tagen reingekriegt hast?«

»Genau die. Ganz merkwürdiger Fall.«

Falter hört die Klospülung, und fast zeitgleich öffnet sich die Tür wieder. Für einen Gelähmten muss Ritzen eine erstaunliche Technik entwickelt haben, nur unwesentlich länger auf Toiletten zu verbringen als Menschen ohne Behinderung.

»Sie ist bei Weisenau angeschwemmt worden. Ein Mann, Mitte bis Ende fünfzig, keine Papiere. Wir wissen noch nicht, wer er ist.« Ritzen wäscht sich die Hände und trocknet sie sich an den Hosenbeinen ab. Falter zeigt zu einem Handtuch, aber Ritzen schüttelt den Kopf.

»Der Mann war an einen Sonnenschirmständer gefesselt. So einen, der erst schwer wird, wenn man Wasser einfüllt. Hat in seinem Fall etwa eine Woche gehalten. Wir warten noch auf die Algenanalyse. Dann können wir vielleicht sagen, an welcher Stelle des Rheins die Leiche ins Wasser geworfen wurde.«

»Wie soll das gehen?«, fragt Falter.

»Es gibt Kieselalgen, die wachsen in bestimmten Teilen des Rheins. Du kannst sie im Gewebe der Toten nachweisen. Wenn du verschiedene findest, kann man ungefähr sagen, wie die Reiseroute der Leiche gewesen sein muss.«

»War der Mann schon tot? Ich meine, bevor er in den Fluss geworfen wurde«, will Falter wissen.

Ritzen nickt. »Erschlagen. Was ich an dem Ganzen aber so interessant finde, ist sein Gesicht. Deshalb erzähle ich dir das. Nur dir, verstanden? Kein Wort zu deinem Super-Agenten.«

Jetzt nickt Falter und sieht ihn mit gerunzelter Stirn an. Er spürt die Spannung einer kurz bevorstehenden Nachricht, die ihn sprachlos machen soll.

»Das Gesicht ist nicht sein Gesicht. Aus dem, was noch übrig war, muss ich schließen, dass er einige Korrekturen an sich hat vornehmen lassen.«

Falter braucht einen Moment, bis er zu Ritzens Vermutung aufschließen kann.

»Du meinst, er war beim Schönheitschirurgen?«

»Mindestens. Die Augenlider waren verändert. Vom Nasenbein wurde ein Stück abgetragen. Unter dem Kinn hatte er einen Schnitt von einem Ohr bis zum anderen. Den sollte ein Bart verdecken, aber ich finde so was natürlich trotzdem.«

»Das klingt nach relativ normalen Eingriffen. Wahrscheinlich hatte er Schlupflider, eine krumme Nase und ein abstoßendes Doppelkinn«, sagt Falter.

»Das muss man annehmen. Für die Kripo ist es jedenfalls der einzige Anhaltspunkt, irgendwie die Identität des Mannes herauszufinden. Soweit ich weiß, klappert sie die Schönheitschirurgen hier in der Gegend ab.«

»Schwaiger werden sie nicht mehr fragen können«, sagt Falter.

»Nö, aber vielleicht taucht der Tote ja in seiner Kartei auf. Machen die nicht immer diese Vorher-Nachher-Fotos?«

»Und wenn er bei Schwaiger war?«, fragt Falter und sieht Ritzen skeptisch an. »Was heißt das dann für dich?«

»Keine Ahnung. Ist wahrscheinlich alles Quatsch. Ich fand es einfach merkwürdig, dass nacheinander zwei Typen bei mir landen, die irgendetwas mit Schönheitschirurgie zu tun haben. Vielleicht war die Wasserleiche unzufrieden mit Schwaigers Arbeit und kein bisschen schöner als vorher. Deshalb hat er Schwaiger verklagen wollen, woraufhin der um seinen Ruf gefürchtet hat. Es gab einen Wortwechsel, Handgemenge, Würgerei, eine zufällige Bratpfanne, doing und aus.« Ritzen liegt mit heraushängender Zunge und abgekipptem Kopf im Rollstuhl. Die Augen sind dramatisch nach oben gedreht.

»Darauf nahm Schwaiger einen ebenso zufällig rumstehenden Sonnenschirmständer, band ihn dem Mann an den Hals und warf ihn in den Fluss des Vergessens«, ergänzt Falter.

»So wird es gewesen sein«, lacht Ritzen und rückt sich das Gesicht zurecht.

Sie finden Dotter schlafend an die Wand gelehnt. Der Kellner, der den Tisch abgedeckt hat, kommt ihnen mit Tellern auf dem Arm entgegen und sagt: »Den kriegen Sie nicht wach.«

Ritzen rollt zu dem Schlafenden hin und betrachtet ihn mit Pathologenblick. »Rheinhessischer Breitschädel. Mindestens fünfte Generation. Wahrscheinlich Inzest in der zweiten oder dritten. Zähe Natur, wenig Hirnvolumen.«

Falter schiebt Ritzen schnell zu seinem Platz zurück und setzt sich selbst neben Dotter. Er stupst ihn mit der Schulter an und fordert ihn auf, wach zu werden. »Wir wollen gehen, Jochen.«

Dotter erwacht wie ein Bär aus einem Zeichentrickfilm mit weit aufgerissenem Maul, einem lauten Jaulen und raumgreifenden Streckübungen. Er reibt sich die Augen und sieht vergnügt zu Falter und Ritzen. »Und jetzt?«, fragt er.

»Jetzt fahren wir zurück nach Mainz«, sagt Falter.

»Och, schon?«

»Ja, schon. Ritzen und ich müssen morgen arbeiten.«

»Meinst du, ich nicht?«, fragt Dotter ein bisschen eingeschnappt.

»Wie lautet denn Ihr Auftrag, Dotter?«, fragt Ritzen, und Dotter strafft sich, als trete er an zur Berichterstattung.

»Observierung verdächtiger toter Person und ihres Umfelds.«

»Sie meinen damit hoffentlich nicht Schwaiger«, argwöhnt Ritzen.

»Na klar, wen sonst«, sagt Dotter, und Ritzen schlägt die Hände vors Gesicht.

»Darüber reden wir noch, Jochen«, beschwichtigt Falter und zahlt.

Als sie durch den immer noch dichten Regen über Nieder-Olm nach Bretzenheim fahren, ist Dotter wieder eingeschlafen. Falter setzt Ritzen zu Hause ab und ist für einen Moment versucht, die Sprache auf Jutta und Max zu bringen, entscheidet sich aber dagegen. Dafür werden sie Zeit brauchen.

Katja schläft vermutlich schon. In den Fenstern ist kein Licht mehr. Nicht mal in der Diele. Die kleine Lampe auf dem Schuhschrank brennt sonst immer, wenn einer von ihnen noch nicht zu Hause ist. Als Zeichen, ich denk an dich, auch wenn ich schon schlafe. Falter dreht sich zu dem schnarchenden Dotter um und weiß nicht, was er mit ihm anfangen soll. Er scheint den Schlaf der unbequemen Nächte im Auto nachzuholen und wohl kaum dazu in der Lage, heute sein eigenes Bett aufzusuchen. Falter rüttelt ihn am Arm und bedeutet ihm, mit ins Haus zu kommen. Dotter torkelt hinter ihm her und murmelt etwas von Falters Frau und was sie dazu sagt.

»Das ist schon in Ordnung«, sagt Falter leise, als sie in die dunkle Diele treten. Er lenkt Dotter ins Wohnzimmer und drückt ihn auf das Sofa. »Du musst dir nur eins merken: Du bist ein Schulfreund. Wir haben uns zufällig wiedergetroffen. Kein Wort von deinem Auftrag. Klar?«

Dotter nickt und kuschelt sich in die Kissen. Falter bringt ihm eine Decke und geht dann hoch in den ersten Stock. Er zieht sich im Bad aus und putzt sich kürzer als gewöhnlich die Zähne. Auch in ihm ist eine schwere Müdigkeit, die durch seinen Körper wabert wie Quecksilber. Er tastet sich ins Schlafzimmer und schlüpft unter die Decke. Es ist eiskalt im Bett. Katja ist nicht da.

Am Morgen fällt Falters Arm ohne Hoffnung auf den rechten Teil des Bettes. Irgendwann in dieser Nacht war er eingeschlafen und wird jetzt wach mit dem stechenden Gedanken, seine Pflicht nicht getan zu haben. Krampfhaft hatte er sich wach gehalten, hatte immer wieder Katjas Handynummer gewählt, aber nur die ewig gleiche Stimme vernommen, die ihn davon in Kenntnis setzte, dass der Teilnehmer nicht erreichbar sei. Bei jedem Geräusch auf der Straße war er zum Fenster gestolpert, hatte auf dem Wecker Stunde um Stunde verstreichen sehen und wild neben sich gegriffen, wenn er für einen Moment eingenickt war.

Nun findet seine Hand Katjas warmen Körper. Ihre unvermutete Anwesenheit ist wie ein Elektroschock der Erleichterung. Falter rückt an sie heran und bohrt sein Gesicht zwischen ihre Schulterblätter. Angst und Ahnung vor etwas Unbestimmtem hatten Falters Kehle zubetoniert. Jetzt bröckelt die Masse langsam, und Falter hilft mit Tränen nach, die einfach aus ihm herausschießen und sich nicht aufhalten lassen. Katja rührt sich nicht. Ihr Atem ist gleichmäßig. Ihr Bauch hebt und senkt sich unter Falters Hand im Rhythmus der Schlafenden. Es ist kurz vor sieben Uhr. Sie müssen beide aufstehen. Falter streichelt Katja mit größerem Druck und flüstert ihr ins Ohr. Sie windet sich mit kleinen Bewegungen in seinen Armen und murmelt Unverständliches. Mit geschlossenen Augen dreht sie sich zu ihm und küsst sein unrasiertes Kinn. Sie drängen aneinander und schicken sich Signale des Einverständnisses. Ihr träger Morgensex mit geschlossenen Augen und ohne Worte ist für Falter ein Akt äußerster Nähe. Kein anderes Gefühl, keine andere Erfahrung kommt dem gleich. Seine Haut möchte in ihre einziehen und sich dort für immer niederlassen.

»Da ist jemand«, sagt Katja plötzlich und hebt den Kopf, um das Geräusch zu orten.

»Das ist Dotter. Der sucht das Klo«, murmelt Falter beiläufig und zieht sie wieder zu sich. Aber der Zauber stellt sich nicht mehr ein. Katjas Küsse werden flüchtiger. Falter merkt ihr das Denken an.

»Wer ist dieser Dotter?«, fragt sie und legt ihren Kopf auf seine Brust.

»Wir kennen uns aus der Schule. Hab ihn zufällig getroffen. Wir waren gestern Abend mit Arnulf aus, und danach konnte er nicht mehr fahren. Er hat auf der Couch geschlafen.«

»Dotter. Komischer Name«, sagt sie und lacht in kleinen Stößen.

»Warte, bis du ihn kennen lernst«, antwortet Falter vielsagend und gräbt seine Nase in ihr Haar. Es riecht nach Rauch.

»Wo warst du heute Nacht?«, fragt er. »Ich habe bis vier Uhr auf dich gewartet.«

Sie schaut ihn nicht an, sondern spricht zu seinem Brustkorb.

»Ich habe mich mit einem Anwalt getroffen.«

»So lange?«

»Wir hatten viel zu besprechen. Er sagt, ich brauche mir keine Sorgen zu machen. Er glaubt nicht, dass es überhaupt zu einem Prozess kommt. Gut, nicht?«

»Ja. Sicher«, sagt Falter mehr erstaunt als überzeugt. Er hatte gedacht, sie würden zusammen einen Anwalt suchen und sich gemeinsam beraten lassen. Falter ist in juristischen Dingen nicht unerfahren. Er hätte schnell herausgefunden, ob jemand etwas taugt oder nicht.

»Woher kennst du diesen Mann?«, fragt er, ohne sich seine Enttäuschung anmerken zu lassen.

»Aus den Gelben Seiten. Er war gleich der Erste. Ankenbach.«

Falter ist sprachlos. Seine Frau sucht sich einen Anwalt aus wie Dotter sein Essen. Sie wusste, dass er dabei sein wollte. Und hatte ihn bewusst nicht einbezogen. Warum?

»Sei nicht sauer«, sagt Katja.

»Ich bin nicht sauer«, lügt er. »Ich verstehe es nur nicht.«

Katjas Kopf nickt. »Es ist auch schwer zu verstehen. Aber ich muss das einfach alleine machen. Ich muss mit jemandem allein reden. Der mich nicht kennt. Der ein rein sachliches Interesse an mir und meinem Fall hat. Ich will absolute Nüchternheit und Klarheit. Ich will kein Mitleid und kein Mitgefühl. Weißt du«, sagt sie und schaut Falter direkt an, »ich will nicht mehr draus machen, als ist. Deshalb die Gelben Seiten. Ich wollte irgendjemanden, den Erstbesten. Nicht lange drüber nachdenken. Wenn ich das tue, kommen die Gefühle, und ich will keine Gefühle.« So hart und kühl hat Falter sie noch nie reden gehört. Er kriegt sie nicht deckungsgleich mit der Katja, die ein traumwandlerisches Gespür für alles Unausgesprochene und Verdeckte hat. Die immer an die Kraft der Gefühle glaubte und es in Beziehungen für den fatalsten Fehler hielt, wenn Paare sprachlos wurden. Wer nicht sagt, was er will, darf nicht darauf hoffen, dass der andere es errät, sagte sie immer, und Falter hat daraus gelernt. Aber nun wird er akzeptieren müssen, dass Katja ihm einen Teil ihres Innen vorenthält, weil sie selbst nicht zu ihm vorstoßen will. Sie hat das, was ihr passiert ist, in eine Schachtel gepackt, deren Inhalt nur bei Bedarf hervorgeholt wird und der ausschließlich mit dem klinischen Interesse einer Beweisaufnahme betrachtet werden darf.

Wie stark sie ist, denkt Falter. Und wie Recht sie hat. Jeder Gedanke, jedes Wort würde Schwaiger und seiner Tat Sinn und Gewicht geben, und beides verweigert sie ihm.

»Du bist wunderbar«, sagt Falter und will dort weitermachen, wo Dotters Schritte auf der knarrenden Treppe sie unterbrochen hatten. Aber Katja ist längst woanders. Nicht bei ihm, nicht in diesem Zimmer, vielleicht im Nirgendwo ihrer Sinn-Verweigerung. Als es zögernd an der Tür klopft, ist sie die Erste, die aufspringt, um zu öffnen.

»Morgen«, sagt Dotter mit belegter Stimme und räuspert sich. »Ich geh dann mal.« Das Objekt seiner Beobachtung unvermutet aus nächster Nähe zu betrachten, bereitet ihm spürbar Unbehagen. Er dreht sich mit unschlüssigen Armbewegungen weg von Katja und will schon wieder die Treppe runtergehen, da fragt sie ihn, ob er im Bad alles gefunden habe und mit ihnen frühstücken wolle. Falter erscheint im Türrahmen, und Dotters Blick sucht seinen. Falter nickt ihm zu. »Hol Brötchen. Den Rest machen wir.«

Während des Frühstücks ist Falter stiller Beobachter einer Verwandlung. Dotter hat noch ein rasches Bad genommen, Falter um ein frisches Hemd gebeten, das ihm über dem Bauch spannt, und sogar dessen Rasierwasser benutzt. Er wirkt wie mit Kernseife gebürstet, seine Haut glitzert rosig, und das Haar muss er über Katjas Rundbürste geföhnt haben, von allein kann es nicht so liegen. Dotter siezt Katja respektvoll, reicht ihr alles vom Tisch, worauf ihr Blick fällt, und erstaunt sie mit Kenntnissen über dadaistische Lyrik, ihr Spezialthema während des Germanistikstudiums. Von den Autoren, deren Gedichte Dotter vehement rezitiert, hat Katja zwar noch nie etwas gehört, aber sein lautmalerischer Vortrag gibt ihr keinen Anlass, an deren Existenz zu zweifeln. Anders Falter. Für ihn ist offensichtlich, dass Dotter seine alte Gabe auslebt, Halbwissen mit Improvisationstalent zu kombinieren, um kurzfristig zu beeindrucken. Falter ist durchaus amüsiert, verliert aber die Lust an Dotters Rhetorik, als Katja längst gegangen ist, Falter die Spülmaschine einräumt und Dotter immer noch absurde Lautgedichte von sich gibt.

»Jetzt mach mal Schluss«, sagt Falter. »Woher kennst du überhaupt dieses Zeug?«

Dotter verstummt wie ein Radio, das man langsam leiser dreht.

Er geht hinüber zum Bücherregal und studiert mit schräg gelegtem Kopf die Titel. Während er liest, ruft er Falter zu, dass Ellen, die Frau von der Straße, eine Vorliebe für solche Gedichte hatte. Am Ende, als ihre Beziehung schon zu porös geworden war, um ernsthaft an ihren Fortbestand zu glauben, habe er sie manchmal noch für sich gewinnen können, wenn er sie mit selbst ausgedachten Versen unterhielt.

Falter kommt mit einem Lappen in der Hand aus der Küche, um den Esstisch abzuwischen. Er sieht prüfend zu Dotter und sucht nach Anzeichen von Traurigkeit in seiner Haltung und seinem Gesicht, aber da ist nichts.

»Ich muss zur Arbeit«, sagt Falter und geht zurück in die Küche. Er spült den Lappen aus und trocknet sich die Hände ab. In der Diele nimmt er seine Jacke und öffnet die Haustür. Er ruft nach Dotter, aber der reagiert nicht. Er wiederholt sein Rufen, jetzt lauter und energischer. Dotter erscheint zögernd im Türrahmen. Sein Körper signalisiert Unentschlossenheit. Er möchte nicht gehen. Er wartet, dass Falter ihm eine Möglichkeit bietet.

»Heute nicht, Jochen. Ich muss mich um Theo und diese Frau kümmern und tausend andere Sachen. Es ist viel liegen geblieben.«

Dotter nickt betrübt, hat dann aber eine Idee, die ihm zu gefallen scheint. »Ich reparier Katjas Auto.«

Falters innere Erörterung darüber, ob er diesen Vorschlag gut findet oder nicht, ist dem Tempo von Dotters Entschlossenheit nicht gewachsen. Dotter hat die Autoschlüssel schon vom Tisch genommen und ist auf dem Weg zur Tür.

»Ich bring ihn dir am Montag wieder. Wenn ihr ein Auto braucht, nehmt meins«, sagt er und wirft Falter den Schlüssel hin. Falter bückt sich danach und zieht die Haustür hinter sich zu. Die verbeulte Stoßstange von Katjas Wagen verschwindet am Ende der Straße. Falter stellt den Jackenkragen hoch und stopft die Hände in die Taschen. Ostwind weht ihm entgegen. Der Lärm der Flugzeuge, die auf dem Weg nach Frankfurt sind, ist lauter also sonst und heute selbst hier zu hören. Falter geht mit schnellen Schritten und hochgezogenen Schultern zur Ortsmitte. Er holt sich seine Zeitung jetzt im Schreibwarenladen, auch wenn ihn die Frau an der Kasse verwundert ansieht. Sie weiß, dass er eigentlich Helenes Kunde ist. Helene hat es oft genug betont. Falter beachtet sie nicht. Er ist gewappnet gegen diese Blicke. Auch gegen solche, die auf der Straße sein Gesicht erforschen, und gegen das Getuschel, das erst anhebt, wenn er sich außer Hörweite befindet. Seit Katjas Bild in der Zeitung und der Öffentlichmachung ihrer Geschichte versucht Falter, jedem persönlichen Gespräch auf der Straße aus dem Weg zu gehen. Er ist verbindlich und freundlich wie immer, lenkt aber sofort ab, wenn er seinem Gegenüber ansieht, dass es im nächsten Moment die mühsam unterdrückte Frage nach Katja stellen will. Dass dieses Verhalten einen Verzicht auf die morgendlichen Besuche in Helenes Laden bedeutet, bedauert er. Aber ausgerechnet dort konzentriert sich der dörfliche Klatsch, dem Falter lieber ausweicht. Er hofft, dass Helene ihn versteht, und sucht noch nach einer Möglichkeit, es sie wissen zu lassen. Vielleicht kann er Theo bitten, ihr auszurichten, dass er für eine Weile nicht mehr kommen kann.

Theo ist noch im Bademantel. Er öffnet die Tür nur einen Spalt breit und scheint unschlüssig, was er tun soll. Falter hat das Gefühl, ungelegen zu kommen, und will schon wieder gehen, als Theo die Tür so weit öffnet, dass er eintreten kann. Die Wohnung ist immer noch so aufgeräumt und sauber wie beim letzten Mal. An den Fenstern hängen Gardinen, die an den Seiten von einer Schärpe im gleichen Stoff gerafft werden. Im Wohnzimmer liegt ein neuer Teppich, der fast den ganzen Boden bedeckt und hinter dessen Anschaffung Falter den mutigen Geschmack von Theos neuer Liebe erahnt.

»Ich will nicht stören«, sagt Falter halbherzig. Theo zuckt die Achseln und zeigt auf die Küche. Falter folgt ihm. Am Tisch sitzt eine Frau mit grauem Haar, das trotz der frühen Stunde schon frisiert ist. Auch sie trägt einen Bademantel, nur ist ihrer weinrot und sieht neu aus, nicht wie Theos, den Falter schon seit Jahren kennt. Sie lächelt, als sie Falter sieht, und reicht ihm die Hand. Es ist eine warme, knochige Hand.

»Langmuth«, sagt die Frau. Falter nickt und hält ihre Hand noch fest, als er sich mit der Linken einen Stuhl heranzieht und sich neben sie setzt. Sie muss früher blond gewesen sein. Ihre Wimpern und Brauen sind es noch. Ihre blassblauen Augen schauen Falter freundlich und ein wenig belustigt an.

»Mein Sohn schickt Sie«, sagt sie und Falter streitet es nicht ab.

Theo hat eine dritte Tasse geholt und schenkt ihm Tee ein.

»Lottes Sohn hat was gegen mich«, sagt Theo. Zum ersten Mal, seit er seine neuen Zähne trägt, ist er ohne Schwierigkeiten zu verstehen, was Falter darauf zurückführt, dass er sich entweder an das Gebiss gewöhnt hat oder es hat korrigieren lassen.

»Gegen uns«, ergänzt Lotte Langmuth.

»Was stört Ihren Sohn denn?«, fragt Falter.

»Vieles«, sagt sie gut gelaunt. »Das Übliche. Mutter, wie kannst du nur, in deinem Alter!«

Falter schätzt sie auf Anfang siebzig. Sie gehört nicht zu den Frauen, von denen man sagen kann, sie hätten sich gut gehalten. Sie wirkt eher wie eine, die im Leben getan hat, was zu tun war, und dem Alter seinen natürlichen Lauf gelassen hat.

»Ihr Sohn scheint ernsthaft beunruhigt über Ihren Lebenswandel. Hat er dafür irgendeinen Anlass?«, fragt Falter.

»Den hat er«, sagt sie. »Er findet mich undankbar.« Sie lacht und zeigt eine Reihe intakter Zähne.

»Was danken Sie ihm nicht?«

»Dass ich bei ihm wohnen darf. Dass er meinetwegen ein größeres Haus gekauft hat. Das war ja auch sehr nett von ihm. Aber jetzt möchte ich einfach anders leben. Mit Theo«, sagt sie und streichelt über dessen Hand.

»Was unternimmt er, um Sie daran zu hindern? Außer die Polizei zu verständigen?«, will Falter wissen.

Lotte Langmuths Miene wechselt von heiter zu ernst. »Er erzählt den Kindern, ich hätte sie nicht mehr lieb. Ich habe zwei Enkel. Paul und Tom. Denen sage ich natürlich, dass das Quatsch ist und dass wir uns so oft sehen wie vorher. Ich geh doch nicht nach Australien!« Sie schüttelt den Kopf und ist wieder so kampflustig wie zuvor.

»Sie machen das sehr gut«, sagt Falter. Für ihn gibt es nichts zu tun hier. Lotte Langmuth weiß, was gut für sie ist, und sie wird es durchsetzen. Merkwürdig nur, wie sich die Rollen drehen. Die Kinder fühlen sich plötzlich wie die Eltern ihrer Eltern. Schreiben ihnen vor, wie sie zu leben haben, und benehmen sich wie die Erziehungsberechtigten von Schwererziehbaren.

Falter steht auf und küsst Lotte Langmuth zum Abschied auf die Wange.

»Ich freu mich, dass Sie für Theo da sind«, flüstert er ihr ins Ohr. Theo zieht er mit sich zur Haustür und boxt ihn in die Seite. »Tolle Frau.«

Er geht über den Hof und schaut sich kurz vor dem Tor noch einmal um. Sie stehen Hand in Hand im Türrahmen. Zwei magere Gestalten in zu weiten Bademänteln. Wenn sie Glück haben, gehören ihnen die nächsten zehn Jahre gemeinsam.

ACHT

Als der Sonntagabend kommt, wissen sie nicht, was sie tun sollen. Falter schlägt vor, eine frühe Kinovorstellung zu besuchen, aber das Programm ist zu banal, als dass es sie wirksam würde ablenken können. Nach Essen ist ihnen beiden nicht zumute. Ihre Mägen sind seit dem Morgen schon in einem Dauerkrampf erstarrt, wie sie sich gegenseitig gestehen, als das Mittagessen unberührt bleibt. Sie versuchen zu lesen, waschen Wäsche und sind plötzlich mitten in einem improvisierten Hausputz, als die Zeiger der Uhr unbemerkt über die belastete Stunde rutschen, an die beide ständig denken müssen, allen Beteuerungen und Verweigerungen zum Trotz. Dass es zwei Wochen her ist seit dem Tod im Wald, ist für Falter eine Tatsache, die sich seiner Zeitrechnung entzieht. Mal kommt ihm dieser Zustand neu und überwältigend tragisch vor, so dass er kaum zu atmen wagt. Dann wieder empfindet er eine erschreckende und zugleich beruhigend zeitlose Normalität, die ihm weder eine Entscheidung noch aktives Handeln abverlangt.

Falter und Katja schweben aneinander vorbei, jeder für sich in seinen Gedanken und nur ab und an verbunden mit einem kurzen Lächeln oder einem flüchtigen Streicheln. Die Leichtigkeit ihres Lebens ist ihnen abhanden gekommen, weil jeder Gedanke, der gedacht werden kann, schon besetzt ist mit dem, was passiert ist. Es ist die Hypothek, die sie mit sich herumtragen werden bis zum Ende. Der Verlust der Unbeschwertheit versetzt Falter in manchen Momenten in so hellen Zorn, dass nur eine extreme Tat ihn mildern könnte. Autos mit einer Axt zerhacken etwa, Fensterscheiben einwerfen, Fernseher aus dem ersten Stock auf den Bürgersteig fallen lassen. Kurze Augenblicke der Erleichterung wären das, keine Heilung. Heilung soll die Zeit bringen, sagt man, aber Falter weiß, dass eine Wunde wie ein kaputter Reißverschluss ist. Er lässt sich reparieren, aber er wird nie wieder so reibungslos funktionieren wie zuvor, und bei jedem Verhaken wird er an seinen Makel erinnern.

Am Montagmorgen will Falter gerade das Haus verlassen, als das Telefon klingelt. Es ist Helene. Sie meldet sich nicht mit ihrem Namen, und da er weder mit ihrem Anruf gerechnet noch je ihre Stimme durch ein Telefon gehört hat, braucht er ein paar Sekunden bis zum Erkennen. Sie ist eine einfache Frau, der die Worte nicht leicht fallen. Aber in diesem Moment sind ihre Anweisungen präzise und unmissverständlich. Er läuft sofort los und schaut nicht nach links und rechts. Vor dem Laden stehen ein paar Leute und warten. Falter geht an ihnen vorbei und ignoriert den Zettel an der Tür, auf dem »Heute geschlossen« steht. Er klopft, und Sekunden später wird ihm geöffnet. Die Wartenden drängen nach, aber Helene schließt die Tür energisch hinter Falter ab.

»Kommen Sie mit«, sagt sie, und Falter folgt ihr in einen Raum hinter dem Tresen. Hier setzt sich die Enge des Ladens fort. Zwischen die Küchenzeile aus Resopalmöbeln und die gegenüberliegende Wand quetscht sich ein schmaler Küchentisch mit einer gelb-rot gestreiften Wachstuchdecke, die von den Einkerbungen Hunderter Kaffeetassenkränze gezeichnet ist. Auf dem Tisch steht ein graues Telefon mit Wählscheibe, das noch aus dem Besitz der Deutschen Bundespost stammt. Falter setzt sich auf einen der beiden Stühle und überlässt Helene den stabiler aussehenden. Sie nimmt eine Bild-Zeitung von der Arbeitsplatte und rückt mit dem Stuhl nah an Falter heran.

»Es wird viel geredet in Bretzenheim«, sagt sie und sieht ihn verständnisvoll an, »deshalb sind Sie wahrscheinlich nicht mehr gekommen.« Falters Antwort ist ihr egal. Sie weiß, dass sie Recht hat.

»Das hier«, sagt sie und breitet die Zeitung vor ihm aus, »sollten Sie vor den anderen lesen. Darum hab ich Sie angerufen.« Sie erhebt sich schwerfällig und wuchtet sich nach nebenan. Falter soll allein sein.

Es ist wieder ein Foto von Katja da, aber keines, das Dotter geschossen haben kann. Es zeigt eine Katja, die höchstens fünfundzwanzig Jahre alt ist. Ihre Haare sind länger als heute; sie reichen noch über die Schultern. Sie blickt direkt in die Kamera, aber es ist nicht der neutrale Blick eines Passfotos.

Es ist ein herausfordernder Blick. Hart und unnahbar. Ihr Mund ist geschminkt, die Augen sind schwarz umrandet. Es ist eine fremde schöne Frau, die Falter aus der Zeitung ansieht. Eine schrecklich schöne Frau. Falter beißt sich in den Handrücken, um nicht laut zu schreien.

»Dr. Schön und das Callgirl« steht über dem Bild. »Kannten sich Opfer und Täter?«, fragt das Blatt. Die Antwort ist eindeutig. Eva M. wird zitiert, Inhaberin einer Begleitagentur aus Mainz. Bei ihr war Katja P. drei Jahre lang beschäftigt, und »Dr. Schön« war einer ihrer Kunden. Falter liest hastig und immer wieder. Katja und Schwaiger. Sie kannten sich.

Sie kannten sich aus einer Zeit, als Katjas Haar noch lang und ihr Mund geschminkt war. Sie kannten sich.

Wie gut kannten sie sich? Wie nah kommt man sich, wenn man jemanden begleitet? Hat dieser Mann Katja angefasst oder ihr beim Essen nur in die Augen geschaut? Hat er sich nur mit ihr geschmückt oder sie zu mehr überredet?

»Sie wussten das nicht, oder?«, fragt Helene, die leise neben ihn getreten ist. Falter schüttelt den Kopf. Es kommt ihm vor, als habe er noch nie irgendetwas gewusst. Als habe ihm die Welt immer nur den Rücken zugekehrt und sich über ihn lustig gemacht.

»Das klärt sich alles«, sagt Helene. »Ihre Frau ist doch nicht so.«

Falter sieht sie dankbar an. Helene sagt das nicht aus Mitleid oder um ihn zu trösten. Sie klingt überzeugt, weil sie nur glaubt, was sie weiß, und Katja hält sie für einen anständigen Menschen. Falter sieht sie fragend an: »Und jetzt?«

»Jetzt schauen wir, dass wir Sie hier rauskriegen. Ich bringe Sie nach Hause. Und dann melden Sie sich für heute krank. Und heute Abend reden Sie mit Ihrer Frau.«

Helene nimmt ihren Mantel vom Haken neben dem Küchenschrank und sucht ihre Schlüssel, erinnert sich aber, dass sie von innen auf der Tür stecken. Sie greift Falter unter den Arm und zieht ihn sanft vom Stuhl in die Höhe. Sie schlängeln sich durch den engen Gang und treten untergehakt ins Freie. Falter lässt sich durch die Gassen führen wie ein Rekonvaleszent bei seinen ersten Gehversuchen. Helene hält ihn mit eisernem Griff und redet ohne Pause, als hinge der Erfolg der Unternehmung allein von ihren Worten ab. Sie wirken so ins Gespräch vertieft, dass niemand sie anspricht, und erreichen Falters Haus ohne Zwischenfälle. Einzig Falters Nachbarin sieht ihnen erwartungsvoll entgegen, während sie so tut, als fege sie Laub. Sie mustert Falter ohne Zurückhaltung und fragt mit übertrieben freundlicher Gesichtszuckung, wie es ihm gehe und ob er heute nicht arbeiten wolle. Falter antwortet nicht und schließt die Haustür auf. Er hofft, dass Helene ihn noch hineinbegleitet, aber sie schüttelt den Kopf.

»Ich muss jetzt mal den Laden aufmachen«, sagt sie und bedeutet Falter mit der Hand, dass er schnell im Haus verschwinden soll, bevor die Nachbarin weitere Spitzen abfeuern kann.

Drinnen bemüht er sich um das Abhaken zu erledigender Dinge. Krankmelden muss er sich. Sein Vorgesetzter ist nicht erstaunt.

»Unangenehme Sache, Falter. Mit einer Krankmeldung ist das nicht getan«, sagt er. »Ich schlage vor, Sie nehmen erst mal Urlaub. So können Sie auf keinen Fall weitermachen.«

Falter hat keine Argumente dagegen. Wahrscheinlich ist es am besten so. Katja hat ihm eine Mitteilung aufs Handy geschickt: »Bin gleich bei dir.« Er schreibt ihr zurück, dass er zu Hause ist und auf sie wartet. Er läuft durchs Haus und weiß sich mit nichts zu beschäftigen. Geputzt haben sie erst gestern. Da gibt es nichts mehr zu tun. Er schmiert sich Brote und schlingt sie hinunter. So lässt sich die Unruhe für Momente wegessen. Er kaut noch, als Katja nach Hause kommt. Sie bleibt in Schal und Mantel im Türrahmen zur Küche stehen und schaut ihn an. Sie prüft seinen Zustand mit den Augen und ist sich nicht sicher, ob sie schon zu ihm gehen kann.

Falter winkt ihr mit dem Messer. »Willst du auch ein Brot?«

Sie nickt zögernd, aber auch erleichtert und lässt ihre Tasche auf den Boden fallen. Schal und Mantel legt sie nachlässig über einen Küchenstuhl und stellt sich neben Falter. Ihre Wange berührt Falters Oberarm, während er ihr ein Brot schmiert. Er weiß nicht, was er zuerst fragen soll.

»Ich war kein Callgirl«, fängt Katja an, und Falter ist ihr dankbar für das erste Wort. »Ich habe Männer begleitet, die nicht alleine essen gehen wollten oder ins Theater oder auf eine Party. Kein Sex. Nie.« Sie nimmt das fertige Brot und beißt hinein. Falter glaubt ihr. Anders kann es nicht sein.

»Aber probiert haben werden es die Männer«, sagt er.

»Manche schon. Aber das ging schnell vorbei, wenn man selbst nicht wollte.«

»Und du? Wolltest du schon mal?«, fragt Falter und bereut es sofort. Ihre Erklärung war eindeutig gewesen, und trotzdem lässt er sich von einer nagenden Eifersucht vorantreiben.

»Nein«, sagt sie so bestimmt, dass kein Zweifel an ihrer Aussage besteht. »Es war ein Job. Ich hätte auch putzen gehen können. Aber so habe ich mich zweimal in der Woche nett angezogen und bin essen gegangen. Die Typen waren nicht alle toll, aber dafür stimmte das Geld. Ich habe so gut verdient, dass ich meine Eltern um nichts mehr bitten musste. Verstehst du das?«, fragt sie. Sie hat sich auf die Arbeitsplatte neben dem Herd gesetzt und Falter zwischen ihre Beine gezogen.

Er nickt. »Das ja. Aber warum hast du mir nie davon erzählt? Wir hätten drüber lachen können. Du hättest mir komische Geschichten erzählen können von einsamen Männern auf öden Partys.«

»Ich hab's einfach vergessen. Es ist so lange her. Es war nicht wichtig. Und so viel gibt es nicht zu erzählen. Außer dass einer mal so betrunken war, dass er in so einem Edel-Restaurant die Champagnerflasche gegen den Kronleuchter geschmissen hat und der mitten auf dem Nachbartisch landete. Die Flasche flog einem Kellner an den Kopf. Der musste mit schwerer Gehirnerschütterung ins Krankenhaus. Aber das Beste war, dass an diesem Nachbartisch ausgerechnet der Mainzer Oberbürgermeister mit Gattin und so weiter saß und man zunächst einen politischen Anschlag vermutete.«

Ihr gemeinsames Lachen ist nur eine Atempause für die entscheidende Frage.

»War Schwaiger dein Kunde?«

»Ja.«

»Du hast gesagt, du kennst ihn nicht. Wie konntest du das machen?«

Sie windet sich in seinen Armen und sucht nach einer Antwort irgendwo an der Küchendecke. In ihren Augen stehen Tränen, und Falter fühlt sich sofort schuldig.

»Nicht weinen. Aber ich muss das jetzt wissen. Meinst du nicht?«

Sie nickt heftig und wischt sich über Augen und Wangen.

»Konrad Schwaiger war vor zehn oder zwölf Jahren mein Kunde. Danach habe ich ihn nie wieder gesehen. Der Mann, der im Wald über mich hergefallen ist, war mir unbekannt. Erst als er da lag, so tot, habe ich ihn erkannt. Nein, das stimmt nicht. Er erinnerte mich nur an Schwaiger. Dass er es tatsächlich war, habe ich später erfahren.«

»Aber dann hättest du es sagen müssen«, beharrt Falter. »Die Staatsanwältin hat danach gefragt. Sie wird jetzt wissen wollen, warum du das verschwiegen hast.«

»Weil es nicht wichtig ist, verdammt noch mal«, sagt Katja plötzlich heftig. »Dieser Mann wollte mich vergewaltigen. Er war irgendein Mann. Es war Zufall. Ich war das Opfer, weil ich gerade vorbeikam. Was hat es für eine Bedeutung, dass ich den Typ vor zehn Jahren ein paar Mal getroffen habe? Es ist komplett, total unwichtig!« Die letzten Sätze hat sie aus sich heraus geschrien und ist von der Tischplatte gerutscht. Sie steht zornig in der Küche und ist unschlüssig, wohin sie gehen soll. Sie reißt den Kühlschrank auf und knallt ihn wieder zu.

»Scheiße!«, brüllt sie. »Ich kann das alles nicht mehr hören. Plötzlich bin ich ein Callgirl. Eine Nutte. Und die bringt ihren früheren Freier um. Denkst du das?« Aus ihren Augen sprüht ein Hass, der Falter gegen die Wand drückt. Er will hin zu ihr, aber da ist ein Bannkreis aus Ablehnung um sie herum. Sie ist ungerecht in ihrem Zorn und trifft damit vor allem ihn.

»Nein!«, brüllt er zurück. »Ich denke das nicht. Aber diese Schlingmann wird so denken. Sie muss sogar so denken. Das ist nämlich der Punkt. Was du für unwichtig hältst, ist für andere Leute wichtig. Es geht um die Wahrheit, verstehst du. Nur darum.«

»Die Wahrheit«, sagt sie verächtlich. »Die Wahrheit gibt es nicht. Weil jeder was anderes für wahr hält.«

»Ich weiß nicht, warum du mich angreifst«, sagt Falter leise und blickt zu Boden.

»Ich meine doch nicht dich«, sagt Katja einlenkend. »Entschuldige. Aber ich will einfach nichts mehr davon hören. Ich will nicht darüber nachdenken. Ihr kapiert alle nicht, dass ich einen Menschen getötet habe. Ihr wisst nicht, wie man sich damit fühlt. Ich kann es nur verdrängen, sonst gehe ich kaputt daran. Weg damit.«

Es ist ihr Weg, aber Falter fragt sich zum ersten Mal, ob er ihn mitgehen kann. Die rigorose Verweigerung, etwas anderes gelten zu lassen als die persönliche Perspektive, erscheint ihm in Katjas Fall problematisch. Er ist zu sehr Polizist, als dass er sich nicht die gleichen Fragen stellen würde wie die Staatsanwaltschaft oder die Kripo.

»Ich muss wieder los«, sagt Katja und nimmt Mantel und Schal. »Die Kropp hat mir zwar nahe gelegt, ich sollte Urlaub nehmen, aber das kommt gar nicht in Frage. Ich versteck mich doch nicht. Und Arbeit lenkt wunderbar ab.« Sie geht auf Falter zu und küsst ihn kurz und trocken auf den Mund. Er lässt sie gehen und schaut ihr hinterher, wie sie sich bückt, um die Tasche aufzuheben, und hinter dem matten Glas der Haustür verschwindet. Sie hat sich nicht umgedreht, denkt er.

Links unter seinem Schlüsselbein breitet sich erneut Kälte aus. Langsam wie ein Tintenfleck auf Löschpapier bildet sie Ring um Ring. Falter rubbelt mit der rechten Hand darüber und überlegt, ob eine Wärmflasche helfen würde. Er könnte sich aufs Sofa legen, eingehüllt in eine Decke, ein noch nicht gelesenes Buch endlich beginnen und den Tag vertrödeln.

Vor ihm liegt eine freie Zeitgestaltung von unbestimmter Dauer. Wonach sich andere sehnen, ist ihm unvermutet beschert worden, aber er kann keinen Genuss darin entdecken. Vielleicht sollte er es machen wie Katja und sich eine Abstellkammer für unliebsame Gedanken einrichten. Da könnte er reinstopfen, was ihn belastet. Wenn er ein anderer wäre, könnte er das tatsächlich tun. So aber kommt ihm nur das Bild in den Sinn, wie die Abstellkammer überquillt von weggeschobenen Problemen und er sich vergeblich müht, sich mit dem Rücken gegen die Tür zu stemmen. Die Kraft dahinter ist mächtiger als er. Wie ein riesiges Tier, dem der Käfig zu klein wurde.

Er kann das Denken nicht abstellen. Er bekommt auch Katjas Foto nicht aus dem Kopf. Er stellt sich vor, dass es das Foto aus der Agenturkartei ist, in der Schwaiger blättert und bei Katjas Bild sagt, die nehme ich. Selbst wenn sich Falter bemüht, hinter Katjas Tätigkeit eine reine Dienstleistung zu sehen, kommt er gegen die Phantasien, die ihm unaufgefordert durch das Gehirn jagen, nicht an. Ihr rot geschminkter Mund, der charmant lächelt, dafür wird er schließlich bezahlt. Ihre grünen Augen, die herausfordernd schauen, denn Flirten gehört dazu. Blicke, Worte, Bewegungen verschmelzen für Falter zu einem Tanz zweier Körper, die sich umeinander schlängeln, der eine drängend, der andere ausweichend, aber am Ende finden sie sich doch.

Falter hat sich nie vorstellen wollen, wie nah Katja den Männern vor ihm war. Er hat versucht, ihre Vergangenheit von ihrer gemeinsamen Gegenwart zu trennen. Sie waren beide nicht voraussetzungslos, als sie sich trafen, deshalb machte ein Rühren an früheren Beziehungen keinen Sinn. Für Falter war Katja eine Summe ihrer Erlebnisse. Er glaubte, sie zu kennen, und er unterschied nicht in die Katja von früher und die von heute. Wenn sie unbefangen von einem Ex-Freund erzählte, empfand Falter nur geringe Eifersucht. Eher ein Bedauern, nicht damals schon ihr Freund gewesen zu sein. Allerdings hütete er sich davor, Bilder heraufzubeschwören, wie Katja einen anderen als ihn küsste, einen anderen Körper als seinen in Besitz nahm, einem anderen und nicht ihm ihre Liebe ins Haar flüsterte.

Im Großen und Ganzen war Falter dieses Abschirmen von Vergangenheitsbildern gelungen.

Das geht jetzt nicht mehr. In Falters Kopf spult ein Projektor Filme ohne Pause ab. Er kann nichts dagegen machen. Er will diese Filme nicht sehen, aber selbst wenn er sich die Augen zuhält, laufen sie weiter. Falter kommt nicht heraus aus dem Kino seiner Phantasie. Die Vorstellung dauert vierundzwanzig Stunden. Er schaltet den Fernseher ein, aber die Gegenbilder sind nicht stark genug. Er fängt an zu kochen. Schneidet Gemüse klein, in gleichmäßige Würfelchen, konzentriert sich auf den köchelnden Reis, der ein Muster aus Löchern an der Oberfläche bildet, erhitzt Öl in einer Pfanne und brät das Gemüse. Er macht sich jede seiner Bewegungen bewusst, selbst den Gebrauch des Salzstreuers begleitet er mit größter Aufmerksamkeit.

Aber der Film läuft weiter, mit einer schemenhaften Katja und gesichtslosen Männern, vor allem aber mit dem bohrenden Gefühl, hilfloser Zuschauer zu sein und die eigene Phantasie nicht beherrschen zu können.

Falter isst ohne Appetit. Das Haus ist unnatürlich still. Er hört das malmende Kauen in seinem Mund wie durch einen Lautsprecher. Als es an der Tür klingelt, schrickt er zusammen, als sei sein Kopf unvermutet zwischen die metallenen Scheiben eines Beckens geraten.

Es ist Dotter, der fröhlich Katjas Autoschlüssel schwenkt und fragt, warum Falter nicht im Büro ist. Sie gehen in die Küche, wo die Zeitung zwischen benutzten Pfannen, Töpfen und Gemüseabfällen liegt. Dotter pfeift durch die Zähne, als er den Bericht liest; eine unpassende Reaktion, wie Falter findet. Einerseits erleichtert ihn Dotters Anwesenheit, weil der Film in seinem Kopf zum Stillstand gekommen ist. Andererseits will er nicht reden und nichts erklären und vor allem keine mitleidigen Blicke. Dotter klaubt die Gemüseabfälle zusammen, wickelt sie in das Zeitungspapier und fragt nach dem Biomüll. Falter zeigt auf eine Tonne in der Ecke.

»Ich habe morgen früh einen Termin in der Praxis von dem Schwaiger«, sagt Dotter. »Je mehr wir über den rauskriegen, desto besser für Katja.«

»Was soll daran gut für Katja sein?«, fragt Falter lahm.

»Mann, Benno, werd mal wach. Deine Frau hat diesen Schönheitsfritzen erschlagen, und das nicht aus Notwehr. Nein, lass mich ausreden! Sie hat ihn im Liegen erledigt. Warum ist sie nicht weggerannt? Katja hatte einen Grund. Hat sie ihn dir gesagt?«

Falter schüttelt den Kopf. »Sie sagt, es war Notwehr. Und ich glaube ihr.«

»Ich nicht«, sagt Dotter ernst, so ernst, dass Falter das Blut ins Gesicht schießt. Wenn er die Fakten zusammenzählen würde, käme er zum gleichen Ergebnis wie Dotter. Aber er kann das nicht. Er kann keinen Zweifel an ihr haben.

»Deshalb«, fährt Dotter fort, »nehme ich mir den Schwaiger vor. Da ist was, das weiß ich. Und dann rede ich mit dieser Bordellmieze. Eva soundso.«

»Das ist kein Bordell«, korrigiert ihn Falter heftig. »Begleitagenturen sind ganz was anderes.«

»Ja, schon klar«, grinst Dotter, keineswegs überzeugt. Er nimmt sich unaufgefordert eine Gabel aus der Schublade und schiebt sich Reis und Gemüse aus dem Topf in den Mund. »Und was machst du heute? Du siehst so zivil aus.«

»Ich habe Urlaub bis auf Weiteres«, antwortet Falter.

»Dann kannst du mich ja begleiten«, schlägt Dotter vor. Reiskörner kleben an seiner Oberlippe. Im Kühlschrank findet er Ketchup und kippt es in einem reichlichen Schwall über das Essen. Falter starrt ihn verständnislos an.

»Ich soll mit zu Schwaiger? Bist du wahnsinnig? Schon schlimm genug, dass du da hinwillst. Aber lass mich aus dem Spiel. Du sagst keinen Ton, dass du mich kennst, klar?«

Statt einer Antwort fängt Dotter gackernd an zu lachen. »Du bist echt ein Schisser, Benno. Aber ich meine auch nicht, dass du mit zu Schwaigers Praxis kommst. Ich dachte, du hast vielleicht Lust, dir diese Agentur anzuschauen. War schließlich mal Katjas Arbeitsplatz.« Dotters Grinsen hat etwas Unverschämtes, das Falter nicht einordnen kann. Mal fühlt er sich von Dotter verstanden, und dann wieder ist er sicher, dass Dotter für einen guten Witz jede Freundschaft verkaufen würde.

»Und du meinst, ich kann mich Eva oder wie sie heißt, einfach als Mann ihrer Ex-Angestellten vorstellen«, sagt Falter bissig. Dotter schüttelt den Kopf und verdreht die Augen. Sein Mund ist zu voll für eine direkte Antwort.

»Quatsch«, sagt er nach einer Weile und tastet mit der Zunge nach Reiskörnern, die zwischen seinen Schneidezähnen hängen geblieben sind. »Ich stell dich als meinen Mitarbeiter vor.« Dotter kratzt die letzten Reste aus dem Topf und stellt ihn in die Spüle, um Wasser hineinlaufen zu lassen. Dann zieht er sein Handy aus der Hosentasche und zeigt zum Wohnzimmer. »Ich brauch ein paar Minuten, um die Adresse rauszukriegen. Kannst dir ja überlegen, ob du mitkommst.«

Während Dotter nebenan telefoniert, klingelt Falters Handy. Es ist Ritzen.

»Wusstest du das?«, fragt er.

»Nein.«

»Warum hat sie nichts davon gesagt?«

»Weil sie es nicht wichtig fand. Sie sagt, sie habe Schwaiger erst erkannt, als er schon tot war. Es war Zufall«, erklärt Falter.

»Der schwer zu beweisen sein wird. Verdammt, Benno, irgendetwas ist da. Katja muss raus mit der Wahrheit, sonst wird es eng für sie. Ich verstehe das alles ehrlich gesagt nicht. Sie ist doch sonst so offen.«

Falter weiß keine Antwort darauf.

»Bist du noch dran?«, fragt Ritzen.

»Ja. Ich weiß auch nicht mehr, was ich glauben soll. Es gibt für alles eine Erklärung, auch wenn sie immer schwerer fällt.«

»Ich glaube«, sagt Ritzen, »wir müssen doch Nummer vier losschicken. Auch wenn ich in sein Fingerspitzengefühl kein großes Vertrauen habe. Wo ist er eigentlich?«

»Sitzt nebenan und telefoniert. Er hat morgen einen Termin in der Schwaiger-Praxis und will heute noch zu dieser Agentur. Er meint, ich soll mitkommen, aber ich habe ein ganz schlechtes Gefühl dabei. Es kommt mir so vor, als würde ich Katja hintergehen. Als würde ich ihr hinterherschnüffeln.«

»Na ja«, sagt Ritzen vorsichtig, »auf der anderen Seite lässt sie dir keine Wahl. Und wenn es dich beruhigt, kannst du dir immer noch sagen, du tust es aus Sorge um sie.«

»Merkwürdige Logik hast du.«

»Ich denke lösungsorientiert. Das weißt du doch. Und wenn Katja nicht zur Lösung beiträgt, dann müssen wir das tun.«

»Sie sagt, es gibt keine Wahrheit.«

»Womit sie teilweise Recht hat. Die individuelle Wahrheit kann eine ganz andere sein als die der Fakten. Trotzdem muss sie nicht stimmen. Wer auf der eigenen Wahrheit beharrt, belügt sich oft selbst. Wir müssen uns an den Fakten orientieren, und dann wird sich die Wahrheit von allein einstellen. Auch Katjas Wahrheit, glaub mir. Geh du mal mit zu dieser … ich weiß gar nicht, wie ich sie nennen soll, Puffmutter?«

»Es ist eine Begleitagentur«, erklärt Falter wieder. »Katja hat Männer begleitet und nicht mit ihnen gevögelt. Klar?«

»Ja, okay.«

»Was macht die Wasserleiche?«, fragt Falter, um auf ein anderes Thema zu kommen. Er hat schon mehr über Katja geredet, als er wollte, obwohl sein Kopf das Problem noch nicht zu Ende gedacht hat.

»Nichts. Die Kripo weiß immer noch nicht, wer der Typ ist. Die Schönheitschirurgen der Gegend, inklusive Schwaiger, hatten ihn nicht in der Kartei. Es wird auch niemand vermisst, auf den die Beschreibung passen könnte. Wir haben anhand der Algenanalyse lediglich herausgefunden, dass die Leiche etwa zwischen Oppenheim und Bodenheim in den Rhein geworfen wurde. Jedenfalls nicht weiter südlich.«

Dotter kommt zurück. »Das glaubst du nicht«, sagt er zu Falter. »Weißt du, wie diese Agentur heißt? ›Begleiterscheinung‹. Klingt nach Nebenwirkungen und Beipackzettel. Den Laden schauen wir uns jetzt mal an.«

Die Agentur »Begleiterscheinung« liegt im ersten Stock eines Gründerzeithauses am Adenauerufer. Im Erdgeschoss befindet sich eine Anwaltskanzlei, im zweiten Stock eine Unternehmensberatung. Das Treppenhaus wirkt wie die vorbildliche Umsetzung aller denkmalschützerischen Vorschriften. Falter bewundert den Zustand des Holzbodens, über dessen kunstvolle Intarsien Dotter achtlos hinwegtrampelt. Die Lautstärke seiner Schritte ist für Falters Empfinden dem diskreten Stil des Hauses nicht angemessen. Dotter bewegt sich, als wolle er als Nächstes die hohe Eingangstür der Agentur eintreten oder sich mit der rechten Schulter zuerst durch die dezente Milchglasscheibe im Eichenrahmen schmeißen. Falter hält ihn vorsorglich an der Lederjacke fest, falls er tatsächlich auf die Idee kommen sollte, und drückt selbst auf den schlichten Klingelknopf neben der Tür.

Die Frau, die ihnen öffnet, ist fast so groß wie Falter. Dotters Knie geben für eine Sekunde etwas nach, dann reckt er sich.

»Dotter, Privatdetektiv. Das ist mein Assistent. Sind Sie Eva Matussek?«

Die Frau nickt unbeeindruckt und bleibt abwartend im Türrahmen stehen.

»Wir haben ein paar Fragen zu einer früheren Mitarbeiterin von Ihnen. Dürfen wir reinkommen?«, sagt Dotter und macht einen Schritt nach vorn. Eva Matussek weicht nicht zurück. Dotter steht unangemessen nah vor ihr und reicht ihr bis zum Kinn. Für einen Moment glaubt Falter, sie werde Dotter mit einer lässigen, aber kraftvollen Armbewegung von sich fortschnippen. Aber sie bleibt einfach nur stehen, ohne zu erkennen zu geben, wie die zwei Gestalten vor ihrer Tür auf sie wirken. Die körperliche Präsenz der Frau erinnert Falter an russische Kugelstoßerinnen. Ihre Kleidung hingegen stammt offensichtlich aus Designerläden, die sich Schlichtheit und Qualität teuer bezahlen lassen. Zur weich fließenden rubinroten Hose trägt sie ein schwarzes Jackett, das ihre Figur an den richtigen Stellen betont oder kaschiert. Ihre dunkelbraunen Haare reichen exakt bis zum Kragen und umrahmen ihr Gesicht wie eine futuristische Haube. Die dunkelblauen Augen sind unauffällig geschminkt. Sie blicken Falter offensiv und interessiert an.

»Sie sind Katjas Mann«, stellt sie fest. »Kommen Sie rein.«

Sie dreht sich um und überlässt es ihren Besuchern, die Tür zu schließen. Falter und Dotter folgen ihr in einen offenen großen Raum, der dem ersten unverbindlichen Kontakt zu dienen scheint, bevor man sich für Detailfragen in eines der angrenzenden Zimmer zurückzieht. Eva Matussek lässt sich auf einem dunkelroten Samtsofa nieder, dessen gerade, nüchterne Form im Gegensatz zur Prächtigkeit seines Bezuges steht. Falter und Dotter setzen sich ihr gegenüber und überbrücken ihre Überraschung mit einer hastig angezündeten Zigarette.

»Was wollen Sie wissen?«, kommt Eva Matussek Falter entgegen. Dotter scheint ihrem Blickfeld völlig zu entgehen.

»Ich will vor allem wissen, was meine Frau hier gemacht hat«, sagt Falter.

»Nichts, worüber Sie sich den Kopf zerbrechen müssten«, sagt sie. »Sie haben vielleicht einen falschen Eindruck bekommen durch den Bericht in der Bild-Zeitung. Hier arbeiten keine Callgirls, und ich bin sehr aufgebracht über diese mehr als zweifelhafte Publicity.« Ihre Stimme ist ruhig, dunkel und weich.

»Aber Sie haben die Information über Katja und Schwaiger doch preisgegeben«, wendet Falter ein.

»Nicht ganz. Ich habe seit einem Jahr keinen Kontakt mehr zu Katja gehabt und war völlig überrascht, als ich plötzlich ihr Bild in der Zeitung sah. Unglücklicherweise befand sich zu diesem Zeitpunkt der Verfasser des Artikels in meinem Bett, und ich habe ein wenig gedankenlos die Beziehung zwischen Katja und Schwaiger erwähnt.«

»Beziehung?«, fragt Falter. Das Herz klopft ihm in den Ohren.

»Mit Beziehung meine ich immer eine geschäftliche Beziehung, Herr Falter«, sagt sie. »Ich sollte Ihnen vielleicht kurz das Prinzip meines Unternehmens erläutern. Ich beschäftige Frauen, die Männer begleiten, wenn sie Begleitung brauchen. Genauso arbeiten für mich Männer, die Frauen in ähnlichen Situationen etwa bei gesellschaftlichen Anlässen unterstützen. Ich betone dieses Unterstützen. Es geht hier nicht um ein hastiges Abendessen und eine rasche Nummer danach. Es geht um die Unterstützung einer allein stehenden Person, der es wichtig ist, bestimmte Veranstaltungen in Begleitung wahrnehmen zu können. Meine Klientel stammt aus den gehobenen gesellschaftlichen und finanziellen Kreisen. Deshalb lege ich großen Wert auf eine gute Bildung, beste Manieren und Verschwiegenheit bei meinen Angestellten. Katja erfüllte diese Kriterien übrigens in besonderem Maß.«

»Und es gibt keine sexuellen Interessen?«, will Falter wissen.

»Sowohl meine Kunden als auch meine Beschäftigten werden zu Beginn darüber aufgeklärt, dass ich keine sexuellen Verflechtungen wünsche und dass bei Zuwiderhandlung die Zusammenarbeit sowohl mit dem Kunden als auch mit dem Mitarbeiter beendet ist. Was die Betreffenden allerdings in ihrer privaten Freizeit tun, entzieht sich meinem Einfluss.«

»Hatten Schwaiger und Katja eine private Beziehung?«

»Das müssen Sie Katja fragen.«

»Ich frage Sie.«

»Erwarten Sie darauf wirklich eine Antwort? Ich verstehe Sie sehr gut. Sie wollen wissen, was war. Aber das kann Ihnen nur Ihre Frau sagen. Das habe ich übrigens auch der Polizei gesagt, die gestern hier war.«

»Was haben Sie denen gesagt?«

»Dass ich keine Angaben über eine private Beziehung machen kann, weil sie meine geschäftlichen Interessen nicht betrifft.«

»Darf ich Sie etwas Persönliches fragen?«, bittet Falter.

Eva Matussek sieht ihn wohlwollend an. »Fragen Sie.«

»Was war Schwaiger für ein Mensch?«

»Auch da wird Ihnen Katja eine bessere Auskunft geben können«, sagt sie. »Ich hatte lediglich geschäftlich mit ihm zu tun.«

»Und wie war da Ihr Eindruck?«, bohrt Falter nach. Die überlegene Lässigkeit von Eva Matussek reißt an seiner Geduld. Sie ist so schön und unnahbar wie eine Lotusblüte, von deren Oberfläche Schmutz und Flüssigkeit abperlen.

»Es gab keine Beanstandungen. Er hat die von ihm in Anspruch genommenen Leistungen immer bezahlt und sich seinen Begleiterinnen gegenüber sehr korrekt benommen.«

»Mochten Sie ihn?«

»Dafür gab es keinen Anlass.«

»Und Ihre Mitarbeiterinnen? War er bei denen beliebt?«

»Gefühle sind nicht die Grundlage unserer Tätigkeit, Herr Falter.«

»Meine Fresse. Das hat doch alles keinen Zweck hier«, fährt Dotter dazwischen. Es muss ihn übermenschliche Kraft gekostet haben, so lange ruhig geblieben zu sein, aber jetzt reicht es ihm. Er springt auf und bedeutet Falter, dass er ihm zum Ausgang folgen soll. Eva Matussek beobachtet ihn amüsiert und mustert seinen herunterhängenden Hosenboden. Für sie gehört Dotter zu der Kategorie Mann, die unter normalen Umständen nie auf dem samtroten Sofa Platz genommen hätte.

Falter erhebt sich ebenfalls und fordert Dotter auf, er solle schon mal vorgehen.

»Eine Frage habe ich noch«, sagt er zu Eva Matussek. »Vielleicht können Sie mir die ja sogar beantworten. Wie viele verschiedene Begleiterinnen Ihrer Agentur hatte Dr. Schwaiger?«

»Er hatte nur eine.«

»Katja.«

»So ist es. Nachdem Katja hier aufgehört hat, hat er noch zwei oder drei ausprobiert. Danach endete unsere Zusammenarbeit.«

»Welche Frauen waren das? Erinnern Sie sich an sie?«, will Falter wissen.

Eva Matussek lächelt leicht. Es ist nur ein Hauch von einem Lächeln, aber es macht Falter Hoffnung, zumindest eine brauchbare Information aus dieser Begegnung mitzunehmen.

»An eine kann ich mich noch sehr gut erinnern, ja«, sagt sie.

Falter sieht sie erwartungsvoll an. Dotter ruft vom Treppenhaus aus nach ihm. »Können Sie mir den Namen sagen?«, fragt er.

»Elena. Elena Polaczinsky. Seit ein paar Jahren heißt sie allerdings Schwaiger.«

Dotter steht rauchend auf dem Bürgersteig. Er wirkt immer noch ungehalten über den misslungenen Auftritt. Falter nimmt an, dass er sich über sich selbst ärgert, weil Eva Matussek nicht dem Bild entsprach, das er von ihr hatte. Eine halbseidene Kupplerin hätte ihm mehr gelegen als eine kühle Geschäftsfrau, die ihm rhetorisch weit überlegen ist.

»Was für eine eiskalte Zicke«, sagt er, als Falter auf ihn zukommt. »Ich verstehe nicht, dass du so ruhig bleiben konntest.«

»Das ist mein Job«, antwortet Falter und zieht ihm das Päckchen mit den Zigaretten aus der Innentasche der speckigen Lederjacke. Seit er regelmäßig mit Dotter zusammentrifft, hat das Rauchen wieder die frühere Normalität. »Außerdem«, sagt er und stößt den Zigarettenrauch aus, »fand ich Eva Matussek ausgesprochen aufschlussreich.«

»Glaubst du der etwa diese seriöse Nummer?« Dotter hebt die Stimme und imitiert die kalkulierte Sachlichkeit der Frau. »Ich wünsche keine sexuellen Verflechtungen. Private Kontakte entziehen sich meiner Kenntnis.«

»Wie glaubhaft sie ist, weiß ich noch nicht. Menschen wie die habe ich immer im Verdacht, dass sie etwas verbergen. Aber das ist jetzt nicht wichtig. Sie hat mir eine interessante Sache verraten: Schwaiger hat seine Frau hier kennen gelernt.«

»Die Schwaiger? Schau an. Das heißt, Katja kennt sie auch?«, sagt Dotter.

»Davon müssen wir wohl ausgehen«, antwortet Falter ausweichend. Über die Folgen seiner neuen Informationen will er noch nicht nachdenken. Er hat das Gefühl, in ein Spiel geraten zu sein, dessen Regeln er nicht versteht, das ihn aber zwingt, eine Karte nach der anderen aufzudecken. Er dreht sich noch einmal um zu der edlen Fassade und fixiert die Fenster im ersten Stock. Eva Matussek sieht zu ihm herunter und hält seinem Blick stand. Ihre Selbstsicherheit kann nicht nur Pose sein.

Dotter drängt, sie sollen zum Auto gehen, ihm sei kalt. Sie müssen ein Stück laufen und sind fast schon da, als Falter plötzlich zum Haus zurückrennt. Ihm ist ein Detail vor die Augen gerutscht, das er zuvor nicht bewusst wahrgenommen hat.

Er stoppt vor dem Messingschild am Eingang. Es ist tatsächlich so wie vermutet. Wieder eine Karte, die Falter lieber nicht gesehen hätte.

NEUN

Wenn Falter über die Felder am Rand von Bretzenheim geht, legt sich ihm eine unerklärliche Ruhe auf die Seele. Sie ist ihm so unerklärlich, weil die Landschaft zwischen Koblenzer Straße und Autobahn kein Balsam für das Auge ist mit ihren endlosen, kargen Feldern und den zweckmäßig angelegten Wegen dazwischen. Es gibt nichts, woran sich das Auge festhalten und ergötzen könnte, und vielleicht ist es genau das, was Falters Seele entspannt. Es gibt keine Ablenkung. Der Blick weitet sich und bleibt nirgends hängen. Die Gedanken können laufen wie die Jogger, die sich zu jeder Tageszeit über die Wege mühen. Die Landschaft ist wie ein offenes Fenster, durch das unverbrauchte Morgenluft hereinströmt. Sie ist ohne Geheimnis. Sie will nicht mehr sein, als sie ist. Sie bietet keine Geborgenheit, aber sie ist auch nicht bedrohlich. Sie gibt Falter das neutrale Fundament, das er braucht, um klar denken und fühlen zu können. Wenn er uneins ist mit sich, wenn er sich unrund vorkommt, dann geht er hierher. Er hat sich von Dotter am Spargel-Hof von Stauder absetzen lassen und biegt sofort weg von der Schnellstraße, dorthin, wo der Wind nur noch ein feines Rauschen von der Autobahn herüberträgt. Die Luft ist klar und die Sicht gut. Über Gonsenheim hinweg kann er bis zum Taunus und seine schwarzgrauen Hügel schauen. Sie hatten immer einmal hinüberfahren wollen, Katja und er, es aber nie gemacht. Ihnen war die dunkle Kette am Horizont vorgekommen wie die sieben Berge, und sie hatten sich vorgestellt, wie sie dort putzige kleine Häuser und märchenhaft schöne Mädchen finden würden. Aber immer, wenn sie Zeit gehabt hätten, war ihnen ein anderes Ziel lieber gewesen. Sie mochten beide die sanften, lichten Hügel und die waldlosen Senken des Rheinhessischen. Bei schönem Wetter sogen sie die Sonne so gierig auf wie die Trauben an den Weinstöcken und stürzten sich am Abend ausgehungert und durstig auf die reichhaltige und gute Kost der zahllosen Weinstuben. Für

Falter war die Landschaft zwischen Harxheim und Alzey ohne weiße Flecken. Intensiv hatten sie sie gemeinsam erforscht, mit dem Rad, dem Auto und zu Fuß.

Jede Biegung erinnert Falter daran, wie sie diskutiert haben, welche Richtung sie nehmen sollen. Er weiß noch, was Katja anhatte, als sie durch Saulheim gewandert sind. Ein hellblaues T-Shirt und eine beigefarbene Hose, deren flatternder Stoff riss, als sie für Falter Brombeeren pflückte und an den Dornen hängen blieb. Besorgt und erheitert zugleich hatte ihr Lachen geklungen, als Falter über die Brüstung des Schlossturms von Schwabsburg gestiegen war, um ihr dort ein radebrechendes Minnelied zu singen.

Den Applaus, der von einer am Fuß des Turms stehenden Besuchergruppe zu ihm hochflog, hatte er mit einer tiefen Verbeugung entgegengenommen und dabei für einen Moment die Balance verloren, die Katja reaktionsschnell mit einem Griff an seinen Gürtel wiederherstellte.

Orte mit ihr werden für Falter nie mehr neutral sein. Immer wird er sie mit ihr verbinden. Selbst die, die sie nie gemeinsam erlebt haben, über die sie nur gesprochen haben. Wie der Taunus vor Falter. Er weiß jetzt, dass er niemals dorthin fahren wird, weil er eine Erinnerung bleiben soll. Weil er plötzlich schon Vergangenheit ist.

Das Gefühl trifft Falter wie ein lange erwarteter Schlag. Er nimmt ihn ruhig entgegen und atmet die Schmerzen im Magen gleichmäßig weg. Er denkt an Katja und hat ein Gefühl von Abschied. Er verabschiedet sich von ihrem bisherigen Leben. Es ist nur noch Erinnerung und wird isoliert sein von allem, was danach kommt. Nichts wird mehr so sein, wie es war. Warum daran festhalten? Alles ist offen, alles ist in Bewegung. Neu anfangen müssen sie. Ohne Lügen und Geheimnisse. Ohne den Zuckerguss, den die Liebe auf die Wahrnehmung schmiert.

Er ist entschlossen, von Katja Klarheit zu fordern. Ohne Klarheit kann es für ihn keine Liebe geben.

Sie ist nicht zu Hause. Falter wartet. Auf den Händen sitzend, mit einem Blick, der nirgends lange Halt findet. Sie meldet sich nicht, ist nicht erreichbar. Falter öffnet eine Flasche Rotwein und denkt daran, wie sie ihn vor ein paar Wochen in einem kleinen

Weingut in der Nähe gekauft haben und wie sie ein wenig beschwipst gewesen waren, weil sie alle Sorten durchprobiert hatten. Er trinkt und wartet. Wenn sie nur endlich käme. Seine Entschlossenheit wird dünner. Er trinkt sich in einen alles verzeihenden Zustand. Weit nach Mitternacht ist sie immer noch nicht da und die Flasche leer. Der Wein schwappt durch Falters Körper bis hinauf in seinen Kopf, und der Wunsch nach Klarheit wird fortgespült von einer wattigen Benommenheit, durch die sich eine aufsteigende Übelkeit arbeitet.

Katja findet ihn vor der Toilette kniend. Er schüttelt ihre fürsorgliche Hand ab. In der letzten Stunde seines Wartens hatten Zuversicht und Verzagtheit einander immer schneller abgewechselt. Seine in Gedanken durchgespielten Gespräche mit Katja verpufften an ihrer Abwesenheit, und am Ende war er zu wütend und jämmerlich gewesen, als dass er bei Katjas Auftauchen Erleichterung hätte empfinden können. Er will allein sein. Sie zuckt zurück und behält ihre Na-dann-nicht-Haltung bei, bis sie sich beide auf ihren Seiten des Bettes eingerichtet haben und der Schlaf ihnen eine Atempause verschafft.

Das Erwachen tut weh. Über der Schläfe rechts und im Herzen links. Falter starrt sich im Badezimmerspiegel ohne Erkennen an. Der Mann vor ihm ist grauer als noch einen Tag zuvor. Seine dunklen, kurzen Haare scheinen über Nacht von einer Staubschicht überzogen worden zu sein. Falter greift sich an die Koteletten rechts und links und betrachtet sie im Spiegel aus nächster Nähe. Im Licht der Lampe über ihm glitzern die Haare silbrig. Seine blauen Augen blicken trüb.

»Ich bin über Nacht alt geworden«, sagt Falter, als Katja hinter ihm ins Bad tritt. Er sieht weiter in den Spiegel. Seine Bemerkung ist mehr eine Feststellung als ein Vorwurf, aber sie bezieht sie auf sich.

»Und du glaubst, ich bin schuld daran«, sagt sie. Sie sitzt im Schlafanzug auf dem Badewannenrand und hält die Arme vor der Brust verschränkt.

»Nein«, erwidert er erstaunt. Er kann sich von dem Gesicht im Spiegel nicht lösen. Er strafft mit den Fingerspitzen die Haut der Augenpartie und zieht die Stirnfalten auseinander.

»Es gibt auch Männer, die zum Schönheitschirurgen gehen«, sagt er und dreht sich zu ihr um. »Meinst du, es ist nötig bei mir?«

Früher hätte sie gelacht und ihm die Müdigkeit aus den Augenwinkeln geküsst.

»Sag, was du wirklich meinst«, fordert sie ihn stattdessen auf.

»Ich meine gar nichts«, sagt Falter und verschwindet in der Dusche. Er hat plötzlich kein Bedürfnis mehr, mit ihr zu reden. Mehr zu wissen, bedeutet mehr Schmerz, aber nicht mehr Erkenntnis.

Beim Frühstück ist sie es, die anfängt. Sie ist es gewohnt, dass Falter nachgibt und verständnisvoll ist. Sein Schweigen und seine offensichtliche Gelassenheit erzeugen einen schwer zu verbergenden Trotz.

»Warum warst du bei Eva?«, fragt sie spitz.

»Neugier.«

»Dein Freund Dotter ist Privatdetektiv. Warum hast du mir das nicht gesagt?«

»Hab ich nicht?«

»Nein. Hast du nicht. Was hast du mit ihm zu tun? Warum nimmst du ihn mit zu Eva?«

»Einfach so. Er war gerade da.«

»Du spionierst mir nach. Zusammen mit einem Privatdetektiv. Findest du das in Ordnung?«, fragt sie mit lauter Stimme, die in Falters Kopf schmerzhaft widerhallt.

Seine alte Wut stößt die Gelassenheit rücksichtslos zur Seite und bricht aus ihm heraus.

»Ich spioniere dir nicht nach«, schreit er. »Ich besorge mir nur die Informationen, die du mir nicht gibst. Außerdem brauche ich keinen Privatdetektiv. Ich bin selber Polizist.«

»Ich gebe dir die Informationen, die ich für richtig halte. Auf mehr hast du kein Recht«, sagt sie ebenso heftig.

»Ich habe kein Recht darauf? Ich bin dein Mann. Ich liebe dich. Ich sorge mich um dich, und dann habe ich kein Recht darauf?«

»Du hast vor allem kein Vertrauen.«

»Scheiß auf das Vertrauen. Wenn nichts mehr geht, wenn kein

Argument mehr da ist, kommst du immer mit diesem Vertrauen. Damit würgst du jedes Gespräch, jeden Widerspruch ab. Kannst du nicht auch mal mich verstehen? Ich erfahre einen Hammer nach dem anderen aus der Zeitung, und meine Frau sagt: Du musst mir vertrauen. Würde ich sehr gerne. Sehr, sehr gerne. Aber wenn ich nur aufs Vertrauen vertrauen würde, müsste ich mein Hirn ausschalten, und das funktioniert nicht.«

»Vertrauen hat nichts mit dem Hirn, sondern nur mit dem Herzen zu tun, Benno. Mit Liebe. Liebe, verstehst du?«

»Ich liebe dich. Sprich mir jetzt nicht meine Liebe ab, ja. Aber was ist denn mit deinem Vertrauen? Warum vertraust du mir nicht?« Falter ist zu Katjas Stuhl gegangen und kniet sich neben sie. Er schaut zu ihr hoch und legt seine Hände auf ihre Oberschenkel.

»Katja, ich bitte dich, sei ehrlich zu mir. Mag sein, dass ich schwach bin, dass ich zu wenig Vertrauen habe, aber ich liebe dich, und ich habe eine entsetzliche Angst, dass wir beide nicht mehr zusammenkommen. Ich kann mit diesen Zweifeln nicht mehr leben. Ich habe tausend Fragen und keine Antwort. Nur du kannst mir helfen.«

Falter weiß nicht, ob es aus Liebe geschieht, dass Katja ihm durchs Haar fährt und sagt: »Na gut, dann frag.« Ihr Blick ist ohne Wärme. In ihm liegt die höfliche Neutralität, wie man sie an Bahninformationsschaltern findet. Falters Fleck über der Brust beginnt wieder, kühle Schauer auszustrahlen. Er hat das Gefühl, nur noch diese eine Chance zu haben, und wenn er die nicht nutzt, wird es nie wieder Antworten geben. Er versucht, seinen entgegenkommenden Ton beizubehalten, aber innerlich schreit es in ihm.

»Woher kennst du Eva Matussek?«, fragt er.

»Wir haben zusammen studiert. Wir sind öfter zusammen ausgegangen. Eva hatte auf Männer eine unglaubliche Wirkung. Sie sprachen sie auf der Straße an, in Kneipen, im Kino. Wir konnten nirgendwo hingehen, ohne dass uns einer hinterherlief und uns einladen wollte. Ich kann mich nicht erinnern, dass wir jemals etwas selbst bezahlt hätten. Irgendwann hat sie im Spaß gesagt, damit könnte sie richtig Geld verdienen. Wenn die Männer so ihre Nähe suchten, dann würden sie auch dafür zahlen. Am Anfang hat sie ihr Geschäft allein gemacht und gemerkt, was für ein Markt das ist. Dann hat sie mich gefragt, und dann wurden es immer mehr.«

»Woher kam Elena Schwaiger? Ich weiß ihren früheren Namen nicht mehr.«

»Auch von der Uni. Eva hat sich nur Frauen ausgesucht, die studierten. Gut aussehen mussten sie natürlich auch.«

»Bist du gut mit ihr ausgekommen?«, fragt Falter.

»Mit Elena?« Katja zuckt die Achseln und verzieht nachdenklich den Mund. »Elena war eifersüchtig auf jedes Mädchen. Also auch auf mich. Ich habe es nie verstanden. Sie war so viel schöner als alle anderen, aber sie schien überhaupt kein Selbstbewusstsein zu haben. Sie war eine, die einen reichen Mann wollte, und dieser Job sollte ihn ihr bringen. Sie war nie zufrieden mit den Kunden, die sie hatte. Sie meinte immer, wir anderen hätten die besseren. Schwaiger war damals schon ziemlich erfolgreich. Elena war wie verrückt hinter ihm her. Eva wollte ihr deshalb schon kündigen, weil sie private Interessen aus der Agentur raushalten wollte. Sie hat sich aber immer wieder von ihr breitschlagen lassen, es nicht zu tun. Ich habe das die osteuropäische Solidarität genannt. Wobei ich gar nicht weiß, wo Elena tatsächlich herkam. Polen, glaube ich.«

»Schwaiger wollte nur dich, hat Eva Matussek gesagt.«

»Ja, aus ganz praktischen Gründen. Er baute seine Klientel systematisch auf und stellte mich quasi als die künftige Gattin vor. Ich bin auf Kongressen dabei gewesen und habe das Damenprogramm mit diesen ganzen Chirurgengattinnen mitgemacht. Schwaiger brauchte keine Begleitung für ein paar nette Abende in schicken Restaurants. Er brauchte mich zum Repräsentieren.«

»Wollte er dich heiraten?«

Katja lächelt, als erinnere sie sich gerade erst wieder an etwas, das ihr vor Jahren entfallen war.

»Er sagte immer, eine wie mich könnte man nur kaufen, nie finden. Er machte sich glaube ich keine Illusionen.«

»Und dann hat er diese Elena genommen.«

»Ja.«

»Warum?«

»Warum? Warum?«, sagt sie unwillig. »Ich stand nicht mehr zur Verfügung, weil ich mit meinem Studium fertig war, und er brauchte einen Ersatz für mich.« Nach einer Pause fügt sie hinzu: »Ich glaube, es war vor allem ein Geschäft zwischen den beiden.«

»Was für ein Geschäft?«, will Falter wissen.

»Sie wollte geheiratet werden, und er brauchte jemanden auf Dauer.«

»Waren sie trotzdem glücklich?«, fragt Falter, obwohl ihm klar ist, wie naiv das klingt. Beziehungen zwischen Schwaiger und den Frauen waren offensichtlich nur als Handel gedacht.

»Woher soll ich das wissen?«, fragt Katja zurück. »Ich habe keinen Kontakt gehabt.«

»Von Eva Matussek vielleicht.«

»Nein.«

»Elena Schwaiger hat dich eine Mörderin genannt. Warum sagt sie so etwas?«

»Warum sagt man so was? Keine Ahnung. Ihr Mann ist tot. Er wollte mich vergewaltigen. Das sind nicht gerade nette Bedingungen. Sie wird eine Erklärung brauchen, die die Schuld von Schwaiger wegnimmt. Sie wird ihm vielleicht dankbar sein, für das, was er für sie getan hat. Und außerdem legt sie wahnsinnig viel Wert auf gesellschaftliches Ansehen. Ihr Mann, ein Vergewaltiger, ich glaube nicht, dass sie damit leben könnte.«

»Das vermutest du. Aber sie hat nicht gesagt, du hast meinen Mann ermordet, weil … was auch immer?«, fragt Falter nach.

»Nein.«

»Wann hast du Schwaiger zum letzten Mal gesehen?«

»Meinst du, abgesehen vom Wald? Das ist etwa acht oder neun Jahre her. Ich habe drei Jahre lang bei Eva gearbeitet. Danach war Schluss. Auch mit Schwaiger.«

»Du hast ihn nie wieder gesehen?«

»Nein.«

»Ist das die Wahrheit?«

»Meine Wahrheit, ja.«

»Fang nicht wieder damit an. Deine Wahrheit, meine Wahrheit. Hast du oder hast du nicht?«

»Nein.«

»Ich muss das fragen, Katja. Du hast mir so viel verschwiegen und mich teilweise auch angelogen. Du kanntest Schwaiger. Seine Frau war, wenn man so will, eine Kollegin von dir. Von diesem Job wusste ich nichts. Und dann machst du mir auch noch weis, du hättest dir einen Anwalt aus den Gelben Seiten gesucht. Dabei hat dieser Ankenbach eine schicke Kanzlei im gleichen Haus wie diese ›Begleiterscheinung‹. Ich komme mir einfach total verarscht vor. Kannst du dir das vorstellen?«

»Ich habe meine Gründe«, sagt sie nur.

»Dann sag sie mir«, bittet er, aber es kommt nichts. Katja hat die Augen niedergeschlagen, was Falter als Schuldbekenntnis deutet. Ihr dunkelrotes Haar hängt ihr ins Gesicht. Er streicht es ihr hinter die Ohren, aber es fällt sofort wieder zurück. Falter nimmt ihr Gesicht in beide Hände und biegt es sich auf seine Höhe zurecht. Er hockt vor ihr und küsst ihre Augenlider. Er wandert zart an ihrer Nase entlang bis zu den Lippen. Sie sind trocken, und als sie eine Verbindung mit Falters Lippen eingehen, kleben sie aneinander. Falter feuchtet sie an und fährt mit seiner Zungenspitze Katjas Lippenkonturen ab. Sie rührt sich nicht. Ihre Augen sind geschlossen. Sie sitzt da wie ein Vogel, der abwartet, was mit ihm geschieht. Sie zittert leicht, als Falters Hand ihre Bluse aufknöpft und dabei wie zufällig ihre Brustwarzen mit dem Ellenbogen berührt. Katjas BH lässt sich vorn öffnen. Falter löst den Haken aus der Öse und streicht erst das rechte dann das linke Körbchen zur Seite.

Mit dem Zeigefinger zieht Falter Kreise um Katjas Brustwarzen. Er berührt sie fast nicht. Es ist nur die Andeutung einer Berührung. Er kniet vor ihr wie ein Maler vor der Staffelei, der mit einem Pinsel ein Werk von außerordentlicher Kunst erschafft. Katjas Körper ist seine Leinwand. Er fährt über ihre Rippen bis zum Nabel, der gerade noch über den Gürtel ihrer Hose hinausschaut, und malt ihr seine Lust auf den Bauch. Falters Bewegungen sind langsam und fließend. Seine Hände haben Zeit, und sie haben ein Ziel. Katja hebt ihren Po für einen Moment an, damit Falter ihre Hose abstreifen kann. Ihre Beine sind leicht geöffnet. Falters Finger streicht über den dünnen, glatten Stoff ihres Slips.

Seine Augen sind versunken in das, was sein Finger tut. Er bahnt sich lautlos seinen Weg und gleitet sanft vor und zurück. Falter schiebt Katjas Slip mit der anderen Hand so weit zur Seite, dass er sehen kann, wohin sein Finger verschwindet. Katja hat ihre Beine weit gespreizt und ihr Becken an die Kante des Stuhls geschoben. Ihre Augen sind immer noch geschlossen, ihr Körper gibt sich teilnahmslos. Ihre Hände halten sich an der Sitzfläche fest. Falter zieht seinen Finger sachte zurück und taucht seine Zunge ein. Die Sensoren der Zungenspitze nehmen Katjas gleichmäßiges Zucken als Aufforderung, weiterzumachen. Als er plötzlich innehält, schaut sie ihn zum ersten Mal an. Er steht auf und zieht sich aus, ohne den Blick von ihr zu lassen.

Er sieht nicht das, was er sich wünscht. Er hatte geglaubt, sie würde ihm folgen auf dem Fluchtweg aus den Worten und Missverständnissen und sich mit ihm in eine Lust stürzen, die auch schweigend funktioniert. Aber in ihren Augen ist wieder dieses Nichts. Sie sitzt nur da, mit offener Bluse und nackter Brust, die Beine breit, der Blick leer. Auf einem Theaterplakat wäre sie eine Provokation, für Falter ist sie eine Ernüchterung. Er hat noch ihren Geschmack im Mund, sein Finger erinnert sich noch an ihre feuchte Wärme, aber ihr Anblick neutralisiert jede Erregung und jedes Gefühl. Er weiß jetzt, dass die Frau vor ihm nichts mehr mit ihm zu tun hat. Sie wird spontan entscheiden, ob sie ihre breitbeinige Pose beibehält oder ihre Bluse wieder zuknöpft. Falter will ihr ins Gesicht schlagen für das, was sie ihm antut. Die Macht, die ihn Katja spüren lässt, kann er so nicht hinnehmen. Er muss sie brechen oder kapitulieren. Er geht wieder auf die Knie und zieht sie an den Oberarmen hart an sich heran. Er wühlt sich in sie, hält sie fest mit einem Griff, der blaue Male hinterlassen wird. Als der Stuhl zu brechen droht, drückt er sie auf den Teppich. Sie kämpfen mit den Augen. Katjas Kopf wippt unter seinen Stößen leicht auf und ab. Ihr Körper ist leblos wie ein Schaukelpferd, das sich nur bewegt, wenn man fünfzig Cent hineinwirft. Es sind sinnlose Anstrengungen, aber Falter kann nicht aufhören. Mit verzweifelter Beharrlichkeit versucht er, zu Katjas Seele vorzudringen, obwohl er weiß, dass sie sich längst in Sicherheit gebracht hat. Über Falters Rücken kriecht Kälte hinauf bis zu seiner Kopfhaut. Seine Arme geben nach, aber bevor er auf Katja niedersinkt und eine unangebrachte Nähe herbeiführt, rollt er sich seitlich ab, steht auf, nimmt seine Sachen und geht zur Tür.

»Das passt nicht zu dir«, sagt Katjas Stimme hinter ihm. Es ist eine nüchterne Feststellung mit einem leichten Tadel darin.

»Es passt gar nichts mehr«, sagt Falter und schlägt die Tür zu.

Als Falter abends nach Hause kommt, müde und mutlos von seinen ziellosen Gängen durch die Stadt, ist sie schon weg. Die Räume riechen bereits unbewohnt, und Falter fragt sich, wie das sein kann. Noch vor wenigen Stunden haben Katjas Sachen in den Schränken gehangen und ihre Cremes und Parfümflaschen die Hälfte der gläsernen Ablage im Bad belegt. Falter schaut in den Schuhschrank. Sie hat nur ein Paar zurückgelassen. Wanderschuhe aus braunem Leder und einem weichen hohen Schaft. Das Leder ist schon ein wenig rissig, und Falter fährt mit dem Daumen darüber. Er hatte ihr damals geraten, die neuen Schuhe mit heißem Wasser zu füllen und sie dann anzuziehen, damit sich das Leder ihrem Fuß anpasste. Sie hatte es lachend befolgt und war mit watenden Schritten und platschenden Geräuschen vor ihm auf und ab gestakst.

Im Schlafzimmer ist das Bett ungewohnt ordentlich gemacht. Als habe sich Katja besonders korrekt aus Falters Leben zurückziehen wollen. Er hebt die Bettdecke an und findet ihren Schlafanzug, aber das ist kein Zeichen der Hoffnung. Denn der Schlafanzug ist eigentlich seiner, und Katja hat nicht einmal ihn mitgenommen, obwohl sie immer sagt, sie könne nur in Falters Schlafanzügen schlafen.

Auf dem Tisch in der Küche liegt ein Zettel von ihr. Er setzt voraus, dass Falter mit ihrem Auszug gerechnet hat, und erwähnt lediglich, dass sie noch nicht wisse, wohin, und dass es ihr Leid tue. Falter starrt auf ihre Schrift und sucht nach der versteckten Botschaft. Irgendetwas zwischen den Zeilen muss ihm eine Erklärung geben. Er zählt die Worte. Es sind zehn.

ZEHN

Die Tage nach Katjas Verschwinden sind ein mühsames Zusichkommen. Als er keine Tränen mehr hat, tastet er sich vorsichtig an die Anforderungen des Alltags heran. Aufstehen, Zähne putzen, waschen, frühstücken, lesen, fernsehen, schlafen, wieder lesen, spazieren gehen, abends Rotwein. Anfangs hatte Falter gedacht, der Verlust würde ihn so niederdrücken, dass er nie mehr aufstehen könnte. Aber nach zwei Tagen musste er einsehen, dass das Leben immer noch da war und ihn nicht losließ. Er hatte sich eine eigene Überlebensstrategie zurechtgelegt, deren Einhaltung einen großen Teil seiner Aufmerksamkeit in Anspruch nahm. Er hatte beschlossen, die quälenden Fragen nach dem Warum in den Giftschrank seiner Erinnerung zu schließen und erst wieder hervorzuholen, wenn Katja bereit war, ihm endgültige Antworten zu geben. Bis dahin muss er über die sich anschleichenden Gedanken springen wie über tiefe Pfützen. Und die Gedanken sind da. Jeden Tag. Aber sie dringen nicht mehr zu seiner Seele vor. Er hält sie sich vom Leib und hat sich zum äußeren Zeichen seiner Abwehrbereitschaft eine grüne Fliegenklatsche gekauft, mit der er um sich schlägt, wenn sich der Giftschrank einen Spalt öffnet.

Ritzen und Dotter beginnen langsam, sich an diese überraschenden Befreiungsschläge zu gewöhnen, haben sich aber ausbedungen, dass Falter seine Fliegenklatsche zu Hause lässt, wenn sie gemeinsam unterwegs sind. Sie gehen ins Kino und testen neue Restaurants. Sie spielen zusammen Scrabble und gehen spazieren. Sie haben sich sogar eine Ballettaufführung im Mainzer Staatstheater angesehen, die Dotter so inspiriert hat, dass er danach um die Heunensäule auf dem Marktplatz getanzt ist und erst mit der Aussicht auf einen Cocktail im »Havanna« von dort fortzubewegen war. Ritzen hat es geschafft, dass Dotter seine Bestellungen in Restaurants jetzt in ganzen Sätzen aufgibt, nennt ihn aber nach wie vor Nummer vier. Er hat seine gönnerhafte Art ein wenig zurückgenommen, nachdem Dotter ihn dreimal beim Scrabblen besiegt hat, was noch nie jemandem gelungen ist.

Obwohl Dotter und Ritzen hinnehmen, dass Falter lieber nicht über Katja redet, konfrontieren sie ihn unbefangen mit ihren Spekulationen und Erkenntnissen. Dotter hat bei seinem Besuch in Schwaigers Praxis über eine Erstberatung zur Laserbehandlung von Stirnfalten hinaus einige Informationen erhalten, die seinen Verdacht nähren, dass Konrad Schwaiger kein Mensch war, dem nur Gutes nachgesagt wird. Besonders aufschlussreich waren die Auskünfte von Schwaigers Assistentin Cora gewesen, die offensichtlich nichts davon hielt, das Andenken von Toten zu ehren, wenn es nichts zu ehren gab. Von ihr weiß Dotter, dass Schwaiger seine Patienten insgeheim verachtete, weil sie ihre äußere Unzulänglichkeit durch künstliche Korrekturen beheben mussten. Keine Frau habe vor seinen Augen bestehen können, sobald die ersten Verschleißerscheinungen der Natur sichtbar wurden und auch seiner Assistentin habe er vehement nahe gelegt, sich von ihm verjüngen zu lassen, anderenfalls könne er für eine weitere Zusammenarbeit nicht garantieren. Dotters Empörung über dieses Verhalten muss Cora so aufrichtig erschienen sein, dass sie vorübergehend jede Zurückhaltung aufgab und ihm ihren Verdacht zuraunte, dass Schwaiger gar kein richtiger Arzt gewesen sein könnte. Sie hatte keinen Beweis für ihre Behauptung, nur ein Gefühl und war zu weiteren Auskünften nicht mehr bereit, vielleicht, weil ihr Dotters auffälliges Interesse plötzlich bewusst wurde, da es über das eines Patienten weit hinausging.

Arnulf Ritzen ist bei Dotters Bericht herausgerutscht, dass es ihn nicht wundern würde, wenn Cora mit ihrem Verdacht Recht hätte, wollte aber auf Nachfrage nicht konkreter werden, was Dotter jedoch nur in seinem Eindruck bestärkt, dass mit Schwaiger etwas nicht stimmt.

»Ich werde mich da mal nachts umsehen«, sagt er, als sie eines abends ein Video aus Falters Sammlung schauen und gerade eine nächtliche Einbruchszene läuft.

»Sie schauen zu viel fern, lieber Dotter«, sagt Ritzen, der sich hinter Rotwein und Salznüssen verschanzt hat und es gar nicht leiden kann, wenn während des Films gesprochen wird. Falter erinnert er in seinem konzentrierten Starren auf den Bildschirm an Kinder, die sich beim Fernsehen durch nichts ablenken lassen, weil die laufenden Bilder sie in permanentes Staunen versetzen. Falter schenkt ihm Wein nach und macht den Ton lauter. Dann beugt er sich zu Dotter und sagt: »Ich komme mit.«

Dotter nickt erstaunt, dann begeistert und ballt die Fäuste. Er strahlt Falter an, als planten sie einen gemeinsamen Urlaub und hätten sich gerade auf das Ziel geeinigt.

Ritzen sieht sie misstrauisch an. »Mach mal den Film aus«, sagt er zu Falter. »Mit euch kann man sich nicht konzentrieren.« Er dreht seinen Rollstuhl in Falters und Dotters Richtung und sieht sie prüfend an. »Was ist hier los?«

»Ich werde Jochen begleiten«, sagt Falter.

»Zu Schwaiger?«, fragt Ritzen nach. »Bist du wahnsinnig?«

Falter hat keine Lust, es ihm zu erklären. Er lächelt und fühlt sich mit einem Mal ausgelassen und leicht. Er wird etwas tun, das gegen jede Vernunft ist und seinen beruflichen Selbstmord bedeuten kann. Aber das schreckt ihn nicht. Er will ein Risiko eingehen, vielleicht weil er nichts mehr zu verlieren hat. Er will sich rausreißen aus der Lethargie, die in ihm wohnt, seit Katja weg ist, und die nur übermalt wird von den Unternehmungen mit Ritzen und Dotter. Nach außen wirkt er gefasst, und manchmal fühlt er sich auch so. Dann fallen ihm die Gänge durch Bretzenheim nicht schwer, und er kann sogar fast unbefangen mit den Menschen plaudern, die ihn darauf ansprechen, dass sie ihn als Polizist vermissen und wann er denn zurückkomme. Er wirkt echt, wenn er ihnen sagt, dass er darauf noch keine Antwort habe, es von seiner Frau und den weiteren Ermittlungen abhänge und er so lange allein lebe, was ihn schmerze, aber notwendig sei. Die Leute honorieren seine Offenheit. Jedenfalls ist das Getuschel verstummt, und von Helene hört Falter, dass er zwar ein dauerndes Thema sei, sein Fall jetzt aber mit großem Ernst und ohne Sensationslust diskutiert werde.

An anderen Tagen fühlt sich Falter in seine Einzelteile zerlegt und nicht in der Lage, sich sinnvoll zusammenzusetzen. Er ist dann wie ein Turm aus Holzklötzen, die schief aufeinander liegen und jeden Moment umzufallen drohen. An solchen Tagen kann sich Falter kaum bewegen. Die Sehnsucht nach Katja ist dann so drückend, dass er alles täte, damit sie wiederkäme. Er schließt dann alberne Wetten mit sich ab, mit denen er den ganzen Tag zubringen kann. Wenn es in der nächsten halben Stunde regnet, dann ist sie am Abend wieder da. Wenn er spontan auf die Uhr schaut und der Sekundenzeiger genau auf der Sechs ist, wird er eine Nachricht von ihr bekommen. Wenn er dreimal hintereinander mit Papierkugeln in den leeren Blumentopf getroffen hat, wird sie anrufen und ihm sagen, dass alles ein Irrtum war und sie sich nicht anders verhalten konnte, weil die russische Mafia oder irgendeine rheinhessische Terrorzelle sie sonst verschleppt und umgebracht hätte.

Noch tröstlicher findet er die Version, in der sie ihn schützen muss und sich selbst den Verbrechern ausliefert, damit er lebt.

Er kann sich dann in Tagträumen verlieren, die so real sind, dass sie als Tatsachen in sein Bewusstsein fließen und es des ernüchternden Einspruchs von Ritzen bedarf, um ihn in die kalte Wirklichkeit zurückzuholen. Er fürchtet dann, dass ihn der Wahnsinn schon an einem Fuß gepackt hat, und muss die Fliegenklatsche noch energischer einsetzen als sonst.

Die Euphorie über die Aussicht, etwas ganz und gar Verbotenes zu tun, wird auch in den folgenden Tagen nicht geringer, in denen er und Dotter ihr Vorgehen planen. Falter ist zweimal mit dem Bus in die Innenstadt gefahren und hat das Geschäftshaus mit der Schwaiger'schen Praxis auf sich wirken lassen. Es ist ein dreistöckiger Bau, in dessen Erdgeschoss und erstem Stock sich das Institut für Schönheitschirurgie befindet. Die Lage am Rand der Altstadt ist gehoben, das Haus exklusiv, ohne abzuschrecken. Dotter meint, die Sicherheitsvorkehrungen stellten ihn nicht vor unlösbare Probleme, allerdings brauche er spezielles Werkzeug und noch eine Unterweisung durch einen Bekannten aus der Alzeyer Einbruchszene. Als Termin haben sie den nächsten Samstag festgelegt. Bis dahin will Dotter alles beisammen haben.

Ritzen bemüht sich vergeblich, Falter von seinem Vorhaben abzubringen. Als sie einmal allein sind und dem kalten Herbstwind zum Trotz am Rheinufer sitzen, gibt Ritzen zu bedenken, dass Falter gleich den Dienst quittieren könne, wenn er auf Dotters Fingerfertigkeit vertraue. Außerdem wisse er nicht, was sie dort überhaupt wollten, wo doch nicht einmal klar sei, wonach sie suchten. Falter kann die Bedenken zwar verstehen, aber sie überzeugen ihn nicht.

»Ist doch egal, wonach wir suchen«, sagt er, »Hauptsache, wir finden was.«

»Du hörst dich schon an wie Dotter«, sagt Ritzen. »Du bist so ganz anders plötzlich.«

»Wundert dich das?«, fragt Falter zurück.

»Ein bisschen schon. Du warst für mich immer beneidenswert pflichtbewusst.«

»Wieso beneidenswert?«

»Weil ich selber gerne etwas davon hätte. Ich habe eigentlich immer nur mich gesehen und auf mich geachtet. Wenn man Familie hat, geht das nicht mehr, aber es war mir egal.«

Falter hat seit Wochen auf eine Gelegenheit gewartet, mit Ritzen über Jutta und Max zu reden, aber nie war die Situation danach gewesen. Falter hatte entweder zu viel mit sich selbst zu tun oder er war davor zurückgeschreckt, die schöne Stimmung zu zerstören. Er hat auch ein bisschen Angst vor diesem Gespräch, weil er Ritzen nicht zu nahe treten will. Jetzt hat Ritzen die Partie selbst eröffnet.

»Ich habe Max dabei erwischt, wie er im Supermarkt Alkohol klauen wollte«, sagt Falter.

Ritzens Blick folgt einem Lastkahn, der sich durch das Rheinwasser pflügt und Wellen aufwühlt, die erst gegen die Ufermauer klatschen, als das Schiff schon aus seinem Gesichtsfeld verschwunden ist.

»Das wusste ich nicht«, sagt er.

»Es scheint dich aber auch nicht sonderlich zu erstaunen«, erwidert Falter.

»Jutta hat mal etwas angedeutet, dass sich Max merkwürdig verhält und sie sich Sorgen macht.«

»Und du hast nicht nachgefragt?«, sagt Falter verständnislos.

Ritzen atmet tief ein und geräuschvoll wieder aus.

»Zwischen Jutta und mir gibt es nichts mehr zu sagen. Wir geraten schon beim Austausch von Nutella gegen Honig aneinander. Ich habe versucht, mit Max zu reden, so ganz allgemein, wie es ihm geht und was die Schule macht. Aber er hat mich angesehen, als hätte ich ihn zum ersten Mal in seinem Leben angesprochen.«

»Und dann hast du dich taktvoll zurückgezogen«, sagt Falter spitz.

»Nein, habe ich nicht. Wir machen seitdem schon mal Hausaufgaben zusammen, und er erzählt mir von Kindern aus der Schule. Von Klauen war keine Rede.«

Falter ist unendlich erleichtert. Ein familienverachtender Ritzen hätte nicht in sein Bild gepasst. Er klingt sofort versöhnlicher.

»War vielleicht auch ein einmaliger Ausrutscher. Ich habe danach jedenfalls nichts mehr davon gehört. Und wie, stellst du dir vor, soll es mit Jutta weitergehen?«

»Keine Ahnung. Wenn ich ehrlich bin, ist es mir ziemlich egal. Ich habe keine Gefühle für sie. Weder Liebe noch Hass. Nichts. Wahrscheinlich ist auch mein Herz gelähmt«, sagt er.

»Sag nicht so einen Unsinn, ja? Sonst kriege ich wieder ein schlechtes Gewissen.«

»Bloß nicht. Weißt du, eigentlich habe ich schon lange nichts mehr für Jutta gefühlt, und als mir dieses blöde Haus auf den Rücken geknallt ist, war das für mich wie eine Chance. Ich konnte mich zurückziehen, ohne dass man mir Vorwürfe machen durfte.«

»Das ist verdammt unfair«, sagt Falter.

»Ich weiß. Deshalb werde ich wahrscheinlich Schluss machen. Aber was ist dann mit Max?«

Falter hat auch keine Antwort. Für einen Moment ist er froh, dass Katja und er keine Kinder haben, um die sie sich jetzt Sorgen machen müssten.

»Kämst du denn allein zurecht?«, fragt Falter. »Ich meine, kannst du dich alleine ausziehen, anziehen und das alles?«

Ritzen nickt.

Sie schweigen lange. Obwohl Ritzen ihm immer versichert,

dass er niemandem einen Vorwurf macht, kann Falter nicht gegen den Gedanken an, dass es mit der Beziehung zu Jutta vielleicht nicht so weit gekommen wäre, wenn Ritzen ihn damals nicht gerettet hätte. Falter war mit Verbrennungen davongekommen, während das explodierende Haus von Margarethe Körner auf Ritzens Rücken zusammengebrochen war.

»Am liebsten würde ich euch begleiten«, sagt Ritzen und grinst Falter an. »Ich könnte Schmiere stehen und auf hilfloser Behinderter machen, wenn einer kommt.«

»Damit du auch noch deinen Job verlierst? Ich seh schon die Schlagzeilen: ›Erst seziert, dann ausspioniert. Gerichtsmediziner bricht in die Praxis von Dr. Schön ein‹.«

»Ich bin jedenfalls dabei«, sagt Ritzen.

Am Samstagmorgen erwacht Falter mit einem flauen Gefühl. Eine Sturmflut aus Magensäften trommelt gegen seine Bauchwand. Um sich abzulenken, geht er in Katjas Arbeitszimmer und setzt sich auf einen Stuhl mitten im Raum. Er starrt auf die Bücher an der Wand, den Schreibtisch, auf dem der Computer steht und die Ablagekörbe, in denen sie unerledigte Post sammelt. Es sieht aus, als habe sie das Zimmer nur für einen Moment verlassen, um sich in der Küche einen Tee zu holen. Falter rückt den Stuhl an den Tisch heran und sieht die Papiere ohne Ziel durch. Er zieht die Schubladen auf und wirft einen flüchtigen Blick hinein. Sie scheint nichts mitgenommen zu haben. Die Schubladen sind randvoll mit Bücherprospekten und Mappen, in denen sie Rezensionen über Literatur sammelt, die sie interessiert.

Er hebt die Mappen ein Stück hoch. Unbeschriebene Zettel, eingetrocknete Filzstifte und Kugelschreiber mit Werbeaufdrucken erscheinen, ein paar Fotos von Katjas Elternhaus, davor ein Hund und ein Mädchen, das sie sein könnte. Falter steht auf und geht zum Regal. Er nimmt wahllos ein Buch heraus und schlägt es auf. Wichtige Stellen sind unterstrichen und mit kleinen Zetteln markiert. Katja hängt mit sentimentalem Interesse an diesen Büchern aus der Studienzeit. Irgendetwas könne sie immer wieder davon gebrauchen, sagte sie, und es machte ihr Spaß, wenn Falter bei der Lektüre eines Romans sein subjektives Gefühl beschrieb und sie es mit ihrer Fachliteratur untermauern konnte.

Falter nimmt ein Buch nach dem anderen heraus und lässt die Seiten durch die Finger gleiten. Er stellt sie nicht zurück. Er stapelt sie auf dem Boden und geht vor wie ein Schaufelbagger. Reihe um Reihe leert sich. Im untersten Regal stehen Kunstbände und schwere Lexika. Er hebt mehrere zugleich heraus und geht auf die Knie, um das leere Regal genauer zu betrachten. Zwischen Regalbrett und Rückwand klemmt ein hellbrauner, verblichener Umschlag. Er kann dort zufällig hingeraten oder absichtlich deponiert worden sein. Er kann belanglose Zettel, alte Briefmarken und Tankquittungen enthalten. Oder etwas Unbestimmtes, wonach Falter gesucht hat, ohne es selbst zu wissen. Er setzt sich auf den Boden und öffnet den nicht verklebten Umschlag mit pochenden Fingerspitzen. Große und kleinere Zettel sind darin, einige eng beschrieben wie Briefe, andere nur mit flüchtigen Mitteilungen. Überschrieben sind alle gleich: Von K. an K. Keiner der Zettel hat ein Datum, doch am Zustand des Papiers und der Tinte kann Falter erkennen, dass es sich um eine Sammlung aktueller und vergangener Korrespondenz handelt. Er entziffert die Schrift und reiht die Buchstaben aneinander. Es ist ein mühevolles Puzzle, weil sich in Falters Hirn alles gegen das Verstehen sträubt. In ihm kommt nur das Gefühl an, dass es die Briefe und Mitteilungen eines Mannes sind, der fordert, ohne zu bekommen. Mal ist der Ton zornig und vorwurfsvoll, dann schmeichelnd und bettelnd. Auf den am wenigsten verblichenen und nach Falters Schlussfolgerung aktuellsten Papieren droht der Mann offen, Katja etwas anzutun, wenn sie sich weigert, ihn zu treffen.

Die Sturmflut in Falters Magen verebbt. Der Schreiber hat Katja bedrängt, und sie hat ihm nicht nachgegeben. So jedenfalls lassen sich die Zeilen lesen, und mehr will Falter nicht wissen. In ihm blinkt die vage Hoffnung auf, dass es doch noch eine Erklärung für all das geben kann und Katja tatsächlich ihre Gründe hatte, die Wahrheit nicht preiszugeben. Für Falter gibt es keinen Zweifel, dass sich hinter K. Konrad Schwaiger verbirgt. Umso wichtiger, diesen Mann endlich gründlich zu betrachten.

Als sie sich kurz vor Mitternacht treffen, ist Falter hoch motiviert und ohne Skrupel. Der Einbruch in Schwaigers Praxis ist ein notwendiger Schritt, um an Informationen zu kommen. Mehr Rechtfertigung braucht er nicht.

Dotter macht das wichtige Gesicht eines Profidiebs vor einem bedeutenden Coup, wobei er Falter in seiner schwarzen Tarnkleidung und dem Rucksack eher vorkommt wie ein Gelegenheitseinbrecher auf Betriebsausflug. Ritzens Überlegungen müssen ähnlich sein, jedenfalls fragt er Dotter, ob er in seinem Rucksack heißen Kaffee und belegte Brote mit sich führe. Für derlei Witze gänzlich unempfänglich, drängt Dotter auf kurze Lagebesprechung. Es wird ausgemacht, dass er und Falter sich Zutritt zum unteren Stockwerk der Praxis verschaffen, weil sich dort unter anderem Schwaigers Arbeitszimmer befindet. Ritzen soll auf der Straße Posten beziehen und über Handy eine Warnung abgeben, für den unwahrscheinlichen Fall, dass jemand in einer Samstagnacht ein reines Geschäftsgebäude betreten sollte.

Es ist zwei Uhr morgens, als sie vom Marktplatz in die Liebfrauenstraße einbiegen. Dotter wirft noch einen Blick hoch zum Ostturm des Doms und meint, der liebe Gott solle jetzt besser weggucken.

»Amen«, sagt Ritzen und sucht sich ein dunkles Plätzchen auf der gegenüberliegenden Straßenseite. Um diese Zeit wird die Liebfrauenstraße als Verbindung zur Rheinstraße nur wenig genutzt, aber es kommen doch immer wieder späte Passanten, die aus den Kneipen der Altstadt ins Malakoff-Viertel wechseln, in der Hoffnung, dass die Lokale dort noch geöffnet sind.

Dotter muss seine Arbeit am Schloss der Haustür mehrmals unterbrechen, bis sie sich endlich mit einem satten Klicken öffnet. Drei Treppenstufen führen zur nächsten, der entscheidenden Tür. Dotter stellt seinen Rucksack ab, holt eine Grubenlampe heraus und stülpt sie sich über den Kopf.

Im wippenden Schein der Lampe erkennt Falter neben dem Türrahmen das Tastenfeld der Schließanlage, über deren Entsicherung sich Dotter bei seinen Insider-Bekannten erkundigt hat.

»Wir müssen dieses Ding umgehen«, sagt Dotter leise und

nickt zu der Schaltfläche, die darauf wartet, dass man den richtigen Code eingibt. »Dafür muss ich bohren.«

»Aber dann merkt man doch, dass hier einer drin war«, sagt Falter erst laut und dann genauso leise wie Dotter. Sein Herz hängt irgendwo zwischen Milz und Blase.

»Ja und? Wir haben doch Handschuhe an. Außerdem mache ich das so, dass man das Loch nur sieht, wenn man danach sucht.« Dotter holt die Bohrmaschine raus und spannt den Bohrer ein. »Vertrau mir.«

Er setzt den Bohrer auf Höhe der Türklinke an und fräst ein Loch in den Türrahmen. Die Späne pustet er fast zärtlich weg und weist Falter an, ein Papiertaschentuch, das er ihm reicht, mit Spucke anzufeuchten und die Späne vom Boden aufzutupfen. Dann holt er einen Draht aus seinem Rucksack und pult mit ihm zwei Kabel aus dem Loch im Türrahmen. Er knipst sie durch und hält an die beiden Enden eine Batterie. Die Tür springt mit einem Summen auf.

»Gut!«, sagt Falter, verblüfft, wie schnell und mit welcher Präzision Dotter das Türproblem gelöst hat. Dotter verdrillt die Kabelenden provisorisch, stopft sie in das Bohrloch zurück und verschließt es mit einer knetbaren Masse in der Farbe des Türrahmens. Mit einem Spachtel zieht er die Fläche glatt und überprüft mit dem Finger Unebenheiten. Als er zufrieden ist, räumen sie das Werkzeug in den Rucksack und betreten Schwaigers Praxis.

Der Empfangsraum wird vom grünen Licht eines Aquariums beschienen. Fische bewegen sich mit träger Gleichmäßigkeit hinter dem dicken Glas. Für Falter sind sie das einzig Lebendige in diesem kühlen Raum, der außer Sachlichkeit nichts zu bieten hat. Dotter zieht ihn fort von den Fischen hinein in einen Gang, von dem rechts und links durchnummerierte Türen abgehen. Der Korridor endet an einer gelben Tür, auf der in dicken Lettern »Dr. Schwaiger« steht. Im Schein seiner Taschenlampe sieht die Schrift für Falter dunkelrot aus. Das Zimmer dahinter setzt die Farbigkeit der Tür nicht fort. Auch hier die gleiche nüchterne Demonstration nicht vorhandenen Stils. Ein Chefzimmer wie aus dem Katalog für Arztpraxen der Mittelklasse. Falter hatte mehr erwartet. Mehr Luxus, mehr Prunk, schlechten Geschmack ja, aber auf hohem Niveau. Er hatte gedacht, wer mit Schönheit handle, müsse selbst ein bisschen glitzern. Aber hier glitzert nichts.

»Sieht alles ziemlich billig aus«, sagt Falter. »Ich dachte, der Schwaiger war so erfolgreich.«

»Vielleicht legt er keinen Wert auf Äußerlichkeiten«, antwortet Dotter und lacht über den eigenen Witz. Er hat den Rucksack abgestellt und die erste Schublade von Schwaigers Schreibtisch aufgezogen. Sie ist leer. Die zweite, die dritte. Leer.

»Mist. Hier hat schon einer aufgeräumt. Guck mal in den Schränken nach.«

Falter öffnet die erste Tür, hellgrau, kunststoffbeschichtet, und steht vor leeren Regalen. Die zweite Tür, die Dritte. Alles leer dahinter. Falter sieht Dotter an.

»Sieht schlecht aus. Der Schwaiger hatte einen Assistenten. Wahrscheinlich zieht der hier ein, und zwar bald«, sagt Dotter und öffnet ohne Überzeugung die Tür einer länglichen Kommode, die hinter Schwaigers Schreibtisch steht.

»Aha. Ein kleiner Tresor. Ob da noch was drin ist?«

Viel Hoffnung haben sie nicht.

»Den kriege ich nicht so leicht auf wie die Tür«, sagt Dotter. »Wir brauchen den Code. Die Leute sind meistens so blöd, dass sie ihn irgendwo hinschreiben. Unter eine Schreibtischlampe zum Beispiel«, sagt er und hebt sie hoch, um darunter zu schauen. »Jetzt die Schreibtischplatte«, sagt er und klettert darunter.

Sie sehen hinter dem einzigen Bild nach, das an der Wand hängt, drehen das Tischtelefon um, und das einzig verbliebene Stück, das einen persönlichen Bezug zu Schwaiger herstellen könnte, einen Briefbeschwerer aus Glas mit einer Art Seeanemone darin, überreicht von einer Firma, die Medizin aus dem Meer verkauft. Falters Handy vibriert in seiner Brusttasche. Ritzen fragt, wie weit sie seien, ihm sei kalt.

»Ritzen friert«, sagt Falter. Er ist unschlüssig, ob sie dies zum Anlass nehmen sollen, die Aktion zu beenden.

»Ja, gleich«, sagt Dotter. Er ist noch nicht bereit, aufzugeben. Es war seine Idee, und er will einen Erfolg.

»Denk mal nach«, sagt er. »Wo würdest du eine Nummer verstecken, die du ab und zu brauchst?«

Falter sieht sich um. In diesem Zimmer gibt es keine Geheimnisse mehr. Er setzt sich auf den Bürostuhl vor dem Schreibtisch und dreht sich leicht hin und her. Er greift unter die Armlehnen. Seine Finger fühlen keinen Zettel. Er steht auf und kippt den Stuhl nach hinten. Der Bezug ist abnehmbar und mit Klettverschlüssen an der Unterseite fixiert.

»Leuchte mal«, fordert er Dotter auf. Falters Hand tastet sich zwischen Stoff und Polster voran und findet ihr Ziel schneller und einfacher als erwartet. Falter zieht einen kleinen Zettel hervor und entfaltet ihn. Darauf steht eine Abfolge von Zahlen. Er nennt sie Dotter, und der tippt sie in das Tastenfeld des Tresors ein.

Zahlen sind für Falter Zeichen, denen er einen eigenen Sinn geben muss, damit er sie sich merken kann. Haben sie eine Regelmäßigkeit oder eine Logik? Lassen sie sich zu Paaren oder Dreiergruppen zusammenfügen oder steht jede Zahl einzeln stark für sich? Ergibt ihre Kombination eine Melodie, einen Rhythmus, der die Brücke ins Gedächtnis baut? Schwaigers Tresornummer besteht aus sieben Ziffern. Ihren Sinn hat Falter schnell erfasst. Es ist Katjas Geburtsdatum.

»Auch leer«, sagt Dotter. »Frage mich, wo das ganze Zeug ist. Bei seiner Frau? Wahrscheinlich. Sollen wir hin?«

»Nein.«

»Schade. Sollen wir noch hoch? Oben sind die Operationssäle.«

»Nein. Lass uns gehen.«

Dotter schließt den Tresor und die Schranktür. Falter rückt den Bürostuhl gerade. Sie gehen ohne Elan zum Ausgang.

»Wie war's?«, fragt Ritzen draußen, aber Falter hat keine Lust zu reden.

Dotter zuckt mit den Schultern und murmelt etwas von sie seien zu spät gekommen. Falter steht auf dem Bürgersteig mit brennenden Augen und trottet Dotter und Ritzen automatisch hinterher, als sie sich in Bewegung setzen.

»Benno?«, fragt eine Stimme neben ihm. Eine Hand fasst ihn am Arm. Das Gesicht zur Stimme kommt ihm bekannt vor. Es sieht aus wie das von Silvia Münster, nur die Augen passen nicht. Silvias Augen sind nie so schwarz umrandet gewesen. Wimperntusche hatte sie früher einmal benutzt, aber nur maßvoll, nie so dick, dass die Wimpern aneinander klebten. Irgendetwas muss sie auch mit ihrem Mund gemacht haben. Er wirkt viel voller als früher. Falter denkt daran, wo sie gerade herkommen und wie leicht es heute sein kann, sich so formen zu lassen, wie man es möchte.

»Hallo, Benno«, sagt Silvia Münster, als er immer noch nicht auf sie reagiert. Sie scheint überrascht, ihn zu sehen, zu dieser Stunde, andererseits merkt Falter ihr die Unsicherheit an, ausgerechnet ihm hier begegnet zu sein.

Ihr wird offenbar ihr ungewöhnliches Aussehen bewusst und der Mann, der den Arm um sie gelegt hat und deutlich jünger ist als sie. Sie rückt ein Stück von ihm ab und fährt sich durchs Haar.

»Was machst du hier?«, fragt sie. »Ich meine, ihr«, und zeigt zu Dotter und Ritzen, die ein paar Meter entfernt warten.

»Wir waren tanzen«, sagt Falter, ohne zu überlegen, aber in dem Bewusstsein, dass diese Antwort blödsinnig klingen muss. Dotters großer Rucksack, Ritzens Rollstuhl und die Taschenlampe, die aus Falters Jacke herausragt, sind keine Indizien für eine fröhliche Tanzparty.

»Du wohl auch«, schiebt Falter schnell hinterher und lächelt Silvia an. »Dein neuer Freund?«

Sie wiegt unschlüssig den Kopf. »Mal sehen.«

»Ja dann«, sagt Falter. »Wir müssen mal weiter. Wir können ja telefonieren.«

»Sicher.«

Falter geht zu Ritzen und Dotter, und sie steuern zügig den Marktplatz an.

»Wer war das?«, fragt Dotter und sieht sich nach Silvia um.

»Schau nach vorn«, ermahnt ihn Falter und packt ihn unterm Ellenbogen. »Das war die Leiterin der Mainzer Kripo.«

ELF

Dotter und Ritzen schlafen noch, als Falter sich in Katjas Arbeitszimmer schleicht. Der Umschlag mit den Zetteln liegt auf dem Boden neben den Bücherstapeln. Falter schiebt ihn und die Bücher mit dem Fuß beiseite und rückt das Regal ein Stück von der Wand weg. Surrend fällt etwas herunter. Falter fischt mit der flachen Hand danach. Es ist noch ein brauner Umschlag mit einer unbeschrifteten CD darin und Falters Bestätigung einer Ahnung, die er schon in der Nacht hatte, als der Tresor in Schwaigers Zimmer leer war und Falter den Zahlencode als Katjas Geburtsdatum dechiffriert hatte. Später, als sie wieder bei Falter angekommen waren, hatte er mit Dotter und Ritzen noch über die spurenlose Aufgeräumtheit des Zimmers gesprochen, und sie hatten die verschiedensten Theorien über die Gründe entwickelt. Falter fand es zwar plausibel, dass man das Sprechzimmer eines Arztes nach seinem Tod leer räumt, um seinem Nachfolger Platz zu machen. Aber die nach Desinfektionsmitteln riechende Gründlichkeit war ihm vorgekommen wie eine rückstandslose Beseitigung aller Erinnerungen. Wer auch immer sich Schwaigers Zimmer vorgenommen hatte, wollte nichts von ihm übrig lassen.

Warum? Weil er ein Mensch war, der das Erinnern nicht wert war? Oder hatte er etwas in seinem Zimmer gehabt, das unbedingt verborgen werden musste und sich jetzt entweder an einem anderen Ort befand oder vernichtet war? Wurde dieses Etwas erst nach Schwaigers Tod entfernt oder hatte er das noch selbst erledigt?

Sie konnten nur spekulieren und sich von ihrem Gefühl leiten lassen. Und dieses Gefühl sagte Falter, dass Schwaiger entweder aus Obsession oder aus tiefstem Vertrauen Katjas persönlichste Daten zum Schlüssel seines Tresors gemacht hatte, und wenn es etwas zu verbergen gegeben hatte, wovon Dotter nach wie vor unbeirrt ausging, dann wäre wohl Katja eine der Personen gewesen, denen es Schwaiger anvertraut hätte. Mit diesem Gedanken war Falter eingeschlafen und wieder erwacht. Der Schlaf hatte aus einer Vermutung Gewissheit gemacht, weil das Unterbewusste im Schlaf stärker sein darf als das Bewusstsein. Mit kaltem Herzen und ohne Illusion hatte Falter Katjas Zimmer betreten und zielgenau das Regal beiseite geschoben.

Soll er warten, bis Dotter und Ritzen wach sind, oder soll er die CD allein auf Katjas Computer ansehen? Es ist nur eine glänzende Scheibe, ohne Kratzer, ohne Beschriftung, mit Speicherkapazitäten, deren Geheimnis ihn dringend interessiert.

Trotzdem entscheidet er sich für einen Aufschub. Es gibt keinen Grund mehr, sich dem allein zu stellen. Es gibt keine Verpflichtung mehr, Katja vor Mitwissern zu schützen. Er braucht Unterstützung und kann sie auch annehmen. Die Sicherheit, die er mit Katja gespürt hatte und die ihm in den vergangenen Wochen fast restlos abhanden gekommen war, ist mit den beiden Männern zurückgekehrt, die nebenan im Gästezimmer schlafen und sich im Schnarchen gegenseitig überbieten. Falter hört es noch durch die Wand.

Während er den Frühstückstisch deckt und sich über seine Fähigkeit zu dieser banalen Tätigkeit wundert, vibriert sein Handy für einen Moment. Es ist eine Mitteilung von Katja. Sie vermisst ihn. Ich vermisse dich auch, schreibt Falter zurück, und es stimmt ja, trotz der silbernen Scheibe, die im Zimmer über ihm lauert und von deren Inhalt Falter nichts weiß. Es ist Katjas erstes Lebenszeichen seit über einer Woche. Er weiß nicht, wo sie ist, wie es um sie steht, ob Staatsanwältin Schlingmann schon einen Schritt weiter ist und Anklage erhoben hat. In den Zeitungen ist es merkwürdig ruhig um »Dr. Schön« geworden. Es ist manchmal so, als habe Katja nie stattgefunden oder in einem Parallelleben, auf das Falter nun schaut wie durch eine Glasscheibe. Er ist Beobachter, ohne teilzunehmen, er sieht zu, aber er hört nichts. Er könnte schreien, und niemand nähme Notiz von ihm.

Dotter kommt mit Ritzen auf dem Rücken die Treppe herunter. Sie zelebrieren das Reiterspiel mit der hemmungslosen Begeisterung von Kleinkindern, denen es nie schnell genug sein kann und die immer noch mal möchten. Sie nehmen den Umweg durch die Küche und drehen eine galoppierende Runde um Falter, bevor Dotter seinen Reiter sanft auf einen Stuhl am Frühstückstisch gleiten lässt. Ritzen bedankt sich mit einem wohlwollenden Tätscheln: »Gut gemacht, Brauner.«

Dotter setzt sich kurzatmig und mit rosigen Wangen neben ihn und kippt die erste Tasse Kaffee ohne abzusetzen in sich hinein. Beide wirken ausgeschlafen und zu neuen Unternehmungen bereit. Ritzens blondes Haar steht wie eine Aureole um seinen Kopf. Er sieht gelehrt und verwirrt zugleich aus, jungenhaft wegen des gerade erst erlebten Ausflugs in die Kindheit und doch wie ein Greis, in dessen Gesicht eine zurückliegende Qual ihre Spuren gefräst hat. Zwischen dem rechten Augenlid und dem Mundwinkel sieht Falter eine zuckende Linie verlaufen, die auf einen aktuellen Schmerz hindeutet.

»Was ist mit dir?«, fragt Falter.

Ritzen schüttelt den Kopf und kneift die Augen zusammen.

»Hast du Schmerzen?«, fragt Falter weiter. Es liegt mehr Hoffnung als Anteilnahme in dieser Frage. Schmerzen sind ein gutes Zeichen. Besser als diese gefühllose Unbeweglichkeit.

»Wo tut es dir weh? Im Rücken? In den Beinen?«

»Mir brummt der Schädel«, sagt Ritzen ablenkend. »Sonst gar nichts. Den Kaffee bitte.«

»Meinst du, die ahnt was?«, fragt Dotter unvermittelt. Falter nimmt an, er meint Silvia Münster.

»Erst mal nicht, denke ich. Aber wenn die in der Praxis das Loch im Türrahmen bemerken und die Polizei rufen, könnte sie das auf eine Idee bringen. Warten wir es ab. Silvia ist eine Freundin von mir. Ich glaube nicht, dass sie uns Schwierigkeiten macht.«

»Mich könnte das meine Lizenz kosten«, sagt Dotter.

»Das, mein Lieber, hätten Sie sich früher überlegen müssen«, bemerkt Ritzen, aber er genießt seine Überlegenheit nicht wie sonst. Sie ist nur mehr ein Festhalten an den Ritualen ihrer ersten Begegnungen.

»Für uns alle steht viel auf dem Spiel«, beschwichtigt Falter. »Aber darüber brauchen wir uns jetzt noch nicht den Kopf zu zerbrechen. Es gibt Wichtigeres.« Er sieht von einem zum anderen, und sie schauen aufmerksam zurück. »Ich habe hinter Katjas Regal eine CD-ROM gefunden. In einem Umschlag. Es gibt noch einen anderen Umschlag, darin waren Zettel und Briefe von Schwaiger. Ich vermute, die CD ist ebenfalls von ihm oder hat mit ihm zu tun. Wenn ihr fertig seid, sollten wir sie uns ansehen.«

»Was steht in diesen Briefen?«, will Dotter wissen.

»Verkürzt gesagt: Schwaiger bittet darin Katja um ein Treffen. Manchmal droht er ihr, wenn sie nicht kommen sollte.«

»Womit?«

»Dass er mir alles sagt.«

»Was alles?«

»Keine Ahnung. Es wird wohl mit der Beziehung zwischen ihr und ihm zu tun haben. Nehme ich an.«

»Du sagst das so ruhig«, wundert sich Ritzen.

»Sieht nur so aus. Ich finde meine Fliegenklatsche nicht.«

Während Katjas Computer bootet, schiebt Falter die Bücher vom Boden an die Wand, damit Ritzen mit seinem Rollstuhl ins Zimmer fahren kann. Niemand spricht. Jedes Wort könnte falsch sein und die Spannung des Augenblicks in einen unangemessenen Voyeurismus abkippen. Dotter hat sich Katjas Stuhl an den Schreibtisch herangerückt und die CD eingelegt. Sie enthält fünf Dateien ohne besondere Titel. Sie sind lediglich von 1 bis 5 durchnummeriert. Dotter klickt die erste an. Auf dem Bildschirm erscheint ein Fenster, worin der Benutzer aufgefordert wird, das Kennwort einzugeben. Dotter wirft sich rückwärts gegen die Stuhllehne und ruft: »Mist«, aber er scheint nicht erstaunt zu sein.

»Die Dateien sind verschlüsselt«, erklärt er Falter und Ritzen. »Das heißt, wir müssen uns überlegen, wie wir reinkommen. Realistisch gesehen, müssen wir uns vorstellen, welches Kennwort Schwaiger benutzt haben könnte.«

»Wenn es Schwaiger war«, sagt Ritzen.

»Davon gehen wir jetzt einfach mal aus«, sagt Falter.

»Einfach!«, sagt Dotter und verdreht die Augen. »Einfach, Leute, ist hier gar nichts. Sollen wir tagelang Rumpelstilzchen spielen, bis wir den richtigen Namen gefunden haben?«

»Wir müssen logisch vorgehen«, sagt Falter und sieht Ritzen an. »Du bist der Wissenschaftler. Sag was.«

»Ich bin nur Gerichtsmediziner. Ich nehme ein Skalpell, schneide den Bauch auf, und schon bin ich drin. Ich habe noch nie ein Kennwort gebraucht.«

Falter schlägt ihm mit der Hand auf den Oberschenkel.

»Aua!«, ruft Ritzen.

»Hat das wirklich wehgetan?«, fragt Falter erschrocken, aber mit derselben Hoffnung wie vorhin.

»Quatsch. Ich tu nur so.«

»Okay, seien wir logisch«, unterbricht Dotter. »Die Leute sind meistens blöder und fauler, als man denkt. Die haben ein Passwort für alles. Und damit sie es sich merken können, nehmen sie meistens das Erstbeste aus ihrer nächsten Umgebung. Geburtstage, Autokennzeichen, Hochzeitstag, Scheidungstag.«

»Weißt du, wann Schwaiger Geburtstag hatte?«, fragt Falter.

»Ja«, sagt Dotter und gibt die Zahlen ein. »Passt nicht. Kannst du dich an die Nummer vom Tresor erinnern?«

Falter nennt sie ihm, fast schon überzeugt, dass sie damit einen schnellen Treffer haben werden. Aber auch sie ist nicht richtig.

»Es müssen ja keine Zahlen sein«, gibt Ritzen zu bedenken. »Versucht es mit Namen. Katja zum Beispiel.«

Auf alle bekannten Namen reagiert das System nicht. Die Forderung nach dem Kennwort bleibt unverrückbar wie eine Mauer vor dem begehrten Inhalt stehen.

»Vielleicht was Medizinisches«, sagt Dotter. »Darf höchstens fünfzehn Buchstaben haben.«

»Sind wir hier beim Kreuzworträtsel?«, fragt Ritzen. »Was Medizinisches mit fünfzehn Buchstaben. Da können wir ja gleich Lotto spielen. Wie geht's eigentlich Theo?«

»Der ist verliebt.«

»Donnerwetter. In wen? Kenn ich sie? Ist sie hinter seinem Geld her?«

»Sieht nicht so aus. Ich finde sie sehr nett.«

»Was die wohl an ihm findet? Ich meine, erinner dich mal, wie klapprig der immer war und ungepflegt, denk mal an die Zähne!«

»Theo hat sich neue machen lassen«, erklärt Falter.

»Schau an, die vermehrte Ausschüttung von Glückshormonen kann immer noch Wunder bewirken. Ist mir völlig fremd, so was.«

»Noch nie verliebt gewesen?«, fragt Dotter dazwischen.

»Wenn Sie dieses kitzelige Flackern in der Herzgegend und zwischen den Beinen meinen, schon, lieber Dotter. Dabei handelt es sich allerdings nur um einen vorübergehenden Zustand, der nach einer relativ rasch eintretenden Sättigungsphase rapide abflaut.«

»Und was ist dann Liebe?«

»Liebe, ach Dotter. Liebe ist das Nicht-ohne-einander-sein-Können. Liebe ist Achtung vor dem anderen. Begeisterung, Gleichklang, lachen können, lassen können, Erotik. Hab ich was vergessen, Benno?«

»Einiges. Aber sonst liegst du schon ganz richtig für einen, der davon keine Ahnung hat.«

»Hab ich mir bei euch abgeschaut. Bei dir und Katja«, sagt Ritzen, und er klingt kein bisschen ironisch.

Sie hatten das alles gehabt. Aber es war nicht genug gewesen.

»Leute, wir müssen weitermachen«, mahnt Dotter. »Ich warte auf Vorschläge.«

»Skalpell, Tinnitus, Aesculap, Hippokrates, Zyste, Aneurisma«, rattert Ritzen die medizinischen Begriffe herunter, die ihm gerade so einfallen.

»Moment«, ruft Dotter. »Ich kann nicht so schnell. So geht das nicht. Benno, warum rufst du nicht Katja an und fragst sie einfach.«

»Nein.«

»Warum nicht?«

»Ich durchsuche ihr Zimmer und soll es auch noch zugeben?«

»Ich finde, Dotter hat Recht«, mischt sich Ritzen ein. »Was soll diese Zurückhaltung? Katja weiß sehr genau, dass sie Mist gemacht hat, vor allem, weil sie nicht ehrlich zu dir war. Sie hat einen Mann getötet, redet erst, wenn man sie dazu auffordert, und sagt dann auch nur die halbe Wahrheit. Ich weiß nicht, warum sie das macht, aber es ist nicht in Ordnung. Dass du dir deine eigenen Wege zur Wahrheit suchst, ist absolut nachvollziehbar. Ich würde keine Rücksicht nehmen. Außerdem brauchen wir Gewissheit, dass diese CD wirklich von Schwaiger stammt, sonst raten wir hier rum, bis der erste Schnee fällt.«

Falter schaut aus dem Fenster. So lange kann es nicht mehr dauern. Bis zum ersten Schnee. Noch ein paar Tage, und es ist November. Der Tag hat gerade erst begonnen und sieht schon so aus, als wolle er wieder schlafen gehen. Im Hof stehen die Blumenkübel aus dem Sommer mit ihren verblühten, braunen Stängeln. Nur eine weiße Stockrose trotzt der Winterstimmung und plustert ihre Blüten auf. Die grüne Abdeckung über dem Sandkasten hat sich an einer Ecke gelöst und flattert im Takt des Windes. Der November ist kein guter Monat, um allein zu sein. Im November muss jemand da sein, der das Gemüt hell macht, der einem nachts die Hand hält und tags die Dunkelheit wegküsst, der immer Gummibärchen dabeihat und mit dem man eine gute Suppe kochen kann für die kalten Tage, an denen man nach Hause kommt und sich auf etwas Warmes freut.

»Ich ruf sie an«, sagt Falter und geht aus dem Zimmer die Treppe hinunter in die Küche. Er setzt sich auf das schmale Stück Arbeitsplatte zwischen Spüle und Herd und wählt Katjas Nummer. Ihre Stimme breitet sich in Falters Körper aus wie die Druckwelle einer Bombe. Herz, Magen, Nieren und Leber drängen nach außen. Der Brustkorb ist nicht weit genug für die Sehnsucht, die von innen dagegen stößt. Falters Atem stottert wie seine Stimme, als er die ersten Worte spricht, an die er sich schon nicht mehr erinnert, kaum dass sie seine Kehle verlassen haben. Er spürt Katjas Schweigen und Atmen an seinem Ohr. Er wartet auf ein Zeichen von ihr, auf eine Freude über seinen Anruf, auf ein Anknüpfen an die Botschaft, die sie ihm vor ein paar Stunden geschickt hat. Aber da kommt nichts. Sie wartet. Macht es ihm nicht leicht. Wenn er jetzt nichts sagt, wird sie einfach auflegen. Er räuspert sich und hofft, dass seine Organe auf ihre Positionen zurückkehren und seine Stimme ihn nicht länger der stotternden Lächerlichkeit preisgibt.

»Ich habe eine CD gefunden. Im Umschlag hinter dem Regal. Ist sie von Schwaiger?«

Schweigen kann sehr laut sein. Gedanken auch. Falter hört sie denken und ihre Überraschung überwinden. Fast tut es ihm schon wieder Leid, sie zu konfrontieren, aber da sagt sie einfach: »Ja«, und es gibt keinen Grund mehr für Bedauern und Rücksichtnahme.

»Sie ist verschlüsselt. Kennst du das Passwort?«

Ihr Nein kommt in einem überzeugenden Tempo. Nicht zu schnell, das hätte abwehrend geklungen. Nicht zu langsam, als hätte sie sich die Antwort erst überlegen müssen.

»Weißt du, was drauf ist?«, fragt Falter. Es ist wie das sachliche Abhaken eines Fragenkatalogs. Aber diesmal kommt die Antwort nicht prompt.

»Tu das nicht«, sagt sie, aber es ist keine Bitte. Mehr eine Warnung.

»Warum nicht?«

»Es hat nichts mit mir zu tun.«

»Alles hat mit dir zu tun. Ich habe das Gefühl, dass verdammt noch mal alles nur noch mit dir zu tun hat. Und solange du nichts sagst, mir nichts erklärst, werde ich machen, was ich für richtig halte.«

»Das ist ein Fehler, Benno.«

»Mag sein. Aber schlimmer kann es nicht mehr werden. Also: Was ist drauf auf der CD?«

»Finde es selbst heraus«, sagt sie und unterbricht die Verbindung.

Falter wirft das Telefon mit einer ausholenden, kraftvollen Bewegung durch den Türrahmen ins Wohnzimmer. Es landet mit einem unguten Knacken auf dem Parkettboden und schrabbt noch ein Stück weiter, bis es von einer Fußleiste gebremst wird. Falter sieht sich um. Er verlangt nach weiteren Opfern seiner Wut. Die Eieruhr liegt gut in der Hand und fliegt genau so weit wie das Telefon. Das Tranchiermesser bleibt mit der Spitze im Parkettboden stecken und federt noch eine Weile nach. Die Gewürzgläser mit Muskat, Nelken, Curry und Paprika rollen über den Boden, ohne zu zerbrechen, was Falter keine echte Befriedigung verschafft. Er schleudert Kurkuma, Kümmel und Majoran hinterher und trifft damit den Couchtisch, dessen Glasplatte dem unerwarteten Bombardement nicht gewachsen ist.

»Bist du wahnsinnig?«, ruft Dotter, den der Lärm nach unten gelockt haben muss und der beschwichtigend die Hände hebt. »Hör auf. Nicht schießen. Du machst ja alles kaputt. Der Tisch hat schon eine Katsche.«

Falter feuert einen Schneebesen ab. Die Schublade unterhalb seiner Oberschenkel ist voll mit Pfannenhebern, Kartoffelstampfern und Kochlöffeln. Er wirft sie wie Bälle gegen Blechdosen.

»Was hat Katja gesagt?«, fragt Dotter, während er geduckt aufsammelt, was Falter abschießt. Statt einer Antwort trifft ihn ein zusammengeklappter Korkenzieher. Die Arme schützend vor das Gesicht gehalten, kämpft er sich zu Falter vor, packt dessen Hände mit eisernem Griff und sagt: »Schluss jetzt.«

»Ich soll es selbst herausfinden, hat sie gesagt.« Falter sieht an Dotter vorbei ins Wohnzimmer. Das Messerwerfen war am besten.

»Okay, dann weiß sie, was drauf ist. Und das Ding stammt von Schwaiger?«

Falter nickt. Er rutscht von der Küchenplatte herunter und nimmt die Kanne der Kaffeemaschine, um sie mit Wasser zu füllen. »Geh wieder hoch«, sagt er zu Dotter. »Ich mach Kaffee. Ich komm gleich.«

Während die Maschine das brühende Wasser durch das Kaffeepulver pumpt, räumt Falter auf. Die Euphorie ist vergangen, sein Körper hat zum normalen Zusammenspiel der Organe zurückgefunden, und sein Kopf hat die Führung übernommen. Er will jetzt wissen, was da ist. Egal was, egal wie. Und was daraus folgt. Das Messer lässt er stecken.

Es ist nach Mitternacht, und die Luft im Zimmer riecht nach Männern, deren Morgentoilette flüchtig ausgefallen ist. Ritzen ist in seinem Rollstuhl zusammengesunken mit nach vorn gekipptem Kopf. In regelmäßigen Intervallen schnellt sein Kopf hoch, um den anderen zu signalisieren, dass er noch mit von der Partie ist. Sauerstoffmangel und Unterzuckerung blockieren das Denken und geben ihnen das Gefühl, der Lösung so fern wie nie zu sein. Sie sind auf Schwaigers Homepage gewesen, um dort nach geeigneten Vokabeln zu suchen, aber keine hat funktioniert.

»Du hast Schwaiger mal einen albernen Menschen genannt«, sagt Falter nach einer Weile zu Ritzen. »Erinnerst du dich? Als ich bei dir war und er dalag.«

Ritzen sieht ihn blinzelnd an.

»Wie hast du das gemeint? Was war albern an ihm?«

Ritzen stützt sich mit den Armen an den Lehnen ab und setzt sich aufrecht hin.

»Er war kein ernsthafter Mensch. Oder besser gesagt, er war kein ernsthafter Arzt. Daher kommt es vielleicht auch, dass ihn diese Cora nicht für einen richtigen Arzt hielt. Ich habe ihn nur ein paar Mal erlebt, und das hat mir gereicht. Das war auf Veranstaltungen von Pharmakonzernen. Vorträge, Gesprächsrunden, manchmal Arbeitsgruppen, und wenn er dabei war, hatte ich den Eindruck, es interessierte ihn überhaupt nicht. Sein Desinteresse hatte etwas Demonstratives. Seht her, ich weiß schon alles, ich brauch nicht zuzuhören. Ich hab ihn mal nach seiner Meinung gefragt zu einem Medikament, und er hatte keine Ahnung, obwohl wir vorher einen Vortrag darüber gehört hatten. Es ging glaube ich um Blutgerinnung. ›Das brauche ich nicht‹, sagte er. Er erzählte lieber Witze. Diese ganz schlechten.«

»Zum Beispiel?«, fragt Dotter.

»Sie wollen mir doch nicht im Ernst zumuten, derartige Zoten zu wiederholen?«

»Wenn's der Sache dient.«

»Kann ich mir nicht vorstellen.«

»Sag doch mal ein Beispiel«, fordert ihn auch Falter auf.

»Mein Gott, ich merk mir so was doch nicht. Es ging eigentlich immer um Frauen. Kommt eine Frau zum Schönheitschirurgen, kommt eine Frau zum Arzt. Ich hatte damals den Eindruck, im Grunde verachtet er sie.«

»Wen?«

»Die Frauen. Und Menschen überhaupt. Ja, ich glaube das trifft es ganz gut. Er verachtete sie. Es befriedigte ihn wahrscheinlich sogar, dass sie in einer Notlage zu ihm kamen und auf ihn angewiesen waren. Wenn wir diesen Gedanken mal weiterspinnen, hatte er eigentlich den idealen Beruf. Den Hässlichen verhalf er zu besserem Aussehen. Ihr müsst euch die dankbaren

Geschöpfe nur vorstellen. Wenn er als Arzt gearbeitet hätte, zu dem Kranke kommen, hätte er sie heilen müssen. Und die Fähigkeit, ehrlich gesagt, habe ich ihm nie zugetraut.«

Was Katja an einem solchen Menschen gefunden haben mochte?

»Das mit der Verachtung hatte auch schon diese Cora erwähnt«, sagt Dotter und zieht einen Notizblock aus seiner Hosentasche. Er durchblättert die Seiten und findet, was er sucht. »Sie sagte außerdem, dass er sich vor den Frauen geekelt habe. Vor ihren schlaffen Hintern, ihrer Orangenhaut, den Krähenfüßen, Hängebusen und so weiter. Cora meinte, sie habe oft den Eindruck gehabt, am liebsten hätte er die Frauen komplett umgestaltet. Wie sagte sie noch?« Dotter blättert auf den Seiten zurück. »Am liebsten hätte er sie neu erfunden.«

»Klingt nach Frankenstein«, sagt Ritzen. »Ist ja ekelhaft. Ich habe geahnt, dass dieser Schwaiger nicht dicht war.«

»Sonst noch was von dieser Cora?«, fragt Falter und sieht Dotter abwartend an. Der hat den Kopf gesenkt und reibt mit dem Daumen über den Notizblock. Er nickt und murmelt etwas, das nicht zu verstehen ist. Er räuspert sich und wiederholt es lauter. »Der Schwaiger hat sich so genannt. Frankenstein. Ich dachte, die macht einen Witz, diese Cora. Deshalb hab ich es mir nicht aufgeschrieben.« Er sieht entschuldigend hoch.

»Kann ja mal passieren«, sagt Ritzen und macht eine ungeduldige Handbewegung. »Dann mal hurtig, lieber Dotter, und probieren Sie es aus. Würde mich wundern, wenn das nicht ein famoses Kennwort wäre. Dabei fällt mir ein, wenn ich mal irgendwas verschlüsseln will, dann werde ich Dr. Mabuse als Passwort nehmen. Ich sag euch das schon mal, nur für den Fall, dass ihr dereinst meinen Nachlass sichten müsst.«

Dotter gibt den Namen mit unruhigen Fingern ein und drückt auf die Entertaste. »Falsches Kennwort« erscheint in der Maske.

»Verdammte Scheiße!«, brüllt Ritzen. »Jetzt reicht es mir. Ich hab keine Lust mehr. Ich hab keine Lust mehr, mich mit solchen fiesen Typen zu beschäftigen und mich in ihre Seele einzuarbeiten. Scheißegal ist mir dieser Schwaiger, Frankenstein oder wie auch immer.«

»Lass mich mal«, sagt Falter und schiebt Dotter zur Seite. Auch ihm wird die Sache zu hoffnungslos. Sie sind in einem Stimmungstief, aus dem sie heute nicht mehr herauskommen, wenn überhaupt. Im Grunde haben sie keine Chance. Es gibt Millionen Möglichkeiten. Die wahrscheinlichsten haben sie ausprobiert, der Rest wird Schwaigers Geheimnis bleiben.

»Vielleicht hast du das Wort nicht richtig eingegeben. Ich versuche es noch einmal, und dann machen wir Schluss. Einverstanden?« Falter dreht sich zu Ritzen um, der zornig und entmutigt die Schultern zuckt. Dann tippt er FRANKENSTEIN mit größter Sorgfalt ein. Das System reagiert sofort. Falsches Kennwort.

Für den Rest der Nacht ist Falter allein. Ritzen und Dotter sind fort, liegen in ihren eigenen Betten und nehmen eine Auszeit voneinander. Die Stille um Falter ist wie Watte in seinen Ohren. Er fühlt sich reduziert auf sich selbst, ohne Widerhall von anderen und ohne Ablenkung. So könnte sein Leben bald wieder aussehen. Allein, in Stille und ohne die tägliche Erfahrung eines anderen Körpers an seiner Haut. Er würde seiner Arbeit wieder nachgehen oder vielleicht sogar eine Versetzung anstreben. Veränderung wäre gut.

Er könnte ein Hobby haben. Es fällt ihm nur keins ein.

Weggehen ist keine Lösung. Wurzeln spürt man erst, wenn an ihnen gerissen wird. Seine Wurzeln sind hier, selbst eine andere Stadt in Deutschland kommt ihm abwegig vor. Was sollte dort anders sein? Für das Dorf in der französischen Provinz ist er noch zu jung, und das Geld reicht nicht für vorgezogenen Müßiggang.

Katja blendet er aus, obwohl sie auch bei geschlossenen Augen in sein Blickfeld tritt und ihr Schatten sich in seine Gedanken schleicht. Mit ihr kann er nicht mehr rechnen. Kein realistisches Szenario hat eine Rolle für sie. Diese Feststellung tut nicht weh, weil sich der kalte Fleck unter Falters Schlüsselbein gnädig ausgebreitet hat und sein Herz betäubt wie Vereisungsspray eine Prellung. Kaltherzig ist ein Wort aus Falters Kindheitsmärchen. Stiefmütter und eifersüchtige Königinnen nannte man so. Immer waren es die Frauen, die kaltherzig waren und ihre schwachen Männer davon abhielten, warmherzig zu sein.

Das Herz als Temperaturzentrale der Gefühle. Es klopft in Falters Brust wie ein Hammer auf den Amboss. Das kalte Herz arbeitet gegen Falters aufsteigende Müdigkeit an. Es will ihn zwingen, noch nicht aufzugeben, und schickt seine harten Blutstöße hinauf in seinen Kopf. Falters Gedanken haben sich festgebissen an FRANKENSTEIN. Weil ihm nichts anderes, Besseres mehr einfällt. Aber auch, weil FRANKENSTEIN einen logischen Bezug zu Schwaiger hat. Er hat sich selbst so genannt, sich darin gefallen, warum also nicht? Aber warum funktionierte es nicht? Falter schiebt die Buchstaben im Geiste hin und her, liest sie rückwärts, fügt ihnen Zahlen hinzu. Zahlen sind bei Kennworten gerne dabei. Schlafen kann er ohnehin nicht. Er macht kein Licht in Katjas Zimmer, sitzt nur im Schein des grauen Bildschirms, der ihn unbestechlich auffordert, ein Kennwort einzugeben.

Falter hat zehn Versuche. Die gibt er sich selbst. Danach ist Schluss. Er wird FRANKENSTEIN mit Zahlen von eins bis zehn kombinieren.

Es ist die Drei.

ZWÖLF

Beherrschung ist eine Eigenschaft, über die Benno Falter gern verfügen würde, deren Erlangung ihm jedoch Kräfte abverlangt, die er nur in den seltensten Momenten seines Lebens aufzubringen bereit oder in der Lage war. Wenn er als Kind eine besondere Süßigkeit bekommen hatte, eine, die es nur alle Jahre gab, ein paar Pralinen etwa mit süßer, sahniger Füllung unter der Schokoladenkruste, dann nahm er sich vor, diese Schätze zu hüten und aufzubewahren. In der Schublade seiner Kommode, die nur halb gefüllt war mit Spielzeugen, räumte er eine Nische frei, mit dem festen Vorsatz, jeden Tag nur eine Praline zu naschen, aber sobald die erste in seinem Gaumen schmolz und ihr überwältigendes Aroma aus Kakao und Vanille, Mokka und Nuss verströmte, steigerte sich sein Verlangen, den Genuss zu verlängern, so unkontrolliert, dass er eine nach der anderen verschlang und das spätere Gefühl des Verlusts weit schwerer wog als der kurze Moment der Wonne. Die Enttäuschung über die vermeintliche Schwäche, nicht stark genug gewesen zu sein, relativierte er mit den Jahren zu der Erkenntnis, dass ein ausgelebter Augenblick wichtiger war als ein mittelmäßiges Leben in kleinen Dosen.

Als er noch Polizeischüler war und jeder ihm eine glänzende Karriere voraussagte, hatte ein einziger Augenblick genügt, diese Aussichten zu zerstören. Er hatte festgehalten an seinen Überzeugungen und mit den Folgen gelebt. Er hatte sich im Recht gefühlt und es gegen jede Vernunft verteidigt. Für seine Vorgesetzten war er ein politischer Fall geworden. Einer, der sich nicht unterordnen konnte, wenn er etwas als falsch erkannt hatte. Eine Karriere im gehobenen Polizeidienst blieb ihm deshalb verwehrt. Er hatte sich begnügen müssen mit Streifendienst und später mit dem Posten als Bezirksbeamter in Mainz. Er war nicht glücklich gewesen, aber er hatte sich arrangiert. Er hatte akzeptiert, dass er die Gesetze der Diplomatie, der klugen Ökonomie von Ansichten nicht beherrschte. So hatte er auch die Liebe gelebt. Wenn er sie als richtig und gut empfand, dann gab es nichts, was ihn an ihr zweifeln ließ. Er nahm die Liebe wie Pralinen, ohne Kalkül, ob der Vorrat bis ans Lebensende reichte. Liebe mit Beherrschung konnte es für ihn nicht geben.

War die Liebe zu Katja deshalb vorbei? Weil er sich hätte beherrschen und den Vorrat an Vertrauen klüger einteilen müssen? War er zu wenig darauf vorbereitet gewesen, dass zwischen dem Sortiment der Süßigkeiten auch bittere Bissen steckten? Als er in der Nacht den glücklichen Zufall des richtigen Kennworts erlebt hatte, wäre es leicht und folgerichtig gewesen, die Datei endlich zu öffnen und ihr Geheimnis zu studieren. Aber etwas hatte ihn zurückgehalten, hatte ihn sich beherrschen lassen. Er hatte es als letzte Möglichkeit für ein Zurück gesehen. Wenn er sich jetzt beherrschte und das Wissen wie Pralinen ignorierte, die er sich für später aufhob oder ganz aufgab, dann würde es ein Weiter geben. Die Pralinen warteten auf seine Entscheidung. Eine Nacht lang. Einen Morgen. Bis zum Mittag. Falter kann sich nicht erinnern, geschlafen zu haben, aber sein Körper schmerzt in seiner Rebellion, nicht wie gewohnt im erholsamen Liegen geruht zu haben, sondern im aufrechten, später dann zusammengekrümmten Sitzen auf Katjas Bürostuhl. Der unbewusste Schlaf hat keine Klarheit gebracht. Der Bildschirm ist grau und leidenschaftslos für das, was man mit ihm vorhat. Er nimmt Falter die Entscheidung nicht ab. Falters benommene Gedanken taumeln zwischen Nachdenken und Nichtsdenken. Seine Augen sind trocken. Mit jedem Lidschlag verstärkt sich das reibende Gefühl auf der Hornhaut. Er zerknüllt Papierseiten, die auf Katjas Schreibtisch liegen, und wirft sie gleichgültig über seine Schultern. Als er sich umdreht, in Zeitlupe, sind die Papierkugeln verschwunden. Verschluckt vom Papierkorb in der Ecke. Falter betrachtet seine Hände, vermisst die Flugbahn, die die Kugeln genommen haben müssen, und lacht. Unfroh, erstaunt, ohne Triumph. Er ist ohne Wette angetreten und hat zum ersten Mal getroffen. Ob Katja jetzt zurückkommt? Dann wäre es entschieden.

Die Silhouette, die sich hinter dem matten Glas der Haustür abzeichnet, könnte sie sein. Falter hat kein Klingeln gehört, und er ist nur deshalb auf dem Weg nach unten, weil er glaubt, dass

Kaffee seinem Nachdenken helfen könnte. Er braucht die Tür nur zu öffnen, sie wie einen Vorhang am Morgen beiseite zu schieben und das frische Licht hereinzulassen. Er blickt kurz in den Spiegel über dem Schuhschrank.

Als er die Klinke der Haustür in der Hand hält, weiß er, dass nicht Katja da draußen steht.

»Hallo, Benno«, sagt Silvia Münster. »Hast du kurz Zeit?« Sie sieht ihn an mit einem Blick, der nur Zustimmung zulässt. Sie schiebt sich an Falter vorbei in die Diele und geht in die Küche, als sei ihr das Haus bekannt.

»Sind wir allein?«, fragt sie.

Falter nickt. »Katja wohnt nicht mehr hier.«

»Ich meinte auch nicht Katja. Ich weiß, dass sie weg ist. Sie muss jeden Wechsel ihres Aufenthaltsortes mitteilen, wie dir bekannt sein sollte. Sonst droht ihr U-Haft. Dass es zum Prozess kommen wird, weißt du?«

»Nein. Ich habe im Moment keinen Kontakt zu ihr, und Zeitung lese ich nicht mehr.«

»Die Notwehr-Geschichte ist jedenfalls nicht zu halten. Sie wird wegen Totschlags angeklagt. Die Schlingmann will noch vor Weihnachten mit dem Prozess anfangen.«

»Bist du deshalb gekommen?«, fragt Falter.

»Ja«, sagt sie. »Es kann für sie glimpflich ausgehen, wenn ihr nicht bewiesen werden kann, dass sie Schwaiger vorsätzlich getötet hat. Sie schweigt zu allem. Die Frage wird sein, wie lange sie das durchhält. Eines darf allerdings nicht passieren, und deshalb bin ich hier. Es darf nichts passieren, was die Staatsanwaltschaft als Vertuschung oder persönliche Einmischung auslegen könnte.«

»Ich wollte mir gerade Kaffee machen«, sagt Falter statt einer Antwort. »Möchtest du auch einen?« Münster schüttelt den Kopf.

»Was habt ihr am Samstag in Schwaigers Praxis gemacht?«

»Was sollen wir da gemacht haben?«

»Sprich nicht so mit mir. Ich kenne dich. Du kennst mich. Wir müssen uns nichts vormachen. Du warst nicht zufällig da. Ich habe das Loch im Türrahmen gesehen. Nicht schlecht, aber nicht gut genug. In der Praxis hat es wohl noch niemand bemerkt, jedenfalls liegt keine Einbruchsmeldung vor. Also, was wolltest du da?«

»Eindrücke sammeln«, sagt Falter.

»Ich kann dich vorladen lassen, und dann musst du es mir erzählen. Also tu's lieber jetzt.« Silvia Münsters Stimme ist ohne jedes Entgegenkommen. Sie will eine Antwort.

»Wir haben nichts Bestimmtes gesucht«, lenkt Falter ein. »Ich hatte ein ungutes Gefühl, was diesen Schwaiger angeht. Der ist nicht harmlos. Ich dachte, vielleicht finden wir etwas, das es erklärt.«

»Was erklärt?«

»Warum Katja Kontakt zu ihm hatte«, sagt Falter leise. »Trotz mir.«

»Welchen Kontakt meinst du?«

»Ich weiß es nicht. Das ist ja mein Problem. Ich weiß gar nichts. Sie sagt nichts. Ich musste was tun.«

»Und? Hast du was gefunden?«

»Nein. Sein Büro war leer geräumt und desinfiziert.«

»Wenn das rauskommt, bist du deinen Job los.«

Falter nickt und zuckt die Achseln.

»Du hast also wirklich nichts gefunden?«, hakt Münster noch einmal nach.

»Nein. Was willst du eigentlich?«

»Wir sind auch an Schwaiger dran. Die Durchsuchung der Praxis und bei ihm zu Hause hat aber nichts gebracht. Es geht um erkaufte Diplome. Wenn die Hinweise stimmen, hat Schwaiger noch nie irgendeine medizinische Prüfung bestanden.«

»Könnte das Katja nützen?«, fragt Falter.

»Kommt auf ihren Anwalt an. Auf die Taktik. Wenn Katja bei ihrer Version bleibt, dass sie Schwaiger seit Jahren nicht gesehen hat und das Zusammentreffen im Wald zufällig war, dann ist sein Vorleben irrelevant.«

»Schwaiger ist tot. Wieso interessiert sich die Mordkommission für die Echtheit seiner Diplome?«, will Falter wissen. Silvia ist nicht seinetwegen hier, wie er zunächst vermutet hat. Sie hat ganz eigene Interessen. Sie kommt nicht persönlich vorbei, nur um ihm zu sagen, dass er eine Dummheit gemacht hat.

»Dazu kann ich dir nichts sagen.« Sie schaut auf ihre Armbanduhr. »Ich muss los. Falls du irgendetwas erfährst über Schwaiger, das ich wissen sollte, melde dich. Ich meine es ernst. Wenn du wieder Alleingänge machst, sorge ich dafür, dass du rausfliegst.«

Falter verschränkt seine Arme vor der Brust und lächelt sie an. Sein Lächeln wärmt ihm das Gesicht. Silvia Münsters Drohung hat keine Wirkung auf ihn. Er weiß jetzt, dass da etwas ist mit Schwaiger.

»Schön, dass du da warst«, sagt er zu ihr. »Gut siehst du aus. Ist mir am Samstag schon aufgefallen.«

Ihr Blick sagt, lenk nicht ab. Du hast mich verstanden, lassen wir es dabei. Und mein Privatleben geht dich nichts mehr an.

Falter bringt sie zur Tür und sieht ihr nach, wie sie ins Auto steigt und ohne Gruß abfährt. Sie ist ihm vertraut, immer noch. Ihr Haar riecht wie damals, als sie zusammen auf der Polizeischule waren. Sie streicht es sich immer noch mit der gleichen Geste aus der Stirn. Mit dem Handrücken, als wische sie sich nach schwerer Arbeit den Schweiß ab. Ihr Körper kommt ihm unverändert vor in seiner straffen, geraden Haltung, die Sicherheit und Selbstbewusstsein ausstrahlt. Sie wusste immer, wer sie war, während er sich zwischendurch verloren hatte. Sie war ihren Weg gegangen bis an die Spitze der Mainzer Kripo, ohne ihre Freundlichkeit an die rigorose Autorität zu verraten, mit der ihre Kollegen sich nach oben strampelten und doch nicht ankamen. Nur ihre Ehe war nicht mehr zu retten gewesen. Für eine kurze Zeit hatten sie und Falter die vage Hoffnung, an ihre alte Beziehung anknüpfen zu können, aber dann war Katja gekommen, und Silvia Münster hatte für sich die Vorzüge wechselnder Partnerschaften entdeckt. Beruflich kreuzten sich ihre Wege selten, und wenn sie es taten, dann gab es nie ein Ungleichgewicht. Ihr Kommen im Fall Schwaiger hat daran nichts geändert. Wenn es so weit ist, wird Falter sie um Hilfe bitten. Sie und Dotter. Er müsste ihn anrufen. Fair wäre es. Dotter war es, der früh die Schwaiger-Spur verfolgt hatte. Er sollte dabei sein, wenn Falter die Datei öffnet. Aber Falter muss das allein machen. Nicht, um Katja zu schützen. Nur für sich. Er will den Moment ganz und gar erfahren.

Er klickt die erste Datei an. Schicht um Schicht bauen sich Bilder vor ihm auf. Fotos von Gesichtern. Zunächst glaubt Falter, sie gehörten Toten, weil ihre Augen geschlossen sind. Sie könnten aber auch nur schlafen. Hals und Schulter sind nackt, ein helles Tuch liegt auf ihrer Brust. Falter zoomt sich näher heran. Zwischen Schlaf und Tod liegen diese Gesichter, künstlich bewusstlos gemacht durch Narkose, eingeschlafen in der Hoffnung, wieder zu erwachen. Es sind vier Männer. Am unteren Rand der Fotos sind ihre Namen eingeblendet. Sie sagen Falter nichts, auch die Gesichter sind fremd.

Dränageschläuche und aufgeklappte Hautlappen erschweren das Wiedererkennen auf den nächsten Seiten. Falter orientiert sich an den Namenszügen und dem Haaransatz, sofern er nicht unter einer Haube verschwunden ist. Auch wenn er sich mit Gesichtschirurgie nicht auskennt, fällt ihm doch auf, dass die vier Männer die fast identische Operation erhalten. Augen, Nase, Kinn und Wangenknochen werden korrigiert, schwer erkennbar zwar, aber gut interpretierbar. Die Verwüstung der Oberfläche ist ganzheitlich. Die Kamera lässt keinen Schritt aus, um die Neuschöpfung zu dokumentieren. Geschwollen und verbeult posieren die Gesichter für die letzte Nahaufnahme, bevor der Verband sie abdeckt. Eine Datei ist noch übrig. Falter vermutet darauf das Endergebnis nach der Befreiung aus dem Kokon. Doch bleiben hier die Eindrücke flüchtig. Erwartet hätte Falter gut ausgeleuchtete Frontalansichten für den Vorher-Nachher-Effekt. Zu sehen sind nur Personen, die wie zufällig abgebildet wirken. Die Kamera befindet sich über ihnen, vielleicht unter der Decke des Raums. Falter springt von einem Foto zum nächsten und wieder zurück. Das Zimmer, in dem die Männer sitzen, ist nicht das, das er mit Dotter durchsucht hat. Falter ist sicher, die Männer wissen nicht, dass sie fotografiert werden. Warum?

Es ist Zeit für Dotter. Er stellt keine Fragen, ist nicht gekränkt, dass Falter ohne ihn angefangen hat. Vermutlich entspricht das seinem Ehrbegriff, dass dem Finder des Kennworts auch der erste Blick gebührt.

»Du hast Recht«, sagt er, »die haben keine Ahnung, dass sie

fotografiert werden. Wenn du mich fragst, dann hatten sie es auch vorher nicht. Die sind bewusstlos. Schwaiger oder wer auch immer hat die Fotos heimlich gemacht.«

»Warum macht ein Schönheitschirurg Fotos von seinen Patienten, ohne dass die das wissen?«, fragt Falter.

»Weil sie es nicht wissen sollten?«

»Das ist nicht logisch. Du hast doch gesehen, was mit den Männern passiert ist. Die haben sich doch nicht gegen ihren Willen operieren lassen.«

»Ich sage nur Frankenstein.«

»Der hat sich sein Material in Leichenhäusern zusammengesucht«, widerspricht Falter. »Die Männer hier leben.«

»Vielleicht hat er sich ein paar Penner für ein bisschen Geld geholt«, überlegt Dotter.

»Zu welchem Zweck? Ich meine, Schwaiger hatte Patienten, die ihm etwas für seine Arbeit zahlten. Warum muss er sich Gesichter kaufen?«

»Vielleicht wollte er wissen, wie weit man gehen kann, was so ein Gesicht aushält.«

»Wenn er sich tatsächlich ein paar arme Teufel gekauft hat, dann hätte er sie auch fotografieren können. Wenn es um Experimente ging, sind Ergebnisse und Beweise wichtig«, sagt Falter.

»Auf alle Fälle muss es um etwas gehen, was Schwaiger nicht in seinen normalen Patientenakten hat. Also muss es etwas sein, was keiner wissen sollte. Ich werde mich mal um die Namen kümmern. Wenn sie echt sind, wissen wir zumindest, um wen es sich handelt, und dann sehen wir weiter.« Dotter steht auf und geht.

Falter fragt nicht, wohin und woher er seine Informationen holen wird. Er selbst könnte in sein Büro gehen und den Polizeicomputer benutzen, aber noch hat seine Vertretung Dienst. Wenn Dotter nichts herausfindet, kann er am Abend immer noch selbst nachschauen, wenn er mit Ritzen vom Essen kommt, zu dem sie verabredet sind.

»Heute ohne Dotter?«, fragt Ritzen, als Falter das Restaurant betritt und auf ihn zukommt.

»Der sucht nach Namen«, sagt Falter und setzt sich auf die schwarze Lederbank mit der hohen Rückenlehne. Sie haben einen Zweiertisch, auf dem bereits frisches Brot und eine Knoblauchcreme stehen. Falter nimmt sich davon.

»Was für Namen?«, fragt Ritzen.

»Ich hab das Kennwort rausgekriegt«, sagt Falter und mahnt Ritzen, leise zu sein, als der sich vor Überraschung und Begeisterung mit dem Rollstuhl vom Tisch abstößt und die leeren Weingläser hell klirren.

»Es waren Fotos drauf. Von vier Männern. Schwaiger hat ihre Gesichter operiert. Wir haben die Namen und müssen herausfinden, wer sie sind. Warum sie operiert wurden.«

Ritzen hat sich zum Tisch zurückgerollt und sieht Falter enttäuscht an. »Ist das alles? Mehr war nicht drauf?«

»Nein. Aber unbedeutend sind diese Fotos nicht.« Falter beschreibt sie ihm, vor allem das rätselhafte Fehlen gut erkennbarer Bilder nach der Operation.

»Ich muss sie sehen«, sagt Ritzen. »Sofort.« Er winkt dem Kellner. Sie kennen sich gut. Ritzen ist oft hier. Von der Gerichtsmedizin am Pulverturm ist es nur ein Stück die Gaustraße hinunter. Er kommt wegen der Rotbarben. Könnte sterben für Rotbarben. »Pack uns was ein«, sagt Ritzen, »und ruf uns ein Taxi.«

»Was denkst du?«, fragt Falter, als sie draußen stehen und warten.

»Noch nicht«, winkt Ritzen ab. Sie fahren schweigend nach Bretzenheim. Ritzen knetet seine Nervosität mit den Händen in die Oberschenkel. Es wirkt wie eine physiotherapeutische Übung, die auf eine Stimulierung der Muskulatur abzielt, um für das Aussteigen optimal vorbereitet zu sein. Als der Wagen hält, springt Falter hinaus und will Ritzen in den Rollstuhl helfen. Aber Ritzen winkt ab. Falter soll ihn direkt in Katjas Zimmer tragen und den Rollstuhl vom Taxifahrer in die Diele schieben lassen. Dotter ist schon da. Falter kann sich nicht erinnern, ihm einen Schlüssel gegeben zu haben, und vermutet, dass er sich selbst Zugang verschafft hat. Auf dem Bildschirm leuchten die Fotos, die Ritzen sehen will. Er untersucht sie mit zusammengekniffenen Augen, wechselt die Dateien und vergleicht.

»Könnte hinkommen«, sagt er schließlich. »Der da könnte meine Wasserleiche sein.«

»Volker Blank. Verschwunden seit März 2002. Hat fünfunddreißig Kleinanleger um ihr Geld gebracht. Schaden insgesamt über eine Million Euro. Kurz vor dem Prozess gibt es keine Spur mehr von ihm.« Dotter hat seine Informationen von einem Notizblock abgelesen. Stolz und Triumph ziehen seine Mundwinkel in die Breite. Er zupft eine Zigarette aus dem Päckchen und zündet sie an. Falter will es ihm verbieten, aber das ist jetzt auch egal. Katja wird nicht mehr in dieses Zimmer zurückkehren und sich an dem Geruch stören. Ein Abschied mehr. Falter nimmt ihn hin wie ein Buchhalter, der einzelne Posten abhakt. Den Schmerz dahinter und das Bedauern hält er fern. Als schichte er Sandsäcke gegen eine drohende Flut und hoffe darauf, dass die Dämme halten.

Dotters Informationen hängen im Raum. Ein Mann ist verschwunden. Ein mutmaßlicher Betrüger, dessen Schuld vor Gericht nicht mehr verhandelt werden konnte. Ist er untergetaucht, um sich der Strafe zu entziehen?

»Dann ist ja alles klar«, sagt Ritzen und sieht Falter und Dotter an, um sich ihrer Zustimmung zu versichern. »Volker Blank muss untertauchen. Er geht zu Schwaiger. Er soll ihm ein neues Gesicht machen. Schwaiger hält die Operation im Bild fest, ohne dass Blank davon weiß. Warum macht Schwaiger das?«

»Was macht man mit Fotos über die Gesichtsoperation eines Mannes, der verschwinden muss, weil ihn sonst der Knast erwartet? Man hebt sie auf, um sie vielleicht später zu benutzen«, sagt Falter.

»Erpressung also«, sagt Ritzen nachdenklich. »Das würde zu ihm passen.«

»Zumindest hat er sich damit eine Möglichkeit offen gehalten. Was wissen wir denn über die anderen drei, Dotter?«

»Herbert Sudhoff. Kommt im August 2002 nicht von einer Bergtour in den Dolomiten zurück. Wird im November 2003 für tot erklärt. Riecht nach Versicherungsbetrug. Die beiden anderen dauern noch.«

»Das könnte das Muster sein. Männer tauchen unter, und

Schwaiger hilft ihnen dabei. Warum macht er das? Er hat eine gut gehende Praxis«, sagt Falter. »So sieht es jedenfalls aus. Braucht er trotzdem Geld? Hat er Schulden?«

»Es kann einfach nur Geldgier gewesen sein«, sagt Dotter. »Der hat ein Haus im Gonsenheimer Wald, da ist alles nur vom Feinsten. Ferrari in der Garage. Das kostet. Und seine Frau machte auf mich nicht den Eindruck, als käme sie mit wenig Haushaltsgeld aus.«

»Hast du noch Kontakt zu ihr?«, fragt Falter. Dass Dotter einmal für Elena Schwaiger gearbeitet haben soll, kommt ihm absurd und längst vergangen vor. Erneut ihre Nähe zu suchen, könnte aber hilfreich sein.

»Nein«, sagt Dotter und zieht ein Kuvert aus seiner Jackentasche. »Aber ich habe eine Einladung zum Totenkaffee nach der Beisetzung. Morgen, zwölf Uhr Zentralfriedhof. Soll ich hingehen?«

»Unbedingt. Sieh dir die Leute genau an. Was ist das für ein Milieu? Schwaiger muss Kontakte gehabt haben, Mittelsmänner, die ihm die Kunden verschafft haben.«

»Halt«, sagt Ritzen. »Meint ihr nicht, wir sollten die Polizei einschalten? Was ist mit Silvia, Benno? Wenn wir ihr geben, was wir haben, gesetzt den Fall, die Wasserleiche ist Volker Blank, dann kann sie weitermachen. Viel besser als wir.«

»Bestimmt nicht«, protestiert Dotter. Auch Falter schüttelt den Kopf.

»Noch nicht. Silvia wird wissen wollen, woher ich das Material habe. Ich will nicht, dass Katja reingezogen wird.«

»Wir können ihr die CD anonym schicken. Dann hast du das Problem nicht«, widerspricht Ritzen.

»Solange ich nicht weiß, wie viel Katja mit alldem zu tun hat, möchte ich nichts lostreten. Warum gibt Schwaiger ihr die CD? Einfach so? Die Polizei darf nichts herausfinden, was wir nicht auch schon wissen. Ich will die Kontrolle behalten. Versteht ihr das?«

Dotter nickt und hebt den Daumen. Ritzen bleibt skeptisch.

»Ich sage dir, was passieren wird, Benno. Du wirst eines Tages feststellen, dass du mehr weißt, als für Katja gut sein kann.

Und dann? Wirst du dein Wissen für dich behalten, um ihr nicht zu schaden? Oder wird es dir um Recht und Wahrheit gehen, wie es als Polizist deine Pflicht ist? Dann wirst du deine Informationen an Silvia weitergeben müssen. Und dann bist du derjenige, der Katja ausliefert. Ist dir das klar? Lass es nicht so weit kommen. Lass das andere machen. Lass dein Privatleben raus.«

Gegen Ritzens Ernst hat Falter kein echtes Argument. Ein Teil in ihm will seinen Worten nachgeben und sich befreien von der Last der Entscheidung. Aber da ist die kalte Angst, Katja womöglich einen Abhang hinunterstürzen zu sehen, ohne sie auffangen zu können.

»Ich steige aus, wenn der richtige Zeitpunkt gekommen ist. Ich versprech's«, sagt er zu Ritzen.

»Wer die Augen schließt, wird dennoch gesehen.«

»Bist du trotzdem dabei?«, fragt Falter. Wenn Ritzen hinwirft, ist alles entschieden. Von ihm hängt es ab, denn auch seine Existenz ist bedroht, wenn herauskommt, dass die nicht identifizierte Wasserleiche in seinem Kühlfach einen Namen hat und Ritzen ihn kennt.

»Ich mache morgen einen Gesichtsvergleich von diesem Blank und meinem feuchten Freund. Und jetzt will ich was essen. Reich mir mal die kalten Fische.«

DREIZEHN

Die Einsamkeit ist am schlimmsten. Daran ändern auch Ritzen und Dotter nichts. Sie sind wie ein Radio. Sie geben den Hintergrund. Die Mitte muss sich Falter selbst schaffen, aber meist fühlt er sich zu zerfasert, um sich sinnvoll zusammenzusetzen. Er unterliegt noch den Gewohnheiten einer funktionierenden Beziehung. Er kann die Automatismen des morgendlichen Blicks zur anderen Bettseite nicht abstellen. Er hebt immer noch den Kopf, wenn er etwas Bemerkenswertes gelesen hat, um es Katja zuzurufen. Seine Hand greift immer noch unbewusst neben sich, um sich zu vergewissern, dass sie da ist. Wenn sie weiter gewesen wären in ihrer Verbindung und schon haarfeine Risse die Oberfläche ihrer Liebe überzogen hätten, wäre es einfacher jetzt. Wenn ein Fernsehabend schon eine normale und akzeptierte Abendgestaltung gewesen wäre, die ihnen gemeinsames Reden erspart hätte, täte es jetzt nicht so weh. Wenn ihr Sex schon ein vertrauter, bekannter Akt mit vorhersehbarem Ergebnis gewesen wäre, dann käme er jetzt besser zurecht. Aber so war alles zu früh und jede Ablenkung ein Stück Überleben. Ritzens Anruf in der Frühe, ihn in der Gerichtsmedizin aufzusuchen und die CD mitzubringen, folgt Falter umgehend.

Er nimmt den Bus über die Pariser Straße und steigt eine Haltestelle eher aus, um ein Stück durch die kalte Luft zu laufen. Noch immer liegt Ostwind über der Stadt. Falter fröstelt es durch die Haut bis zu den Knochen. Aufwärmen wird er sich in der Gerichtsmedizin kaum können. Ritzen führt ihn gleich zu dem Schubfach aus Edelstahl, in dem ein langer schwarzer Sack liegt mit einem Reißverschluss vom Kopf bis zu den Füßen. Ritzen zieht ihn routiniert auf. Weißer kann Haut nicht sein. Eine wächserne Puppe mit einer Narbe bis zum Kinn und Schnitten auf dem Schädel. Ritzen fordert Falter auf, sich das Gesicht einzuprägen. Während Falter die fahle Landschaft des Gesichts studiert, behält Ritzen die Schwingtür zum Obduktionssaal im Auge. Falters Anwesenheit zu erklären möchte er sich ersparen. Ihn beunruhigt schon der Bestatter, der eine gerade obduzierte Leiche zurechtmacht, um sie wieder mitzunehmen. Der helle Sarg steht ohne Deckel auf einem niedrigen Gestell in gleicher Höhe wie die Obduktionsliege, auf der die Leiche wie eine nackte Schaufensterpuppe liegt.

»Bist du so weit?«, fragt Ritzen, und Falter nickt. Er hilft ihm beim Schließen des Reißverschlusses und drückt die Schublade mit dem Knie zu. Er folgt Ritzen durch das Rolltor nach draußen, wo ein Leichenwagen parkt. Sie nehmen den Weg um das Institut herum, eine Angewohnheit von Ritzen, der dieses kurze Luftschnappen als Ausflug in die lebendige Natur betrachtet. Sie erreichen den Vordereingang, über dessen Stufen Falter Ritzens Rollstuhl rückwärts hochhievt. Pförtner Kempinski hält ihnen die Glastür bereits auf.

In Ritzens Büro ist Falter nie gewesen. Es ist ein Raum, der darauf wartet, dass etwas mit ihm passiert. Drei Kartons stehen auf dem Boden, beschriftet sind sie mit »Schädel«. Ein einzelner Schädel steht auf Ritzens Schreibtisch, eher zufällig, als habe Ritzen ihn kurz aus dem Karton genommen und vergessen, wieder zurückzulegen. Ein Regal, das so wirkt, als habe es bereits mehrere Vorgänger Ritzens überdauert, ist unsystematisch und halb voll gestellt mit medizinischer Fachliteratur. Auf dem zweckmäßigen grauen Schreibtisch steht ein weißer Flachbildschirm mit einer ebenfalls weißen Tastatur davor. Ritzen schaltet Rechner und Bildschirm ein und bittet Falter um die CD. Seine Handgriffe sind routiniert. Er schiebt den Papierkorb beiseite und zieht für Falter einen Stuhl heran.

»Und? Was meinst du?«, fragt er, als der bewusstlose Volker Blank erscheint. »Jetzt schau bei dem Bild mal genau hin.« Ritzen schaltet um auf den Mann, der nicht ahnt, dass ihn eine versteckte Kamera aufnimmt. »Erkennst du ihn?« Falter kann es nicht genau sagen.

»Also wenn du mich fragst«, sagt Ritzen, »dann ist das unser Mann. Blank. Volker Blank. Wir müssten mehr über ihn wissen. Dotter soll sich dahinter klemmen.«

»Wir sollten vor allen Dingen darüber nachdenken, warum

dieser Blank jetzt tot ist. Wer bringt einen Mann um, den es offiziell nicht mehr gibt?«

»Wenn wir bei dem Gedanken von gestern bleiben, dann könnte der Grund Erpressung sein. Schwaiger hat Blank mit den Fotos seiner Verwandlung erpresst, sie treffen sich, es gibt eine Auseinandersetzung, Schwaiger erschlägt Blank.«

»Oder umgekehrt. Blank hat zwar eine neue Identität, aber kein Geld mehr. Er weiß von Schwaiger, dass dessen Diplome gefälscht sind, und erpresst ihn.«

»Wie kommst du auf gefälschte Diplome?«, fragt Ritzen.

»Silvia hat so etwas angedeutet«, sagt Falter zögernd.

»Silvia?«

»Sie war bei mir. Gestern. Sie weiß, dass wir in Schwaigers Praxis waren. Sie sucht etwas und dachte, ich hätte es. Bei der Gelegenheit sagte sie, es gebe Hinweise, dass Schwaiger seine Diplome erkauft hat.«

Ritzen pfeift durch die Zähne. »Dann hat die gute Cora ja tatsächlich Recht gehabt. Es ist doch nicht zu glauben.« Seine Überraschung hält nicht lange vor, denn sein eigentliches Thema ist ein anderes.

»Silvia war bei dir?«, sagt er vorwurfsvoll. »Sie weiß von der Praxis? Und du machst trotzdem weiter? Bist du wahnsinnig?«

»Wahrscheinlich.«

»Was ist los mit dir? Du hast so etwas Rücksichtsloses auf einmal.«

»Rücksichtslos? Versteh ich nicht.«

»Du wirkst rücksichtslos gegen dich. Als würdest du dich selbst aufs Spiel setzen. Unerschrocken und lebensmüde. Bist du das? Lebensmüde?«

Das Wort flattert durch den Raum und senkt sich ab wie eine Daunenfeder, die geräuschlos auf dem Boden landet. Falter sieht auf den beigen Linoleumboden. Ist er lebensmüde? Will er sich zerstören? Seine Existenz, sein Polizistsein?

»Nein«, sagt er und hebt den Blick zu Ritzen. »Nein. Ich bin nicht lebensmüde. Es ist eher umgekehrt. Ich will spüren, dass ich noch am Leben bin. Ich habe einen kalten Fleck hier, über der Brust, und der breitet sich immer weiter aus. Ich brauche etwas, das mich vorantreibt, sonst bleibe ich einfach irgendwo liegen.«

»Was treibt dich denn voran? Verbrecher zu jagen?«, fragt Ritzen, mit einem Mal gereizt. Er ist nicht bereit, Falter hochzuhelfen. Er hasst Selbstmitleid.

»Ich will wissen, was wahr ist«, sagt Falter.

»Oh, natürlich. Ich vergaß, wir sind ja auf der Suche nach der Wahrheit. Und? Was hast du davon, wenn du sie gefunden hast? Fühlst du dich dann toll? Wow, Benno hat die Wahrheit gefunden. Einen Scheiß hast du. Dir geht es doch nicht um Wahrheit, sondern um dein gekränktes Ego. Deine Frau hatte ein saftiges Vorleben mit einem widerlichen Fettsack, und diesem widerlichen Fettsack zeigst du jetzt mal, was ein Benno Falter ist.«

Falters abrupter Wechsel von Lethargie in Empörung ist eine chemische Kraftanstrengung des Körpers, der das Bewusstsein wenig Beachtung schenkt. Was zählt, ist das Ergebnis. Es drängt sich breitbeinig in den Vordergrund und fragt nicht, wie es eigentlich dazu kommen konnte. Falter starrt auf seine Hand, deren Innenfläche von Weiß nach Rot wechselt. Nach dem Schlag, der das Blut für einen Moment aus den Gefäßen verdrängt hat, fließt es nun umso stärker zurück. Auf Ritzens Wange liegt ein fünffingriges Muster, das er interessiert mit den eigenen Fingerspitzen abtastet.

»Was für ein Schlag«, sagt Ritzen, und sein Ton ist so provozierend, dass er schon den nächsten befürchten muss. Aber Falters Wut ist befriedigt. Ritzen ruckelt sich auf der Sitzfläche seines Rollstuhls zurecht und stützt sich mit den Händen an den Armlehnen ab.

»Ich zeig dir jetzt mal, was auch wahr ist«, sagt er. Der Stuhl zittert, als er sich langsam hochdrückt. Die Beine zeichnen sich dünn unter den Cordhosen ab. Ritzen richtet die Füße aus und lässt die Armlehnen los. Er steht und sieht auf Falter herunter. Er steht wie ein neugeborenes Fohlen, das mit jedem Augenblick an Sicherheit gewinnt. Er verlagert das Gewicht vom rechten auf den linken Fuß, vom linken auf den rechten Fuß und schiebt sich Stück für Stück vorwärts. Am Regal dreht er sich um und geht zurück zum Rollstuhl.

»Mehr schaff ich nicht«, sagt er und setzt sich mit Bedacht.

Wenn wahr ist, was Ritzen ihm gerade gezeigt hat, dann stimmt nichts mehr.

»Seit wann kannst du das?«, fragt Falter so leise, dass er sich selbst kaum versteht.

»Schon immer«, sagt Ritzen, als sei das ein offenes Geheimnis, nur Falter wusste nichts davon.

»Du spielst den Krüppel.«

»Ja.«

»Warum?«

»Weil ich lieber ein Krüppel bin als der Mann, von dem man alles erwarten kann. Als Krüppel hört das alles auf. Keine Forderungen, keine Erwartungen, keine Diskussionen. Keiner, der sagt, bring mal den Müll runter, verdien mal mehr Geld, vögel mich mal, es ist schon wieder drei Wochen her.«

»Hör auf«, schreit ihn Falter an. »Hör auf, so zu reden. Ich fass es nicht. Du bist ein verdammter Simulant. Du machst dich über Leute lustig, die Rücksicht auf dich nehmen. Die sich um dich sorgen. Du hast die ganze Zeit in deinem beschissenen Rollstuhl gesessen und uns angelogen. Weil du zu bequem warst, ehrlich zu sein. Wenn du dein Leben ändern wolltest, dann hättest du es tun können. Aber nein, Arnulf Ritzen macht es sich leicht. Arnulf Ritzen setzt sich in den Rollstuhl, und alle schweigen betreten.«

»Wenn du es so sehen willst«, sagt Ritzen.

»Wie sonst? Du hast es doch selbst gesagt.«

»Ich habe es immer mehr als Chance gesehen. Ich hatte plötzlich die Chance, aus meinem alten Leben abzutauchen. Ich habe mir eine neue Form gesucht. Ich war zwar noch da, immer noch der Ritzen, aber ich konnte mein Leben so gestalten, wie ich es wollte. Verstehst du, was das für eine Möglichkeit war? Ich wollte kein Mitleid. Um Gottes willen. Ich bin niemandem zur Last gefallen, oder? Ich wollte meine Ruhe. Es hat sich so entwickelt. Am Anfang konnte ich wirklich nicht gehen. Aber da war kein Bedauern. Denn ich war zum Stillstand gekommen. Es war wie eine Erlösung. Dann fing die Physiotherapie an zu wirken, und ich musste mich entscheiden. Zurück auf das Karussell, das nicht anhält, oder ab in den Rollstuhl.« Ritzen hat seine aufrechte Verteidigungshaltung aufgegeben und ist gegen die Rückenlehne des Rollstuhls gesunken. Die kurze Demonstration seiner Gehfähigkeit hat ihn angestrengt. Er ist ungeübt und untrainiert. Falter erzählt er, dass er anfangs manchmal versucht gewesen war, einfach aufzuspringen, aus Gewohnheit und erlernter Höflichkeit, wenn etwas hinfiel zum Beispiel oder ein Buch in unerreichbarer Höhe stand. Diese Impulse hätten aber nachgelassen, je mehr er sich in seinen Zustand versenkte. Er habe an sich erfahren, dass man sich etwas einreden kann, bis man es selbst glaubt. Seine Patienten seien gute Lehrmeister gewesen, jedenfalls die, die aus der Idee einer Krankheit eine richtige Krankheit entwickelten. »Du kannst den ganzen Körper über den Kopf steuern. Suggestion der Gedanken. Wenn du mich gefragt hättest, Arnulf, bist du gelähmt, ich hätte ja gesagt und es nicht angezweifelt. Wenn ich üben würde, könnte ich bestimmt irgendwann einigermaßen gehen. Aber ich will es nicht.«

»Du willst lieber mit einer Lüge leben«, sagt Falter.

»Für mich ist das keine Lüge, sondern eine Lebensform. Lach nicht. Es ist im Grunde nichts anderes als zum Beispiel die Entscheidung, ab sofort Vegetarier zu sein. Da empört sich auch keiner und ruft, um Gottes willen, wie kann man nur freiwillig auf Fleisch verzichten. Ich verzichte freiwillig aufs Gehen, und alle schütteln den Kopf. Auf die Diskussion will ich mich erst gar nicht einlassen. Sie ermüdet und nervt. Lasst mich, wie ich bin. Ich bin glücklich.«

»Warum hast du es dann mir gesagt?«, fragt Falter.

»Weil die Zeit dafür da ist.«

»Was heißt das?«, fragt Falter, ohne wirklich an der Antwort interessiert zu sein. Seine Enttäuschung ist größer als sein Verständnis. Wenn er ehrlich ist, kann er das alles überhaupt nicht verstehen. Will es nicht.

»Das heißt«, sagt Ritzen, »dass es Zeit wird, dir mal klarzumachen, dass das Leben aus Schichten besteht, sichtbaren und verborgenen. Für dich gibt es nur das, was du siehst, nur ja oder nein, schwarz oder weiß, dafür oder dagegen. Kaum funktioniert Katja nicht mehr so, wie du es dir vorstellst, bricht deine ganze

Liebe zusammen. Ja, sie hatte ein Vorleben, das nicht in dein Bild passt. Ja, sie hat dir nichts davon gesagt. Aber war eure Zeit zusammen nicht gut? Zählt nicht allein das? Ich bin davon überzeugt, dass sie dir deshalb verschweigt, was tatsächlich im Wald passiert ist, weil sie weiß, dass du es nicht verstehen wirst. Sie hat versucht, eure Idylle aufrechtzuerhalten, und sie dadurch erst recht zerstört. Aber das ist nicht allein ihre Schuld. Das Vertrauen zwischen euch funktionierte nur so lange, wie es nicht auf die Probe gestellt wurde. Denk mal drüber nach, was das für eine Liebe ist. Eine Schönwetterliebe, die keine Abgründe duldet. Aber es gibt diese Abgründe, und sie sind normaler, als du denkst.«

»Was soll daran normal sein, dass Katja Kontakt zu einem Kriminellen hatte? Dass sie ihn erschlagen hat. Das soll normal sein?« Falters Stimme überschlägt sich bei dem Versuch, für seine Wut die höchstmögliche Tonlage zu treffen. Für Ritzen hätte er nach einer Weile des Nachdenkens vielleicht noch Verständnis aufbringen können. Die Vermischung seiner Geschichte mit der Katjas kann er keineswegs akzeptieren.

»Bin ich dein Freund?«, fragt Ritzen.

Falter antwortet nicht.

»Bin ich in den letzten zwei Jahren dein Freund gewesen?«

Falter nickt unwillig.

»Und ist das jetzt vorbei? Für mich nicht. Unsere Freundschaft war keine Lüge, trotz meines Geheimnisses. Eure Liebe war keine Lüge, trotz Katjas Geheimnis. Wir müssen nicht alles voneinander wissen. Und wenn wir es tun, dann müssen wir die Widersprüche annehmen. Ich weiß, dass dir das schwer fällt, weil du ein extremer Mensch bist. Erinner dich an dein Leben vor Katja, vor dem Tod von Margarethe Körner. Du warst ein atmender Leichnam, weil du nicht bereit warst, von deinem Weg abzuweichen. Warum hast du nicht was anderes gemacht, als sie dich auf der Polizeischule kaltgestellt haben? Warum hast du dich in dein Schuldgefühl verbohrt, nachdem dein Kollege erschossen wurde? Du hattest keine Schuld an seinem Tod. Die hatte dieser durchgeknallte Autofahrer. Du hättest es nicht verhindern können. Aber nein, Benno Falter nimmt jede Qual auf sich und verabschiedet sich in seine selbst gewählte Buße. Okay, mach das. Aber erwarte nicht von anderen, dass sie genauso sind.«

»Du hast lange gewartet, mir das zu sagen.«

»Das muss wohl an meinem großen Herzen liegen«, sagt Ritzen. Er versucht ein Lächeln Richtung Falter, will das eben Gesagte abmildern und ihm zu verstehen geben, dass er froh ist, sein Freund zu sein.

»Du könntest machen, was du wolltest, ich würde dich trotzdem mögen. Das ist unsere Chemie«, sagt er.

Falter verdreht die Augen. Ritzen wieder mit seinen naturwissenschaftlichen Erklärungen. Für sie braucht man keine Gefühle. Sie sind nachweisbar, beweisbar. Falter ist es egal, ob seine Liebe von einer verstärkten Kontraktion des Herzens herrührt oder seine Erregung auf eine Überproduktion von Testosteron hindeutet. Sein Körper führt die Impulse seiner Seele aus. Ohne Seele laufen seine Maschinen nicht. Bis gerade dachte er, dass sie es auch ohne Vertrauen nicht täten. Falter denkt an Vertrauen und wie nichts sagend das Wort eigentlich ist. Wie oft er es gebraucht, ohne seinen Inhalt zu kennen. Ein Wert an sich, den er nie hinterfragt hat. Ein Platzhalter im Grunde nur für sein extremes Bedürfnis nach Harmonie, Gleichklang und störungsfreies Funktionieren. Ein Blindmacher für Widersprüche und Brüche. Perfektion oder Scheitern, dazwischen gab es nichts, vielleicht lag Ritzen damit tatsächlich nicht so falsch. Am Anfang hat Falter versucht, Katja zu vertrauen. Weil er keine Vorstellung davon hatte, dass es etwas geben konnte, das sie vor ihm verbarg. Er hatte ihr geglaubt, weil Glauben nun mal dazugehört, wenn man liebt.

Aber seine Zweifel hatten den Glauben in kleine Stücke zersägt. Daran hatte auch Katja Schuld, mochte Ritzen noch so dagegenreden. Aber vielleicht hatte er Recht damit, dass Falter es Katja unmöglich machte, ehrlich zu sein. Weil sie wusste, dass ihre Beziehung nur in dieser Absolutheit funktioniert, und alles fern hielt, was ihr schaden konnte. Das würde ihr Schweigen erklären. Es würde auch ihren Rückzug erklären. Für Katja war ihre Beziehung nicht mehr zu retten, weil sie annehmen musste, dass Falter keine andere Form akzeptieren würde.

Seine Beine sind taub vom langen Sitzen in einer Position. Ritzens Predigt hat ihn festgenagelt, und die ersten Schritte nach der Erstarrung ähneln dem Tasten des Mannes, den er für einen Krüppel gehalten hatte. Falter lockert seine Beine im Gehen, schüttelt sie von sich wie eine Gummipuppe. Kempinski grüßt zum Abschied. In der Hand ein hart gekochtes Ei. Es ist Mittag. Vom Dom läuten die Glocken zwölf Uhr. Für Schwaiger sind es die Totenglocken. Falter denkt es mit kühler Genugtuung. Er geht die Gaustraße hinunter und biegt in die Ludwigsstraße ab. In einem Café am Markt bestellt er aus Gewohnheit Tee, entscheidet sich aber noch um und nimmt einen Milchkaffee. Auf dem Stuhl neben ihm liegt die »Mainzer Allgemeine Zeitung«, die jemand dort zurückgelassen hat. Falter durchblättert sie flüchtig, aber die Meldung über den Prozessbeginn im Falle des Mainzer Schönheitschirurgen sieht er sofort. Am kommenden Montag, eine knappe Woche also noch. Die Anklage lautet Totschlag. Sie müssen sich beeilen. Was sie bisher gegen Schwaiger haben, würde schon ausreichen, seinen Ruf in Zweifel zu ziehen. Aber Falter glaubt, dass noch mehr drin ist. Es müsste sich ein Zusammenhang finden lassen zwischen Schwaiger und Blanks Tod. In dieser Richtung müssen sie suchen.

Falter zahlt. Er braucht Bewegung. Das Joggen fehlt ihm. Er sollte wieder anfangen. Im leichten Trab läuft er über den Fischtorplatz zum Rhein und am Wasser entlang flussaufwärts. Ein kleines weißes Sportboot rast ihm entgegen. Es ist so leicht und schnell, dass es das Wasser kaum berührt. Ein Mann mit Sonnenbrille steht am Steuer und dreht sich mehrmals kurz zu einer Frau um, die lachend hinter ihm sitzt. Falter bleibt schwer atmend stehen und sieht ihnen nach. Das Boot nimmt eine elegante Kurve und kommt mit gedrosseltem Motor zurück. Es gleitet an Falter vorbei auf das Ufer zu und kommt parallel zu einem Holzsteg zum Stehen. Der Mann und die Frau küssen sich auf der schwankenden Plicht und springen von Bord. Während der Mann das Boot vertäut, geht die Frau mit verschränkten Armen auf das Clubhaus des Rudervereins 1913 zu. Falter zieht sein Handy aus der Hosentasche und wählt Dotters Nummer. Er kann ihn kaum verstehen. Im Hintergrund reden mehrere Stimmen durcheinander.

»Wo bist du?«, ruft Falter in den Hörer.

»Beim Leichenbesäufnis. Was ist denn los?«

»Weißt du, ob Schwaiger ein Boot hatte hier am Rhein?«

»Nein, weiß ich nicht. Aber ich kann mich ja gleich mal umhören. Wieso willst du das wissen?«

»Erzähl ich dir später. Wir treffen uns bei mir.«

Dotter kommt, als es draußen schon dunkel wird. Das Dreieck zwischen Nasenflügel und Kinn ist zu einem seligen Grinsen verzogen. Er bewegt sich langsam, um nicht zu offensichtlich werden zu lassen, dass ihm Schwaigers Leichenbesäufnis, wie er es nannte, zugesagt hat. Den Knoten seiner schwarzen Krawatte hat er bis zur Brust runtergezogen und die beiden obersten Knöpfe seines weißen Hemds geöffnet. Das Jackett seines dunkelblauen Anzugs hängt er umständlich sorgfältig über Falters Esszimmerstuhl und setzt sich mit gefalteten Händen an den Tisch.

»Und?«, fragt Falter.

»Gut«, sagt Dotter und nickt bedächtig wie ein Wackeldackel auf der Hutablage.

»Hat er ein Boot?«

»Nein.«

»Schade«, sagt Falter. »Ich hatte beim Spazierengehen vorhin so eine Idee. Dass es sinnvoll wäre, jemanden ins Wasser zu werfen, wenn man sowieso schon am Wasser ist.«

»Versteh ich nicht.«

»Wenn es so war, dass Schwaiger den Blank umgebracht hat, warum hat er ihn nicht vergraben? Warum hat er ihn ins Wasser geworfen? Ich habe nur das Naheliegende gedacht. Wenn er ihn zum Beispiel auf seinem Boot erledigt hätte, brauchte er ihn nur über Bord zu schmeißen.«

»Und wo soll der Schirmständer hergekommen sein?«

Falter überlegt kurz. »Stimmt, der passt nicht. Aber Schwaiger hatte ja eh kein Boot.«

»Ich weiß gar nicht, wie du auf Schwaiger kommst. Wieso soll der denn auf einmal diesen Blank umgebracht haben?«

»Es ist nur eine Idee. Es gibt zu viele Verbindungen. Die können wir nicht ignorieren.«

»Wenn du meinst«, sagt Dotter und beugt sich zu Falter vor. »Er hatte ein Wochenendhaus. In Laubenheim. Mit Blick auf den Rhein. Hat mir die Putzfrau gesteckt.«

»Na also. Komm, wir fahren hin.«

Dotter winkt ab. Nach realistischer Betrachtung seiner Gesamtsituation ist selbst ihm klar, dass er nicht mehr in der Lage ist, Auto zu fahren, und um das Steuer Falter zu überlassen, ist er nicht betrunken genug. Er legt seine linke Wange auf die Tischplatte und schließt die Augen.

»Der Schwaiger war ja so ein guter Mensch«, sagt er mit hängenden Lippen. »Seine Frau hat so geweint. Mann, hat die geweint. Da war so ein Anwalt, der konnte sie kaum trösten.« Dotter öffnet sein rechtes Auge und sieht Falter an. »Ich glaube, der tröstet sie sonst aber ganz gut.«

»Hast du seinen Namen?«

Dotter greift in seine Hosentasche und holt eine Visitenkarte heraus. Falter nimmt sie und liest.

»Das ist Katjas Anwalt«, sagt er. »Und der soll der Witwentröster von Elena Schwaiger sein? Da passt aber ganz gewaltig was nicht zusammen.«

Wie kann Ankenbach Katja verteidigen und gleichzeitig mit der Frau des Opfers ein Verhältnis haben? Entweder ist die unwahrscheinliche Wandlung eingetreten, dass Elena Schwaiger die Verwerflichkeit ihres Mannes erkannt hat und nun möchte, dass Katja bestens verteidigt wird, oder Ankenbach soll Katja nach Kräften schaden. Falter scheint nur die letzte Möglichkeit plausibel. Katja sollte das wissen.

Sie meldet sich sofort, ohne überrascht zu sein, dass er es ist. Ihr Gespräch fließt diesmal ohne Engpass. Sie macht jetzt Lesungen für Kinder in der Bücherei, zweimal in der Woche, und Theo hat sie getroffen, als er aus einem Schmuckladen kam. Ringe hat er gekauft. Ob Falter weiß, dass er heiraten will? Sie wohnt jetzt bei einer Kollegin in Kastell, aber sie vermisst das linke Ufer und ist fast nur zum Schlafen dort, auch, um nicht zu sehr zu stören. Vor dem Prozess noch etwas Eigenes zu suchen, macht keinen Sinn. Vielleicht erledigt sich die Wohnungsfrage dann ohnehin für ein paar Jahre. Wie sie das sagt, klingt es nicht, als ob ihr die

Aussicht auf Gefängnis etwas ausmacht. Falter fragt sie danach, und sie sagt, sie weiß es nicht. Alles ist in der Schwebe, nichts sicher, ihr Anwalt hilft ihr großartig.

»Dein Anwalt«, sagt Falter. »Kannst du dich auf den verlassen?«

Sie versteht die Frage nicht und rückt sofort ein Stück von ihm ab.

»Dein Anwalt ist der Liebhaber von Elena Schwaiger«, sagt Falter, auch wenn er als Beweis nur Dotters Vermutung hat.

Wie er auf so einen Blödsinn kommt, will sie wissen.

»Dotter hat sie gesehen. Auf Schwaigers Beerdigung, heute.«

»Ankenbach war auf Konrads Beerdigung? Das ist völlig unmöglich. Mir hat er erzählt, Elena habe ihm alle Aufträge entzogen, seit er mich verteidigt.«

»Sie kennen sich also?«, fragt Falter.

»Konrad war hin und wieder sein Mandant.«

Konrad kommt ihr ganz unbefangen über die Lippen. Als redeten sie über einen guten alten Freund.

»In was für Angelegenheiten?«, will Falter wissen, aber sie weiß es nicht.

»Wenn Schwaiger sein Mandant war, wieso verteidigt er dann dich?«

Das habe sie ihn zuerst auch gefragt, besonders weil Ankenbach sie angerufen und ihr seine Hilfe angeboten habe.

»Er meinte, jeder Anwalt könne grundsätzlich jeden verteidigen und mein Fall interessiere ihn.«

»Woher kennt ihr euch?«, fragt Falter.

»Vom Sehen«, sagt sie knapp. »Seine Kanzlei ist in Evas Haus, wie du weißt.«

Falter vermutet ein näheres Kennen, das nicht nur auf Blickkontakt beruht, aber darum geht es jetzt nicht.

»Ich habe den Verdacht, dass Ankenbach dich reinlegen will«, sagt Falter. »Auf alle Fälle betreibt er ein doppeltes Spiel. Ich weiß nicht, was er vorhat, aber du darfst ihm nicht trauen. Am besten sprichst du erst mal gar nicht mehr mit ihm, bis ich mehr weiß. Ich bin da einer Sache auf der Spur, die vieles klären könnte. Es geht um die CD hinter deinem Regal. Katja? Bist du noch dran?«

Ihre Stimme ist wie Kratzen über Styropor. Sie sagt, dass sie nachdenken muss. Was er ihr da sagt, ist ein Schlag, gegen den sie keine Verteidigung hat. Das könne er verstehen, sagt er, trotzdem brauche er ihre Hilfe, und zwar bald.

»Die CD, warum hat Schwaiger dir die gegeben?«

Sie antwortet unwillig und kraftlos. Aufbewahren sollte sie sie für ihn.

»Wie lange?«

»Bis er sie wieder brauchte.«

»Und? Wann war das?«, will Falter wissen.

Sie schweigt. Hat die Tür einfach zugemacht. Es hat keinen Sinn, sich dagegen zu werfen.

»Katja«, sagt Falter nur. »Wir müssen reden. Über alles. Nichts ist so schlimm, dass es keinen Ausweg gibt. Weißt du noch? Das hast du immer gesagt. Ich weiß, es ist meine Schuld, dass du kein Vertrauen zu mir hast. Du glaubst, ich kann dich nur lieben, wenn du perfekt bist, wenn wir perfekt sind. Aber das stimmt nicht. Ich hab das jetzt alles erst erkannt. Na ja, Ritzen hat es mir mit dem Hammer verpasst. Bist du noch dran?« Sie gibt keine Antwort, aber er hört ihr Atmen. »Ritzen kann übrigens gehen. Wusstest du das? Es ist also nichts unmöglich, verstehst du? Wir müssen uns sehen. Ich hol dich ab morgen, vor der Bücherei. Wenn du nicht da bist, verwüste ich die Belletristik von A bis K.«

Sie antwortet nicht. Lacht nur.

VIERZEHN

Nebel liegt über dem Rhein, als Falter und Dotter am Morgen nach Laubenheim fahren. Sie haben nur eine ungefähre Ahnung, wo das Haus von Schwaiger sein könnte. Wenn man von dort auf den Rhein sehen kann, muss es hoch liegen. Also bei den Weinbergen. Falter hat einen Stadtplan auf den Knien und dirigiert Dotter, der über die schlechte Sicht flucht. Sie rollen langsam durch die Oppenheimer Straße und halten sich dann rechts Richtung Hang. Dotter folgt Falters Anweisungen, bis sie in einer Sackgasse stecken.

»Du hättest links abbiegen müssen«, sagt Falter.

»Du hast rechts gesagt.«

»Aber links gemeint.«

»Das heißt, wenn du links sagst, meinst du rechts, und wenn du rechts sagst, meinst du links? Kann ich mich darauf verlassen?«

»Nein.«

Falter klappt den Stadtplan zusammen und legt ihn ins Handschuhfach. Sie fahren jetzt nach Gefühl, immer am Hang entlang, durch Straßen mit neuen Häusern, bis sie die ersten Weinstöcke erreichen. Hier endet die Bebauung. Kein Haus hat bis hierher den Eindruck gemacht, als würde es nur am Wochenende benutzt. Falter und Dotter steigen aus und sehen sich um.

»Das könnte es sein«, sagt Dotter und zeigt hoch zum Hang, wohin der Nebel noch nicht aufgestiegen ist. Sie gehen über einen schmalen Pfad zwischen den Weinstöcken darauf zu. Das Haus ist ein weißer Bungalow mit einem Walmdach aus grün gelackten Schindeln. Rechts und links der Eingangstür stehen zwei Betonlöwen mit Moospatina. Vor den Fenstern ranken weiße Gitter aus Schmiedeeisen mit vergoldeten Rosetten. Die Rollläden sind heruntergelassen. Außer Dotter und Falter scheint sich niemand hier aufzuhalten. Das niedrige Gartentor ist verschlossen. Sie steigen darüber und gehen über den Kiesweg zur Haustür, deren Glas keinen Blick in das Innere zulässt. Es gibt kein Klingelschild, und auch auf dem Briefkasten steht kein Name. Wenn sie sicher sein wollen, müssen sie rein, aber Dotter ist skeptisch, dass das gelingt. Die Haustür sei weitaus schwerer zu knacken als die der Praxis, sagt er. Also suchen sie nach einer anderen Möglichkeit, allerdings ohne viel Hoffnung, denn die heruntergelassenen Rollläden und die massiven Gitter weisen darauf hin, dass das Haus bewusst mit allem ausgestattet ist, was ein längeres Leerstehen risikolos macht.

Seitlich führt eine Treppe hinunter zur Kellertür aus grün gestrichenem Stahl. An den Panoramafenstern zum Rhein sind die Rollläden ebenfalls heruntergelassen und müssen von innen gesichert sein, weil sie sich nicht hochschieben lassen. Dotter und Falter stehen auf der hausbreiten Terrasse und schauen zum Fluss, der im Nebel nur zu ahnen ist. Haus und Garten folgen den Regeln der Zweckmäßigkeit. Sie gehören zu einer Wochenendfestung, die höchste Ansprüche an gute Aussicht, Pflegeleichtigkeit und Sicherheit stellt. Auf Bewohner weisen lediglich vier Gartenstühle und ein Tisch hin, die zusammengeklappt und mit einer durchsichtigen Plane abgedeckt an der Wand lehnen. Falter löst die Kordel, die die Plane zusammenhält, und schaut darunter. Tisch und Stühle sind entweder neu oder kaum gebraucht. Der dunkelgrüne Kunststoff sieht makellos aus. Falter zieht die Plane wieder fest und sucht nach anderen Indizien, die die Terrasse als Nutzungsgebiet von Wochenendlern ausweist. Sie sind entweder im Keller verstaut oder sie fehlen. Falter vermutet Letzteres. Seine Augen wandern an den Fensterfronten entlang. Die Unbewohntheit des Anwesens kann nicht nur am November liegen. Selbst im Sommer und bei bester Rheinsicht macht es nicht den Eindruck, als suchten seine Bewohner hier regelmäßig Erholung.

»Was machen Sie da?«, ruft eine Stimme vom Gartentor.

Falter neigt den Kopf um die Hausecke und sieht Dotter, der auf einen Mann in Gummistiefeln und dunkelgrüner Öljacke zugeht. Er hält eine Hundeleine in der Hand und pfeift nach einem Golden Retriever, dessen Schwanz zwischen den Rebstöcken weiter oben hin und her wippt. Der Hund reagiert nicht auf das

Pfeifen und entfernt sich immer weiter, bis er hinter der Kuppe des Hügels verschwunden ist. Der Mann ist unschlüssig, ob er seinem Hund folgen oder auf eine Antwort warten soll.

»Wir interessieren uns für das Haus«, ruft Falter ihm zu und kommt näher. »Es soll verkauft werden.«

Der Mann reagiert nicht erstaunt. Jetzt, wo der Eigentümer tot ist. Er grüßt knapp und macht sich auf den Weg zu seinem Hund.

Dotter und Falter sehen sich an. Das muss als Bestätigung reichen. Dotter setzt seine Suche nach einer realistischen Einstiegsmöglichkeit fort, und Falter geht zurück zur Terrasse.

Mit der Schuhsohle kratzt er über den Waschbetonbelag. Zwischen den Kieseln und in den Fugen hat sich Moos gebildet, das über einen längeren Zeitraum nicht entfernt worden ist. Es gibt nur einen hellen Fleck auf der Terrasse, gleich neben den abgedeckten Gartenmöbeln. Falter ruft nach Dotter und zeigt ihm die Stelle.

»Könnte hinkommen. Die Füße der Sonnenschirmständer, die ich kenne, sehen jedenfalls so aus«, sagt er.

Falter geht in die Knie und sucht den Boden nach Blut oder Schleifspuren ab, aber es gibt keine.

»Wenn Schwaiger diesen Blank hier umgebracht hat, dann im Haus. Anschließend holt er den Schirmständer von der Terrasse und fährt mit der Leiche runter zum Rhein.«

»Um das herauszufinden, müssen wir ins Haus. Ich kümmer mich drum«, sagt Dotter, aber Falter schüttelt den Kopf.

»Nein. Wir haben genug. Die Kripo soll weitermachen. Ich werde gleich Silvia Münster anrufen. Die Frau von neulich.«

Dotter sieht ihn entsetzt an. Sie sind kurz vorm Ziel, und Falter lässt sich freiwillig disqualifizieren.

»Du willst jetzt aufgeben? Aber das ist doch dein Fall. Unser Fall.«

»Nein, Jochen, es war nie unser Fall. Auch nicht meiner. Wir haben uns ein paar Gedanken gemacht und ein bisschen rumgeschnüffelt. Wir haben ziemlich viel herausgefunden. Aber den Rest muss die Kripo machen.«

»Und wenn die dir nicht glauben?«

»Das werden sie.«

Dotter steht am Rand der Terrasse. Sie hat kein Geländer, und hinter der Kante führt ein steiles Rasenstück hinunter zu den Rebstöcken. Im Nebel sind nur die ersten Reihen blattloser Äste zu sehen. Dotter hat die Schultern hochgezogen und die Hände in die Hosentaschen gesteckt. Der Kopf senkt sich Richtung Brust, und die Füße wippen vor und zurück. Noch bevor Falter ahnen kann, was er vorhat, rollt sich Dotter kopfüber von der Terrasse ab und ist lautlos verschwunden. Falter stürzt ihm hinterher, strauchelt aber im Steilhang und kugelt über die rechte Schulter bergab. Die Rebstöcke fangen ihn knackend ab.

Dotter liegt reglos mit geschlossenen Augen, auf seiner Stirn eine breite Schürfwunde. Falter robbt zu ihm und hebt seinen Kopf in die Armbeuge. Viel kann nicht passiert sein. Dotter ist ein Unverwundbarer. Gleich wird er die Augen aufschlagen und Falter angrinsen, begeistert von dem gelungenen Schreck, den er erzeugt hat.

Aber Dotter liegt ganz ruhig. Falter spricht leise mit ihm, dass er jetzt aufhören kann mit dem Blödsinn. Er fasst ihm an das raue Kinn und schlägt leicht dagegen. Mit den Fingerspitzen prüft er Dotters Puls an der Halsschlagader. Er ist schwach, aber spürbar. Unter den Armen war Dotter früher kitzelig bis zur Hysterie, also probiert Falter dieses letzte Mittel, bevor er annehmen muss, dass sich Dotter beim Kopfsprung von der Terrasse ernsthaftere Verletzungen zugezogen hat.

Falter bohrt ihm ohne Erfolg die Finger in die Achseln und steht auf. Am Ende des Weinbergs müsste die Straße nach Bodenheim sein. Die Geräusche vorbeifahrender Autos ziehen mit dem Nebel in Schwaden zu ihm hoch. Ein Krankenwagen wird nicht hierher finden, und von Schwaigers Haus aus werden Sanitäter kaum mit einer Bahre heruntersteigen können und vor allem nicht wieder hinauf. Falter erklärt dem bewusstlosen Dotter die Lage in der Hoffnung, dass sie ihn zur Besinnung bringt, aber er bleibt unerreichbar. Falter fasst ihn unter den Armen und verschränkt seine Hände vor Dotters Brust. Er zieht ihn hoch und schleift ihn auf einem schmalen Fußweg zwischen den Reben bergab, dorthin, wo Falter die Straße vermutet. Dotters Füße pflügen den Boden, sein linker Schuh verhakt sich an einem Stein und wird abgestreift. Falter lässt ihn liegen. Der Mann in seinen Armen wird mit jedem Meter schwerer, und die Straße scheint nicht näher zu kommen. Am Ende seiner Kräfte zu sein, ist für Falter nicht akzeptabel, obwohl ihm sein Körper eindeutige Signale schickt. Seine Unterarme zittern, die Schultern schmerzen, als würden sie vom Hals abgerissen. Die Bronchien weigern sich, für einen erhöhten Luftdurchlass zu sorgen, und ziehen sich zusammen. Er verflucht Dotter und seine halsbrecherischen Kindereien, weiß gar nicht, warum er sich überhaupt mit ihm eingelassen hat, wo er doch wissen musste, dass sich einer wie Dotter nie verändert, egal wie alt er wird.

Als Dotter kurz aufstöhnt, knickt Falter zusammen, als habe ihm jemand eine Eisenstange in die Kniekehlen geschlagen. Mit Dotter im Schoß lehnt er an einem fragilen Weinstock, der unter der Last zweier Männer eine bedenkliche Schräglage einnimmt. Dotter atmet schneller und presst kurze Schmerzenslaute aus sich heraus. Falter legt ihm beide Hände an den Kopf und fragt, ob es ihm dort wehtue. Statt einer Antwort dreht sich Dotter zur Seite und erbricht sich. Morgenkaffee und geflockte Milch spritzen auf den Boden. Falter windet sich unter Dotter heraus und legt ihm ein Taschentuch hin.

»Ich bin gleich wieder da«, sagt er und läuft den Weg hinunter zur Straße. Der erste Wagen, der auf ihn zukommt, verlangsamt sein Tempo erst und fährt dann energisch weiter. Der zweite hält, und sein Fahrer lässt sich von Falter dazu überreden, ihn und Dotter nach Mainz ins St.-Vinzenz-Krankenhaus zu bringen.

Während Dotter untersucht wird, telefoniert Falter mit Silvia Münster, bevor er es sich anders überlegt. Sie hört ihm schweigend zu und fragt nur einmal nach, als ihr seine Angaben zu ungenau sind. Nach drei Minuten und sechsundzwanzig Sekunden ist alles gesagt. Abgeschickt wie ein Paket, um dessen Inhalt sich der Empfänger kümmern muss. Falter lehnt an der Wand der Eingangshalle und tastet seine Gefühle ab. Mit den Augen verfolgt er die Menschen, die an ihm vorübergehen, während sein Kopf gerade bleibt. Ein Mann im Bademantel und mit bandagierten Beinen tritt in sein Blickfeld. Er hat die rechte Hand in die Tasche seines Bademantels gesteckt, und in der linken hält er ein Feuerzeug. Er geht langsam und ohne Halt zum Ausgang. Falter denkt kurz über die Möglichkeit nach, draußen eine Zigarette zu rauchen, hat aber nicht den Antrieb, sich von der Stelle zu bewegen. Er fühlt sich, als sickere seine Energie in den Krankenhausfußboden. Sein Kopf ist schon leer, Hals und Schultern werden taub, und über die Brust legt sich eine Kühle, die jede Regung in ein angenehmes Nichts umwandelt. Über den Hauslautsprecher wird ein Dr. Mertens ausgerufen. Aus dem Kiosk gegenüber kommt eine Frau mit einer Flasche Traubensaft und einer Zeitschrift unter dem Arm. Ein alter Mann und eine alte Frau stehen unschlüssig im Foyer und studieren die Hinweistafeln auf die Stationen, ohne sie zu verstehen. Sie halten sich an den Händen, als müssten sie fest zusammenstehen, um nicht vom Strom der aus- und eingehenden Besucher und Patienten mitgerissen zu werden. Falter stößt sich von der Wand ab und fixiert beide mit den Augen. Ihr flackernder Blick wird ruhiger und trifft seinen. Während Falter auf sie zugeht, betrachten sie ihn interessiert und erwartungsvoll. Urologie? Falter orientiert sich kurz auf der Wandtafel und beschreibt ihnen dann den Weg. Er kennt sich aus im Vinzenz. Mit Ritzen hat er sich ein Zimmer geteilt. Vier Wochen lang. Falter wegen Verbrennungen an den Beinen, Ritzen wegen der Rückenwirbelverletzung. Die beiden Alten bedanken sich für die unerwartete Hilfe und machen sich leicht nach vorn gebeugt und untergehakt auf den Weg zum Aufzug. Falter begleitet sie ein Stück und biegt dann in den Kiosk ab. Bier würde Dotter jetzt wahrscheinlich am liebsten trinken, aber das haben sie nicht. Mit Traubensaft könnte er ihn ärgern, was ihm recht geschähe. Falter entscheidet sich für Mineralwasser und einen Müsliriegel.

Dotter liegt nicht allein, aber am Fenster. Um die Stirn hat er einen Verband gewickelt. Sein Hals steckt in einer Manschette aus beigem Schaumstoff. Die Rückenlehne seines Bettes ist leicht schräg gestellt, die weiße Bettdecke ist akkurat über seinen Oberkörper gezogen und bedeckt auch die Arme. Dotters Bettnachbarn sind so weit genesen, dass sie sich auf den Bettkanten gegenübersitzen und Karten spielen können. Als Falter eintritt, betrachten sie ihn ebenso erwartungsvoll und interessiert wie die beiden Alten aus der Eingangshalle.

»Der schläft«, sagt der eine, als klar ist, dass Falter nicht sie besucht, sondern den Neuen. Falter stellt Mineralwasser und Müsliriegel auf den emaillierten Nachttisch und rückt einen Stuhl an Dotters Bett. Über den Rand der hochgezogenen Bettdecke ragt ein weißes Krankenhaushemd. Es riecht nach den Resten von Mittagessen. Unter einer hellbraunen Plastikhaube wartet es auf Dotters Erwachen. Falter hebt den Deckel hoch. Kartoffelpüree, Erbsen und Frikadelle mit dem charakteristischen Krankenhausaroma, das jedem Gericht einen einheitlichen Geschmack gibt. Er deckt Dotters Mittagessen wieder ab und berührt den Schlafenden an der Hand. Dotters Augäpfel unter den Lidern bewegen sich. Sein Mund zuckt nach rechts, und sein linker Fuß tritt heftig ins Leere. Er schlägt die Augen auf und verengt sie sofort wieder zu Schlitzen.

»Schmerzen?«, fragt Falter.

Dotter brummt. Er versucht, sich zu orientieren, ohne den Kopf zu bewegen.

»Gehirnerschütterung«, sagt er. »Und Halswirbel. Ist ein bisschen verschoben.«

»Soll ich zu dir in die Wohnung und Wäsche und so was holen?«, fragt Falter.

»Ist alles im Auto«, sagt Dotter. Er ist kaum zu verstehen. Falter beugt sich näher zu ihm.

»Im Auto?«, fragt er. »Hast du keine Wohnung?«

Dotter brummt. »Kein Geld.«

»Seit wann?«, will Falter wissen. Er hatte keine Ahnung. Keinen Anhaltspunkt. Während er sich seit Katjas Auszug obdachlos gefühlt hatte, war Dotter es tatsächlich gewesen.

»Wo schläfst du?«

»Ich schlaf mich so durch«, sagt Dotter. »Ist doch egal jetzt.« Er versucht, sich aufrechter hinzusetzen, und bittet Falter, das Kopfteil des Bettes senkrechter zu stellen.

»Meinst du, er hat es so gemacht?«, fragt er, während Falter versucht, den Mechanismus des Bettes zu begreifen. Die Rückenlehne schnellt mit Schwung nach vorn. Dotter drückt dagegen und sagt Stopp, als er die ideale Position gefunden hat.

»Wer hat was gemacht?«, fragt Falter und setzt sich wieder.

»Der Schwaiger. Ob er den Blank über die Terrasse gerollt und dann runter zum Rhein geschleppt hat?«

»Hast du dich deshalb da runtergestürzt? Weil du das testen wolltest? Bist du wahnsinnig?«

»Hat er oder hat er nicht?«

»Nein. Er hat nicht. Bis zum Rhein ist es zu weit, und dich die Weinberge runterzuschleppen war schon mehr, als man verkraften kann. Wie soll er da noch einen Sonnenschirmständer transportiert haben. Außerdem ist das doch egal. Er kann ihn genauso ins Auto geladen und irgendwo am Ufer abgekippt haben. Silvia wird es schon herausfinden.«

»Du hast schon alles klargemacht, stimmt's?«, fragt Dotter.

»Ja.«

»Schau mich nicht an, als sei ich ein platt gefahrenes Kaninchen am Straßenrand. Es ist okay«, sagt Dotter und streckt den Arm nach dem Teller mit dem Mittagessen aus. Er hebt den Deckel an und schnuppert. Der Geruch scheint ihm zuzusagen, jedenfalls bittet er Falter, ihm das Tablett zu reichen.

»Wär ja schade drum«, sagt er, während er schon kaut. Mit einer langsamen Kopfdrehung wendet er sich seinen Bettnachbarn zu und stellt sich vor. »Dotter, Privatdetektiv. Dotter, wie das Gelbe vom FBI.«

Als Falter das Krankenhaus verlässt, tritt er durch ein Spalier rauchender Bademantelträger. Er bittet einen um Feuer und zündet sich eine Zigarette an. Erst der dritte Taxifahrer, der in einer Reihe vor dem Krankenhaus auf Kundschaft wartet, ist bereit, einen Raucher zu transportieren. Um Dotters Wagen in Laubenheim abzuholen, ist es bereits zu spät. Falter muss sich umziehen und gleich wieder aufbrechen, will er Katja zur verabredeten Zeit an der Bibliothek abpassen.

Seine Hosen sind an den Knien grün vom Gras, über das er gerollt ist, und aus seinem Pullover haben die kräftigen Äste der Rebstöcke Fäden gezogen. Er duscht, zieht sich um und nimmt die Straßenbahn bis zum Hauptbahnhof. Es ist ein trüber Herbstspätnachmittag mit früher Dunkelheit. Die Autos fahren bereits mit Licht, und die Anna-Seghers-Stadtbücherei ist von innen hell erleuchtet. Falter schreitet die Fensterreihen im Erdgeschoss ab. Durch die Scheiben sieht er Katja an ihrem Schreibtisch sitzen. Sie nagt am Druckknopf ihres Kugelschreibers, während sie in einem Buch liest, das vor ihr liegt. Am Morgen hatte Falter ein Haar von ihr in der Küche gefunden. Es hatte sich an einem der Magnete am Kühlschrank verfangen, mit denen sie Zettel und Rechnungen so lange festhielten, bis sie keine Bedeutung mehr hatten. Falter hatte es zwischen zwei Finger genommen und gegen das Licht der Küchenlampe gehalten. Es steckt in der Tasche seiner Lederjacke. Für seine Finger unauffindbar.

Es ist siebzehn Uhr. Katja sieht auf die Uhr. Ihr Blick dauert länger als der Transfer vom Auge zum Hirn, wo der visuelle Eindruck in Informationen über die korrekte Zeit umgewandelt wird. Sie lässt den Kugelschreiber jetzt zwischen Daumen und Zeigefinger wippen, während sie immer noch auf die Uhr schaut, als müsse sie den sekundengenauen Verlauf der Zeit kontrollieren. Es kann auch ein Aufschub sein, ob sie die verabredete Stunde einhalten soll oder lieber sitzen bleibt, bis die Bücherei schließt und Falter entmutigt aufgegeben hat. Sie dreht sich plötzlich um zu ihm, vielleicht weil sie seinen Blick gespürt hat durch die Scheibe oder weil sie nur irgendwo anders hinsehen wollte als auf die Uhr. Entscheiden muss sie sich, Falter merkt es ihr an. Gehen oder bleiben.

Als sie aus dem Portal der Bibliothek tritt, glaubt er ihr anzusehen, dass sich seine Chancen etwas über fünfzig Prozent verbessert haben. Sie lächelt, schaut aber an ihm vorbei.

»Wohin?«, fragt sie, einen Punkt auf der gegenüberliegenden Straßenseite fixierend.

»Ich habe Hunger«, sagt er.

Sie fahren am Taubertsbergbad und dem Südwestrundfunk vorbei zur »Alten Patrone«. Für andere Gäste ist es noch zu früh. Sie dürfen sich einen Tisch aussuchen und nehmen den mit dem besten Blick auf die Küche.

Man könnte sie für ein Paar halten, das sich langsam annähert oder dabei ist, sich zu trennen. Die Vertrautheit ist noch nicht da oder bereits vergangen. Sie informieren sich höflich über die Wahl ihrer Speisen und stimmen den Wein demokratisch ab. Als die Bestellung aufgegeben ist und die Speisekarten weggeräumt sind, gibt es keine Ablenkung mehr.

»Arnulf kann also gehen«, sagt sie. »Jutta hat es immer schon vermutet.« Sie wartet auf Falters Reaktion, aber Arnulf Ritzen ist nicht sein Thema.

»Warum hast du Konrad Schwaiger erschlagen?«, fragt er.

»Weil er mich vergewaltigen wollte.«

»Du hast ihn mit Absicht erschlagen.«

»Ja.«

»Erzähl es mir«, bittet Falter.

Während sie spricht, schweift sein Blick ab zu der Glaswand, die Küche und Restaurant voneinander trennen. Der Koch steht mit gesenktem Kopf am Herd und rüttelt an einer Pfanne. Es könnten Katjas Filetspitzen sein. Er wirft eine Hand voll Frühlingszwiebeln hinein und rüttelt wieder. Die Wahrheit, auf die Falter so lange gewartet hat, versteckt sich hinter Küchendämpfen und zischendem Fett. Sie sind wie eine Schutzschicht für Falters Bewusstsein. Sie lassen Katjas Worte nur portionsweise durch.

Es habe diesen Moment gegeben, sagt sie, da habe Schwaiger unter ihr gelegen und geglaubt, sie habe ihren Widerstand aufgegeben. Während sie ihn mit offenen Augen küsste, entdeckte sie den Stein. Sie musste nur die Hand danach ausstrecken. Von dem Schlag sei er zunächst benommen gewesen, aber nicht so sehr, dass sie hätte flüchten können.

»Er hielt mich am Bein fest, während er noch dalag. Er war außer sich über meine Täuschung und drohte, dass er mich umbringen wird. Und ich wollte ihn endlich loswerden. Ich habe nach einem dicken Ast gegriffen und ihm den über den Kopf gehauen. Darauf ließ er mich los.«

Falter wartet darauf, dass sie weiterspricht, aber sie schweigt.

»War er tot?«, fragt er.

Sie schüttelt den Kopf und nimmt einen großen Schluck aus ihrem Weinglas.

»Er bewegte sich noch. Ich dachte, gleich richtet er sich auf und packt mich wieder. Ich habe noch mal draufgeschlagen.«

Aber tot ist Schwaiger nicht. Er sieht sie an. Erstaunt, dann spöttisch. »Du schaffst es nicht«, sagt er. Aber sie schafft es.

»Ich wollte, dass er aufhört. Dass es aufhört«, sagt sie zu Falter.

»Was sollte aufhören?«, fragt er.

Sie sucht lange nach den richtigen Worten. Zwölf Jahre passen nicht in zwei Sätze.

»Er wollte, dass ich mit ihm komme.«

»Wohin?«

»Venezuela. Er hatte immer mal wieder davon gesprochen, alles aufzugeben und irgendwo nach Südamerika zu gehen. Und plötzlich hatte er es sehr eilig.«

»Du hast die ganze Zeit Kontakt zu ihm gehabt? Obwohl du mit mir zusammen warst?« Falter würde gern gelassen klingen, aber die Erkenntnis quetscht seine Empörung gurgelnd heraus.

»Nein«, sagt sie. »Als wir uns kennen lernten, habe ich Konrad gesagt, dass ich für ihn nicht mehr erreichbar bin. Aber er hat es immer wieder versucht. Mal meldete er sich monatelang nicht, dann fast täglich. In den letzten Wochen war es nur noch Terror. Er hat nie akzeptiert, dass ich dich liebe und dass wir glücklich sind.«

Als das Essen kommt, wundert sich Falter, dass er Appetit hat, während Katja nicht mal zur Gabel greift.

»Wie kannst du jetzt essen?«, fragt sie ihn und beobachtet missbilligend, wie Falter ein Salatblatt in seinem Mund verschwinden lässt.

»An dem Sonntag«, sagt sie, »haben wir uns nicht zufällig getroffen.« Falter nickt, als habe er sich das schon gedacht. Wie oft hatte er sich Vorwürfe gemacht, dass er sie nicht begleitet hatte. Aber sie wollte allein gehen. Der Grund ist jetzt klar.

»Er wollte die CD zurückhaben, und ich sollte ihm meine Antwort geben, ob ich mit ihm komme.«

»Warum wollte er sie zurück?«

»Das wollte er nicht sagen, aber es schien ihm sehr wichtig zu sein. Deshalb habe ich ihm ja auch ein Ultimatum gestellt, weil ich dachte, der Zeitpunkt ist günstig: Er bekommt die CD, und dafür lässt er mich in Ruhe. Ich bin ohne die CD in den Wald gefahren. Er hat mich geschlagen, weil ich sie nicht dabeihatte. Ich habe ihm meine Bedingungen genannt, aber er hat nur gelacht.«

»Welche Bedingungen?«

»Mich in Ruhe zu lassen. Und zwar für immer.« Sie nimmt die Gabel und sticht ohne Nachdruck in eines der Fleischstücke auf ihrem Teller. Als es sich nicht auf Anhieb aufspießen lässt, gibt sie das Vorhaben auf und legt die Gabel wieder neben den Teller. Sie greift nach dem Weinglas und prostet Falter zu, bevor sie trinkt. Es ist keine genussvolle Geste. Sie trinkt, um wegzuspülen.

»Was war das zwischen dir und ihm?«, fragt Falter. Er bekommt die zwei Frauen nicht zusammen. Die Katja seines Lebens und die Katja mit dem verborgenen Eigenleben. Um Liebe kann es nicht gegangen sein zwischen ihr und Schwaiger. Um Geld? Geld war ihr nie wichtig.

»Wenn ich es auf einen Begriff bringen soll, würde Macht wohl am passendsten sein. Schau nicht so. Ich weiß, dass du das nicht verstehen wirst. Auch wenn ich versuche, es dir zu erklären.«

»Probier's trotzdem«, bittet Falter.

Sie atmet tief ein und aus, als sei Falter ein hoffnungsloser Fall, um den sie sich widerstrebend kümmern muss. Der Tisch, an dem sie sitzen, lässt zwischen ihnen nicht mehr als einen knappen halben Meter Platz. Aber diese Nähe ist nur eine scheinbare. Katja ist längst auf einer anderen Umlaufbahn, die sie trotzig verfolgt. Ihre Stimme hat eine provozierende Nachlässigkeit, als sie Falter erklärt, was Macht zwischen zwei Menschen sein kann und was die Macht zwischen ihr und Schwaiger war. Das einseitige Spiel von Herrschen und Beherrschtwerden. Sie habe sich die Rolle nicht ausgesucht, sie auch nicht erwünscht, aber Schwaiger habe sie ihr gegeben, damals, als sie noch ein geschäftliches Verhältnis miteinander hatten. Unerreichbarkeit war für Schwaiger erotischer Ansporn. Je mehr sie sich ihm verweigerte, desto stärker wurde sein Verlangen. Befriedigung holte er sich an anderer Stelle. Zunächst jedenfalls. Ihr Spiel habe sie wider Willen interessiert und die Macht, die es ihr verlieh, sie erregt. Als sie später nachgab und ihm in Ausnahmen ihren Körper überließ, gefiel ihr die Qual, die Schwaiger durch die unverhoffte Erfüllung seines Werbens empfand, denn so sehr er die ferne Verehrung brauchte, um sich zu stimulieren, so sehr war doch genau Katja diejenige, die allein seine Befriedigung bedeuten konnte. Er wollte sie und wollte sie nicht, Anziehung und Abstoßung zugleich. In diesem Spannungsverhältnis befand sich ihre Beziehung, bis Falter kam.

Auch wenn Katja das Spiel mit Schwaiger ohne Herz betrieb, so war über die Jahre doch eine Bindung entstanden, die ihr selbst am wenigsten erklärlich war, die sie aber hinnahm, weil sie ihr übriges Leben nicht störte. Sie glaubte, Schwaiger habe nichts mit ihr zu tun. Nichts mit ihrem eigentlichen Bedürfnis nach einer Liebe ohne Machtausübung, nach Gleichstand und Wärme. Dass Konrad Schwaiger auch eine Seite in ihr war, wurde ihr erst klar, als er tot war und die Beziehung zu Falter nicht mehr zu halten.

»Als du kamst«, sagt sie, »wurde Konrad unwichtig. Ich hatte keinen Gedanken mehr an ihn. Er hatte keine Bedeutung mehr. Als sei er nie da gewesen. Weil es mir so ging, dachte ich, bei ihm sei es genauso. Über ein Jahr hat er sich tatsächlich nicht mehr gemeldet. Und dann fing es wieder an. Er schrieb mir Briefe, rief an, stand plötzlich vor der Bücherei. Er war mir so fern, dass ich gar nicht auf die Idee kam, er könnte die Beziehung wieder aufnehmen wollen. Aber irgendwann war es nicht mehr zu übersehen, und ich habe ihm gesagt, dass er keine Chance hat. Nie eine hatte.«

»Das ist kein Grund, jemanden umzubringen«, sagt Falter. Umbringen. Das Wort hängt im Raum. Ausgesprochen zum ersten Mal. Umbringen ist kein Versehen und mehr als ein Wehren. Umbringen klingt nach Vorsatz und bewusstem Handeln. Umbringen bedeutet bestraft werden. Katja wird bestraft werden. Aus. Weg. Ein Teil vom Leben einfach herausgeschnitten. Innerer Stillstand, während draußen die Welt weitergeht. Die Vorstellung von Katja im Gefängnis für unbestimmte Zeit schnellt in Falters Magen wie ein Fallbeil. Gefängnis ist ein unberechenbarer Gegner, der sich womöglich noch rücksichtsloser zwischen sie schieben wird als der lebende und der tote Schwaiger. Was in dieser Zeit mit Katja geschieht, kann sie noch weiter voneinander entfernen. Sie wird reduziert sein auf sich selbst, gefangen in sich selbst und auf der Suche nach einem Weg, damit fertig zu werden. Dieser Weg kann ganz von Falter wegführen, und er würde keine Möglichkeit haben, sie davon abzubringen. Es wäre ein zweites Verlieren. Das zweite endgültige.

Falter sieht sie an, als sei sie schon auf ihrer Mission, den Abstand zwischen ihm und ihr mit Schallgeschwindigkeit zu vergrößern. Falter sieht sie, und es ist wie das Starren auf einen Punkt, von dem man sich nicht lösen kann. Die Augen drehen sich in die Winkel und sehen nicht das, worauf sie schauen. Es ist wie eine Spiegelung, die vergeht, wenn man danach greift.

Essen kann Falter nicht mehr. Der Kellner tritt wortlos an ihren Tisch und räumt die Teller fort, Katjas vollen und Falters halb leeren. Sie geben keine Erklärung für das verschmähte Mahl, und er fragt nicht.

»Es gibt keine Entschuldigung«, sagt Katja, »das weiß ich. Aber es gibt Erklärungen. Das meinte ich mit meiner Wahrheit. Konrad Schwaiger war eine Bedrohung für mich. Für uns. Er wollte uns zerstören. Er wollte nicht, dass ich ohne ihn glücklich bin. Er wollte dir alles sagen. Damit hat er mir gedroht. Zuerst dachte ich, na und, dann sag's doch. Das kann uns doch nichts anhaben. Aber dann war ich mir nicht mehr so sicher.« Ihre Stimme ist nur noch ein Faden, der schließlich reißt. Sie räuspert sich und trinkt von dem Wein in ihrem Glas. Falter sieht, wie sich ihr Kehlkopf auf und ab bewegt. Sie stellt das Glas ab und reibt sich mit den Fingerkuppen die geschlossenen Augenlider. Sie spricht mit gesenktem Kopf weiter, und Falter muss sich vorbeugen, um sie zu hören.

Einmal nachts, da habe sie wach gelegen und darüber nachgedacht, ob sie Falter wecken solle, um ihm alles zu sagen. Die Wärme ihrer Körper ausnutzen, die Geschichte in die Haare auf seiner Brust murmeln und seine Arme um sich spüren. Sie hatte leicht nach seiner Hand gegriffen. Eigentlich sollte es mehr ein Streicheln sein und ein sanftes Einläuten ihres Vorhabens, ihn zu wecken. Schon bei der ersten Berührung hatte seine Hand ihre festgehalten und nicht mehr losgelassen. Falter schlief, er schnarchte sogar ein wenig. Seine Hand hatte unabhängig von ihm gehandelt.

»Du schliefst und hast mich doch sofort gespürt und erkannt. Und du hast sofort geantwortet mit deiner Hand. Ich habe dagelegen, und mir ist das Herz gebrochen. Das stimmt wirklich. Ein Herz kann brechen. Ich habe den Riss gespürt, der von oben nach unten wanderte. Und weißt du, warum? Weil mir deine Hand sagte, dass dein Vertrauen in mich ohne Grenzen und Zweifel ist. Ich konnte nichts sagen. Wir hatten so ein phantastisches Leben. Ich habe es nicht eingesehen, das aufzugeben wegen einer Vergangenheit, die nichts mit mir zu tun hatte. Denn ich wusste, dass es vorbei sein würde mit dir und mir. Weil unser System keine Störung verträgt.« Sie sieht Falter an mit roten Rändern um die Augen. »Aber das hast du mittlerweile wohl auch erkannt.«

»Ja, aber das heißt nicht, dass ich es akzeptiere. Wir müssen uns eben ein neues System geben«, sagt Falter.

»Willst du das denn?«, fragt sie, erstaunt und unsicher zugleich.

»Ja«, sagt Falter nur. Es gibt noch keine Idee, keinen Plan. Nur den Wunsch.

»Und wenn ich ins Gefängnis muss?«

»Dann geht das auch vorbei. Du musst mich nur mitnehmen.«

Sie sieht ihn fragend an. Falter zeigt auf seinen Kopf und auf sein Herz. »Hier drin mitnehmen.«

Sie lächelt. Zum ersten Mal, seit sie sich gegenübersitzen.

»Du musst die ganze Geschichte erzählen«, sagt Falter. »Vergiss die Notwehrversion. Der Druck, den er auf dich ausgeübt hat, ist wichtig.« Falter macht eine Pause und winkt dem Kellner. Er bestellt einen Kaffee, für Katja nichts.

»Du trinkst Kaffee?«, stellt sie fest.

»Ich habe Hinweise darauf, dass Schwaiger Gesichtsoperationen an Leuten vorgenommen hat, die untertauchen mussten. Weißt du etwas davon?«

Sie schüttelt den Kopf und lässt Falter nicht aus den Augen.

»Auf der CD waren Fotos. Beweise für die Veränderungen. Warum hat er dir die CD gegeben?«

»Er sagte nur, ich solle etwas für ihn aufheben«, sagt sie zögernd. »Irgendwas von Lebensversicherung hat er noch gesagt.«

»Ob es einen Zusammenhang gibt, weiß ich noch nicht, aber es kann sein, dass Schwaiger einen dieser Männer, die er operiert hat, umgebracht hat. In seinem Wochenendhaus in Laubenheim. Kennst du das?«

»Nein. Er hat nie davon gesprochen.«

»Ich habe alle Informationen an Silvia Münster weitergegeben. Die Kripo kümmert sich drum. Bis Montag wird es Ergebnisse geben. Ich bin mir sicher, dass Schwaiger kriminell war, und das kann dir nur nützen. Du darfst nur eines nicht machen.« Falter nimmt Katjas Hand. »Du darfst Ankenbach nichts davon sagen. Am besten suchst du dir einen anderen Anwalt. Dieser Ankenbach ist nicht sauber. Der weiß ganz genau, dass diese Staatsanwältin deine Notwehrversion Stück für Stück widerlegen wird. Sie wird dir den Hals zudrehen mit ihrem Wissen, dass Schwaiger und du ein, nennen wir es, Verhältnis hattet.«

»Was soll ich dagegen tun?«, fragt sie.

»Ihr zuvorkommen. Deine Version auf den Tisch legen. Dass Schwaiger dich zwingen wollte, mit ihm zu gehen, dass er dich zwingen wollte, mit dir zu schlafen, da im Wald«, sagt Falter und stockt plötzlich. »Das wollte er doch?« Katja nickt. »Also wollte er dich vergewaltigen. Und du hast dich gewehrt. Mehr als nötig zwar, aber du warst in einer Notsituation. Sie dürfen dir keinen Vorsatz nachweisen. Das ist wichtig. Totschlag, ja. Aber keinen Mord. Verstehst du?«

»Ich wollte ihn umbringen. Weißt du das? Ich konnte nicht mehr aufhören.« Katja spricht mit gesenktem Kopf. Sie sitzt auf ihren Händen und wippt mit dem Oberkörper vor und zurück. Ihre glatten, schweren Haare tippen ihr bei jeder Bewegung ans Kinn. Der Kellner, der Falters Kaffee bringt, sieht sie besorgt an.

»Was du dabei empfunden hast, geht nur dich etwas an. Niemanden sonst. Mit diesem Wissen musst du leben«, sagt Falter.

Katja hält in ihren Bewegungen inne und sieht ihn an. Ihre Mundwinkel sind nach unten gezogen, die Augen verengt. Feine

Rillen führen strahlenförmig von den Augenwinkeln bis zu den Schläfen. Zwischen ihren Augenbrauen haben sich zwei tiefe senkrechte Falten gebildet, die Falter vorher nie aufgefallen sind.

»Fragt sich nur, wie«, sagt sie.

FÜNFZEHN

Jemand sitzt vor seiner Haustür, so viel kann Falter schon von weitem erkennen. Füße und Unterschenkel ragen aus der Türnische heraus. Dunkle Schuhe, dunkle Hosen. Falter geht langsam näher. Arnulf Ritzen lehnt mit dem Rücken an der Haustür und hat die Augen geschlossen, die Arme sind vor der Brust verschränkt im Versuch, den Körper vor der Kälte zu schützen. Sein Mund ist leicht geöffnet und stößt hörbar Atem aus. Die Laterne von der gegenüberliegenden Straßenseite beleuchtet sein Gesicht nur schwach, aber Falter erkennt noch die Spuren einer übermäßigen Anstrengung darin. Auf den Lidern liegt ein dunkles Blau, das sich bis zum Jochbogen zieht. Die Falten zwischen Nasenflügeln und Mundwinkeln sind so scharf, dass Ritzens Mundpartie wirkt, als gehöre sie nicht zum Rest des Gesichts.

Falter greift nach seinem Schlüssel und beugt sich zu Ritzen herunter. Er berührt ihn an der Schulter und fordert ihn auf, wach zu werden. Ritzen öffnet die Augen so prompt, als habe ein Stromstoß ihn geweckt. Falter schließt die Haustür auf und greift Ritzen unter die Arme, um ihn in die Höhe zu ziehen. Ritzen steht auf schwankenden Beinen, kaum in der Lage, sein Gewicht aus eigener Kraft zu halten. Er muss über jeden Schritt nachdenken, den seine Füße ausführen. Falter meint, den mühsamen Informationsfluss zwischen Hirn und Beinen zu spüren. Wie es bei jedem Schritt neuer Impulse bedarf, um die gewünschte Bewegung auszuführen.

»Kann ich bei dir bleiben?«, fragt Ritzen, als sie endlich das Wohnzimmer erreicht haben und die Aussicht auf ein Niederlassen auf dem Sofa die Koordination zwischen Kopf und Fuß deutlich beschleunigt.

»Ja«, sagt Falter nur.

»Jutta hat mich rausgeschmissen«, erklärt Ritzen, während er seine Schuhe auszieht und die Beine auf das Sofa legt. »Was durchaus wörtlich zu nehmen ist. Den Rollstuhl hat sie vom Balkon in den Garten geworfen.«

Falter geht wortlos in die Küche, um Tee zu kochen. Ihm ist kalt. Er ist das lange Stück von der »Alten Patrone« bis Bretzenheim zu Fuß gegangen, und der eisige Ostwind ist durch das Leder seiner Jacke gedrungen wie ein Messer durch weiche Butter. Katjas Angebot, ihn nach Hause zu fahren, hatte er abgelehnt. Ein unschlüssiges Abschiednehmen vor der Tür des Hauses, das einmal ihr gemeinsames gewesen ist, hatte er vermeiden wollen. Sie waren mit einer befangenen Umarmung auf dem Parkplatz auseinander gegangen, ohne Versprechungen oder Zusagen. Falter hatte sich wie luftdicht verpackt gefühlt, mit engem Brustkorb, der kaum Spielraum hatte, sich zu senken und zu heben, und mit leerem Kopf, der nicht denken konnte und wollte. Alles war ungeklärt, selbst seine Gefühle. Hatte er vorhin am Tisch noch gesagt, er wolle ein neues System ihrer Beziehung, ist er jetzt unsicher wie nie. Die Unentschiedenheit lähmt ihn. Wenn Katja ihm ein Zeichen gegeben hätte, müsste er nicht nach seinen Gefühlen suchen. Aber das konnte sie nicht: Zeichen geben, weil sie unsicher war wie er. Weil sie genauso wenig wusste, ob die Erinnerung an ihre alte Beziehung eine neue Beziehung zulassen würde. Würden sie nicht doch immer vergleichen, wie es früher war?

Dampf steigt aus dem elektrischen Wasserkocher auf und beschlägt die Scheibe des Küchenfensters. Falter malt mit dem Finger ein Haus darauf, das aussieht wie das vom Nikolaus. Er bekommt es hin, ohne abzusetzen. Ritzen ruft aus dem Wohnzimmer, ob er ihm überhaupt zuhöre. Falter füllt Teeblätter in den Filter und gießt das dampfende Wasser darüber in die Kanne. Ritzen fragt er, ob er Hunger habe, und schmiert Butterbrote aus den Resten, die noch da sind.

»Du siehst aus, als hättest du eine Entscheidung gegen dich getroffen«, sagt Ritzen, als Falter sich mit Tee und Broten neben ihn setzt. Wie er das meine, will Falter wissen, obwohl es ihm schon klar ist. Er habe Katja getroffen, gibt Falter zur Erklärung. Nicht mehr, weil mehr noch nicht geht, und Ritzen reicht sie. Ritzen will von sich erzählen. Davon, dass er Jutta gesagt hat, dass er gehen könnte, wenn er wollte, und sie ihm daraufhin die kraftvollste Ohrfeige seines Lebens verpasst habe. Davon, dass sie außer sich gewesen sei, wie er sie und Max so habe täuschen können. Seine Erklärung habe sie als die Ausgeburt eines Psychopathen abgetan, worauf Ritzen es aufgab, weitere Bemühungen um Verständigung anzustellen. Als er vorschlug, sich für eine Zeit zu trennen, habe sie dem sofort zugestimmt, allerdings mit dem Hinweis, dass sie nicht beabsichtige, diesen Zustand als einen vorübergehenden, provisorischen zu betrachten. Sie wolle die rigorose Trennung, und wenn er schon gehe, dann zu Fuß. Darauf, so Ritzen, habe sie ihn aus dem Rollstuhl gezogen und sich nicht darum gekümmert, dass er zu Boden stürzte und dort wie ein Käfer auf dem Rücken liegen blieb. Den Rollstuhl habe sie an der Lehne gepackt und hinter sich her zur Balkontür gezerrt wie einen störrischen Hund, den man nur mit Gewalt zum Mitkommen bewegen kann. Mit einer Kraft, die er nie bei ihr vermutet hätte, habe sie den Rollstuhl über die Brüstung geworfen und ihm nicht einmal hinterhergesehen. Die Treppen runter zur Straße, wo das Taxi wartete, konnte Ritzen nur unter größten Schmerzen bewältigen, aber jetzt gehe es ihm wieder gut. Ritzen lacht Falter an. Er scheint erleichtert über seine Beichte und froh, hier zu sein.

»Kannst du es Jutta verdenken?«, fragt Falter.

»Ja, allerdings. Sie hat sich nicht mal die Mühe gemacht, mir richtig zuzuhören. Sie wollte es gar nicht wissen.«

»Sie wird es später wollen. Ganz sicher.«

»Nein. Das wird sie nicht. Das ist unser Problem. Schon immer gewesen. Wir verstehen uns nicht. Keiner kann den anderen nachvollziehen. Ich reagiere nie, wie sie es will, und umgekehrt. Es gibt keine Harmonie zwischen uns. Nur Kampf, nur gewinnen. Und das wird sich nie ändern, weil wir uns nicht ändern können. Warum auch? Es haben sich eben die falschen Leute zusammengetan. Das muss man nur rückgängig machen.« Ritzen beißt in sein Brot und spricht kauend weiter. »Du verstehst mich doch, oder?«

Falter hat sich diese Frage nie stellen müssen. Er hat Ritzens Art zu denken immer geschätzt. Manchmal auch bewundert. Sie amüsierte und forderte ihn. Ritzens Beweggründe, den Gelähmten zu spielen, waren Falter spontan unverständlich gewesen, dann aber auch wieder konsequent. Sie entsprachen seinem Denken, seinem Wesen.

»Und jetzt?«, fragt Falter. »Du wirst dich wieder entscheiden müssen. Gehen oder nicht gehen.«

»Ich war gestern bei Bissinger, meinem Orthopäden. Der sagt, ich habe eine Fünfzig-Prozent-Chance, einigermaßen normal und schmerzfrei gehen zu können. Soll ich mich auf so etwas einlassen? Ich finde nicht.« Lieber hundert Prozent Rollstuhl, murmelt er noch. Dann seien die Verhältnisse wenigstens klar.

Falter denkt daran, wie groß die Chance für Katja und ihn ist. Fünfzig Prozent wären schon viel. Fünfzig Prozent würden sich lohnen. Sie würde er nicht verstreichen lassen. Er legt sich neben Ritzen auf das Sofa, das zu schmal ist für zwei Männer, aber irgendwie schaffen sie es, halb auf der Seite aneinander gedrückt die Balance zu halten. Die Wiederherstellung ihrer Nähe auch im Innern ist abgeschlossen. Ritzens Zustand ist nicht länger die Folge eines von Falter verschuldeten Unglücks, sondern eine freie Entscheidung, deren Berechtigung Falter nicht anzweifelt. Sie liegen schweigend nebeneinander und hören auf die Geräusche, die ihre Kieferknochen beim Kauen der Butterbrote machen. Am Ende ihrer Blicke steht das Bücherregal, das von einer Wand zur anderen und vom Boden bis zur Decke reicht. Wenn Falter den Titel auf einem Buchrücken lesen will, legt er den Kopf ein wenig schräg und geht zum nächsten. Sie sind alphabetisch geordnet, und aus manchen ragen kleine Zettel heraus. Katjas Lesezeichen. Erinnerungszeichen an eine besonders gelungene Passage, eine merkenswerte Formulierung. Während sie las, riss sie sich immer neue Fetzen aus Zeitungen, herumliegenden Briefen oder Rechnungen, die sie zwischen die Buchseiten steckte. Nie traf sie schon vor Lesebeginn diese Vorkehrungen. Sie stürzte sich gedankenlos ins Lesen und konnte dort Stunden verbringen, ohne sich zu bewegen, nur unterbrochen von ihrer plötzlichen, keinen Aufschub duldenden Suche nach passendem Papier für ihre Markierungen. Ob sie ihnen je wieder Beachtung schenkte oder ob es nur spontane und schnell wieder vergessene

Ausrufezeichen ihrer Begeisterung waren, konnte Falter nicht sagen. Er selbst knickte die Ecken der Buchseiten ab, wenn er sich eine Stelle besonders merken wollte, und konnte später, wenn er das Buch noch einmal zur Hand nahm, nicht mehr sagen, welcher Satz ihn beim ersten Lesen so berührt hatte.

An seiner linken Schulter verstärkt sich der Druck von Ritzens Kopf. Es ist der unkontrollierte Druck, wie er nur von einem schlafenden Körper ausgehen kann. Falter schlängelt sich behutsam von ihm fort und bettet Ritzens Kopf auf die Armlehne des Sofas. Auf dem Boden liegt noch die Bettdecke, unter der Dotter geschlafen hat. Er breitet sie über Ritzen und sieht auf die Uhr. Für einen Anruf bei Dotter im Krankenhaus ist es zu spät. In der Küche ist noch eine halbe Flasche Rotwein. Er holt sie und setzt sich auf den Boden vor das Sofa mit dem schlafenden Ritzen. Falter verfolgt den Weg des Weins durch die Speiseröhre bis in den Magen und spürt seine wärmende Wirkung und die zeitlose Schwere, die ihm vom Kopf über die Schultern bis zu den Füßen fließt. Seit sich seine Tage nicht mehr durch Arbeit strukturieren und er seiner eigenen Einteilung überlassen ist, sind die Fäden, die ihn mit der Zeit verbinden, länger geworden. Zeit zu haben ist ein Geschenk, aber auch eine Bürde, weil ungenutzte Zeit das Gewissen belastet. Falter hat die geschenkte Zeit genutzt. Aber die Arbeit ist jetzt getan. Sein Urlaub ist verlängert bis zum Ende des Prozesses. Dann wird er sich entscheiden müssen. Wird er wieder einscheren in den ursprünglichen Tagesablauf eines Bezirksbeamten, so als sei nichts gewesen?

Müde und weinschwer fehlt ihm die Klarheit für Alternativen. Er hat keine verborgenen Talente, auf die er zurückgreifen könnte, damit sie ihn ernähren, und keine beruhigenden Erbschaften in Aussicht, die ihm Zeit ließen, sich neu zu orientieren. Was vom Geld des Vaters übrig war, hatte die Mutter einer Organisation zur Förderung des christlichen Gedankens in Rheinhessen vermacht. Weniger aus Frömmigkeit, die hatte sie zeitlebens nicht gehabt. Sie tat es aus Gehässigkeit, damit für Falter nichts mehr blieb. Er wird also genau abwägen müssen, wie viel Freiheit er sich leisten kann.

Falter wird wach vom Geräusch, das Briefe machen, wenn sie durch den Schlitz in der Haustür auf die Fliesen fallen. Er liegt vor dem Sofa und hat ein Stück von Ritzens Decke zu sich heruntergezogen. Falter richtet sich auf und sieht auf die Uhr. Es ist nach neun. Ritzen, dem es sonst nicht früh genug sein kann am Morgen, schläft immer noch, auf der Seite liegend mit angezogenen Beinen und Armen. Die Schatten um die Augen hat ihm die Nacht abgeschminkt, seine Haut hat wieder den zartrosa Anstrich ihres Normalzustands. Falter rüttelt ihn an der Schulter wach und geht in die Diele, um die Post aufzuheben. Den hellblauen Umschlag mit der handgeschriebenen Adresse in einer erkennbar altmodischen Schrift reißt er zuerst auf. Es ist eine Einladung zu Theos Hochzeit. Er zeigt sie Ritzen, der sich aus eigener Kraft vom Liegen ins Sitzen gebracht hat. Sie werden zusammen hingehen.

Der Weg vom Wohnzimmer zur Haustür ist weniger mühsam als am Vortag, und Ritzen sagt, vielleicht werde er es sich noch einmal überlegen, ob ein Leben im Rollstuhl die verlockendste Perspektive sei. Fürs Erste könne er es ja mit ein paar Krücken probieren und gibt dem wartenden Taxifahrer Anweisung, ihn zu einem Sanitätshaus zu bringen.

Falter überlegt, wie er am besten nach Laubenheim kommt, um Dotters Wagen abzuholen, auch wenn ihm die Vorstellung, ihn allein steuern zu müssen, den Herzschlag beschleunigt. Als das Telefon klingelt und Silvia Münster ihn sprechen will, löst sich zumindest das Problem des Hinwegs. Ob er daran interessiert sei, Schwaigers Wochenendhaus von innen zu sehen. Nach der Durchsuchung gestern müsse sie heute noch einmal dorthin.

Sie nimmt den gleichen Weg, den Falter und Dotter gestern genommen haben, und hält neben Dotters Wagen. Was er mit einem Privatdetektiv zu schaffen habe, der bei der Polizei Alzey mehrfach wegen illegaler Einbrüche in observierte Objekte aktenkundig geworden sei, fragt sie Falter. Seine Lizenz sei er jedenfalls los, was Falter nicht wusste, aber auch nicht überrascht. Was Dotter ihm damals im Auto als Lizenz hingehalten hatte, konnte auch eine gute Fälschung gewesen sein. Dotter schien ja recht fähige Freunde zu haben, die ihre Fertigkeiten bereitwillig in den Dienst einer illegalen Sache stellen.

»Wir können nur vermuten«, sagt Silvia Münster, als sie die Haustür öffnet, »dass Schwaiger hier einen zweiten Arbeitsplatz hatte. Im Keller gibt es drei Räume. Einen, der für Operationen benutzt worden sein könnte, und zwei Büros. Allerdings ohne verwertbare Spuren. Offensichtlich ist dort ebenso gründlich aufgeräumt worden wie in Schwaigers Stadtpraxis. Wir haben seine Frau gestern Abend in der Angelegenheit verhört. Sie sagt, sie hatte keine Ahnung.«

»Glaubst du ihr?«

Sie zuckt die Achseln. »Als wir sie damit konfrontiert haben, dass ihr Mann Kriminellen zu einer neuen Identität verholfen hat, ist sie auf den Kollegen Becker losgegangen und hat ihm ins Gesicht geschlagen. Sie hat sich zwar sofort dafür entschuldigt, aber danach war sie kaum noch ansprechbar. Sie hat auf dem Sofa gehockt und vor sich hin gestarrt. Mir kam sie ein bisschen vor wie die schöne Königstochter, die aus ihrem Schloss raus muss und nicht weiß, warum.«

Silvia Münster führt Falter eine weiß geflieste Treppe hinunter in den Keller. Den ersten Raum, den sie betreten, erkennt Falter sofort wieder. Hier haben die Männer mit ihren neuen Gesichtern gesessen, während sie Schwaigers versteckte Kamera aufnahm.

»Habt ihr Spuren gefunden, dass Blank hier erschlagen wurde?«, fragt er.

Silvia Münster schüttelt den Kopf. Es gebe nichts, was Rückschlüsse auf die Tatwaffe zuließe. Auch kein Blut, keine Haare, keine Hautpartikel. Klinisch sauber. Das ganze Haus.

Falter geht durch den Raum hin zu der Ecke, wo die Kamera installiert sein müsste. Die Decke ist mit weiß lackierten Latten abgehängt, in die Halogenscheinwerfer eingelassen sind. Falter schaut von unten hoch in ein Loch, aus dem zwei feine Kabel ragen. Er zeigt Silvia Münster die leere Öffnung in der Decke und erklärt ihr, was sich dort befunden haben muss. Dann reicht er ihr die CD-ROM.

»Hier ist alles drauf. Die Männer, der Raum, die anderen Namen. Was habt ihr über Volker Blank herausbekommen?«

»Bisher nicht viel mehr als du. Bis zu seinem Verschwinden

im März 2002 hat er in Bad Kreuznach gewohnt, danach gibt es keine Spur von ihm. Wir wissen nicht, wo er mit seiner veränderten Identität gelebt hat und wovon. Wir haben mit seinem Anwalt von damals gesprochen, aber der weiß nichts. Sagt er jedenfalls.«

»Was ist das für einer?«, fragt Falter.

»Der Kollege Becker hat ihn als teflonbeschichteten Dauergrinser bezeichnet, der es genießt, andere mit seinem Strafgesetzbuchdeutsch in die Knie zu zwingen. Aber das kennt man ja. Was mich daran ein bisschen stutzig gemacht hat, ist die Tatsache, dass der seine Kanzlei im selben Haus wie diese Begleitagentur hat. Die, bei der Katja war.«

»Ankenbach?« Durch Falters Kopf surren die Informationen in schneller Abfolge. Ankenbach war Blanks Anwalt. Ankenbach war auch Schwaigers Anwalt. Das ist eine mögliche Verbindung.

»Ankenbach«, sagt Falter, »könnte die Klienten rangeschafft haben, und Schwaiger hat sie operiert. Auf der CD sind vier Männer. Ich bin mir fast sicher, dass sie alle eine Verbindung zu Ankenbach hatten.«

Silvia nickt und sagt, sie werde sich sofort darum kümmern. Aber es scheint ihr nicht so eilig zu sein, dass sie Falter zum Aufbruch drängt. Sie beobachtet ihn auf eine Weise, als wolle sie im Vorfeld erkunden, wie die Frage, die sie ihm stellen will, bei ihm ankommen wird.

»Was hat Katja mit alldem zu tun?«, sagt sie schließlich.

»Ich glaube, gar nichts«, sagt Falter.

»Wieso ist dann Ankenbach auch ihr Anwalt?«, hakt Silvia Münster nach.

»Zufall. Sie kennen sich von früher, und er hat ihr angeboten, sie zu verteidigen. Katja hat keine Ahnung. Glaub mir«

»Ein bisschen viel Zufall für meinen Geschmack. Sie ist ein Teil dieses Falls. Und ihr Beharren auf der Notwehr ist mehr als zweifelhaft. Aus dem, was wir bisher haben, ließe sich gut ein Mordmotiv herleiten. Katja weiß von den Geschäften, die Schwaiger macht, und erpresst ihn. Sie treffen sich im Wald, und er will sie ausschalten, aber sie kommt ihm zuvor. Alles ist möglich.«

»Das sieht nur so aus«, sagt Falter und zwingt sich, ruhig zu bleiben. »Katja wird vor Gericht erklären, was wirklich war und wie es wirklich war. Es ist nur eine Geschichte zwischen ihr und Schwaiger.«

»Wenn du meinst«, sagt Silvia Münster. »Dann lassen wir uns mal überraschen. Falls du etwas verheimlichst, was Katja angeht, kann ich dir rechtlich leider wenig anhaben, weil du ihr Mann bist. Aber du bist auch Polizist. Denk daran.« Sie schiebt den Ärmel ihres Pullovers ein Stück hoch und sieht auf ihre Armbanduhr. »Ich habe hier noch zu tun. Das Labor weiß heute, ob der Sonnenschirmständer um Blanks Hals von Schwaigers Terrasse stammt. Ich fürchte aber, dass das Ding allein nicht ausreicht, um Schwaiger einen Mord an Blank anlasten zu können. Schirmständer dieser Art gibt es überall, und alle verwertbaren Spuren wird das Wasser verwischt haben. Ich muss da jetzt trotzdem anrufen. Ich nehme an, du nimmst den Wagen von diesem Dotter.«

Sie greift in die Innentasche ihres Mantels und holt ein Handy heraus. Sie tippt die ersten Zahlen ein und blickt nur einmal kurz hoch, um Falter zu signalisieren, dass ihr Ortstermin beendet ist.

Falter steigt die Treppe hoch und sieht sich in der Diele um. Fünf Türen gehen von ihr ab. Hinter der ersten befindet sich ein Schlafzimmer mit einem Doppelbett. Hinter der daneben sind es zwei einzelne Betten. Sie sehen frisch bezogen aus. Wie Hotelbetten, die auf neue Gäste warten. Im Badezimmer hängen keine Handtücher. Falter vermutet sie hinter einem schmalen hohen Schrank, der neben der Duschkabine steht. Er öffnet ihn und findet seine Vermutung bestätigt. Vier Handtücher liegen exakt gefaltet auf dem unteren Regalboden. Der obere ist leer. Auf der gläsernen Ablage über dem Waschbecken stehen weiße Becher ohne Zahnbürsten. In der Küche ist der Kühlschrank ausgeschaltet. In den Schubladen liegen abgezählte Messer, Gabeln und Löffel, vier von jeder Sorte, dazu ein Brotmesser und ein Dosenöffner. Es gibt vier Teller, vier Tassen und vier Gläser, einen Kochtopf und eine Pfanne. Im Wohnzimmer steht eine braun-beige karierte Eckcouch mit einem niedrigen Tisch davor, dessen dünne Holzbeine schwanken, als Falter ihre Festigkeit prüft. An der Wand gegenüber steht ein Fernseher. Es ist ein Modell, wie es seine Eltern hatten. Ein Farbfernseher der ersten Generation mit Zimmerantenne und einem verchromten Fuß.

Falter schließt die Haustür und geht zu Dotters Wagen, der am Straßenrand parkt. In diesem Haus hat nie jemand zum Vergnügen gewohnt. Nur wenn es nicht anders ging. Um für ein paar Wochen zu verschwinden, während die Narben heilten, zum Beispiel. Eine abgeschiedene und lautlose Werkstatt für neue Gesichter, getarnt als Wochenendhaus. Ob Elena Schwaiger wusste, was ihr Mann dort tat? Ihre Rolle ist Falter nicht klar. Wenn sie Komplizin war, warum sorgte sie dafür, dass mit dem Prozess gegen Katja eine gefährliche Aufmerksamkeit auf ihren Mann gelenkt wurde? Eifersucht und jahrelang unterdrückter Hass gegen Katja konnten ein Motiv sein. Aber reichte das?

Falter sieht zum Haus hinüber. Silvia Münster kommt über den Kiesweg auf ihn zu. Er kurbelt die Fensterscheibe herunter, und sie beugt sich leicht zu ihm hin.

»Der Schirmständer passt. Aber das heißt nichts.« Sie will schon zu ihrem Wagen, da hält Falter sie zurück.

»Was ist mit Schwaigers Diplomen?«, fragt er.

»Wir sind noch dran, aber es wird immer wahrscheinlicher, dass sie gefälscht sind. An den amerikanischen Universitäten, an denen Schwaiger angeblich studiert hat, war er jedenfalls nie eingeschrieben. Nur seine Facharztprüfung, die hat er wohl tatsächlich abgelegt. Der Tipp kam übrigens anonym, drei Tage vor Blanks vermutetem Todesdatum. Ich glaube ja, dass es dieser Blank selbst war.«

»Warum sollte er Schwaiger an die Polizei verraten, wenn er ihn selbst erpressen wollte?«

»Ich glaube eher, dass Schwaiger Blank erpresst hat. Warum hat Schwaiger Fotos von den Operationen gemacht? Heimlich. Sicher nicht fürs Archiv. Er wird sie gemacht haben, um sie zu benutzen. Und Blank hat wahrscheinlich gedacht, er kann Schwaiger stoppen, indem er ihn denunziert. Fragt sich nur, woher er das mit den gefälschten Diplomen gewusst haben könnte. Vielleicht kannten sie sich von früher, Schwaiger und Blank.«

»Ihr müsst euch Ankenbach vornehmen. Er ist der Einzige, der noch reden kann«, sagt Falter.

Silvia Münster sieht ihn an, als habe er ihr einen Rat erteilt, den sie nicht braucht. Sie starten ihre Wagen gleichzeitig. Falter lässt ihr den Vortritt, und sie schießt an ihm vorbei den Berg hinunter. Falter folgt ihr langsam. Er wird sich seinen Weg selbst suchen müssen. Als er die Hauptstraße ohne Komplikationen erreicht, fühlt er sich euphorisch, ordnet sich aber beim Verlassen von Laubenheim falsch ein und gerät auf die Autobahn Richtung Bingen. Er hatte über Weisenau am Rhein entlang zum Vinzenz-Krankenhaus fahren wollen, um Dotter zu besuchen, und jetzt weiß er nicht, welche Ausfahrt er nehmen muss, um sein Ziel noch zu erreichen.

Als der Hinweis auf Mainz-Lerchenberg auftaucht, ist es eine Entscheidung von Sekunden. Er fährt ab und ordnet sich nicht Richtung Bretzenheim ein, sondern fährt den Berg hoch, vorbei am ZDF hinauf zur Kuppe und biegt zum Ober Olmer Wald ab. Auf dem Parkplatz stehen vereinzelte Wagen morgendlicher Spaziergänger und Jogger. Falter steigt aus und zieht Waldluft durch die Nase ein. Er pumpt sich voll mit Sauerstoff, als müsse er nachholen, was ihm verwehrt geblieben ist, seit er den Wald meidet. Bewusst atmend geht er den Weg, den er mit Katja genommen hat, als sie Staatsanwältin Schlingmann zum Tatort folgten.

Die Stelle hat ihre Unschuld wieder. Es gibt keine Hinweise mehr auf ihre vorübergehende Bedeutung. Die Absperrbänder sind rückstandslos beseitigt, und auch der Ast, mit dem Katja zugeschlagen hat, ist als Beweismittel weggeräumt worden. Durch die fast blattlosen Bäume fällt das Licht hell und klar auf den Waldboden, der bedeckt ist mit Buchenblättern. Falter streift durch das raschelnde Laub, das in kleinen Wolken von seinen Schuhen spritzt. Er könnte auch ein Reh sein, das unter dem Laub nach Nahrung sucht. Was er selbst sucht, weiß er nicht. Er hat nur diesen plötzlichen Gedanken gehabt, dass er noch einmal zurückmuss an den Tatort, weil der ihm vielleicht etwas erzählen kann, woran niemand gedacht hat.

Zwei Frauen gehen in eiligen Walkingschritten vorbei, ohne auf ihn zu achten. Falter lehnt an einem Baum und sieht ihnen hinterher, wie sie sich mit wiegenden Hüften entfernen. Als ihnen ein Jogger entgegenkommt, bilden sie eine Gasse für ihn und rücken sofort wieder zusammen. Falter schätzt, dass der Weg und der Tatort höchstens fünfzig Meter auseinander liegen.

Jeder Spaziergänger hätte den Kampf zwischen Katja und Schwaiger bemerken können. Aber es war niemand da gewesen. Ein Wald, sonst voller Menschen, am Morgen wie am Abend, und als es wirklich wichtig ist, fehlen sie. Es ist nicht zu begreifen.

Falter zündet sich eine Zigarette an und wirft das Streichholz ins Laub. Zwischen den Blättern schimmert es gelblich. Er bückt sich danach und bürstet die Blätter beiseite. Es ist ein Strauß vertrockneter Teerosen. Die Stiele sind mit einem Samtband zusammengehalten, das einmal rubinrot gewesen sein muss. Der Strauß liegt nah am Stamm zwischen zwei dicken Baumwurzeln, die halb aus der Erde ragen.

Diese Blumen hat niemand hier vergessen. Sie sind gegen das Vergessen. Falter kniet vor ihnen und schlägt mit der Stirn gegen den Baumstamm. Er erkennt den Schmerz wieder, der sich vom Magen bis zum Hals schiebt und ihn innerlich verätzt. Es ist der gleiche Schmerz, der ihn überfallen hat, als er gefesselt an einen Stuhl im brennenden Haus von Margarethe Körner darauf wartete, dass die Flammen an ihm hochkrochen und die Stricke an seinen Füßen fraßen. Das Herz hatte aufgehört zu schlagen. Für Sekunden. Auch jetzt steht alles still in ihm, als sei flüssige Bronze in ihn gegossen worden, die sogleich aushärtet.

Gelbe Teerosen. Als er noch allein lebte, kaufte er sich jede Woche einen frischen Strauß. Seit Katja da war, tat sie es für ihn. Immer samstags auf dem Markt, und er freute sich über jeden Strauß wie über den ersten. Es war nicht Gewohnheit oder die Erfüllung einer Erwartung, sondern immer wieder eine Geste, die ihn glücklich machte. Katjas letzte Rosen stehen auf der Fensterbank des Wohnzimmers. Vertrocknet wie diese. Falter hat sie nicht wegwerfen können.

Er schreit sich den Schmerz aus dem Leib und schleudert Katjas Täuschung von sich und mit ihr die letzte Hoffnung, die er je in die Wiederaufnahme ihrer Beziehung gesteckt hat. Er greift nach den Blumen und zerquetscht sie zwischen den Händen. Die

Glut der brennenden Zigarette schmort ihm einen glühenden Punkt auf die Innenfläche der linken Hand. Er möchte sich die ganze Haut mit solchen Punkten versengen, um einen äußeren gegen seinen inneren Schmerz zu setzen, aber die Asche ist verglüht und qualmt kraftlos aus den verwelkten Blütenblättern, die sich mit dem Laub auf dem Boden vermischt haben. Es ist nur noch verrottender Abfall, aus dem nichts Neues mehr entstehen wird. Falter hält ganz still. Ein Rascheln kommt auf ihn zu. Schritte. Er sieht in ihre Richtung.

Ein Mann nähert sich ihm zögernd. Dünne Beine in langen, engen Laufhosen. Was mit ihm sei, fragt der Mann. Er scheint unsicher, ob er den Abstand zu Falter verringern und ihm hochhelfen soll. Falter wuchtet sich schwerfällig auf die Füße und stützt sich am Baum vor ihm ab.

»Sind Sie ein Angehöriger?«, fragt der Mann vorsichtig. Falter schüttelt den Kopf. Er testet die Bereitschaft seiner Glieder, ihn schnell von diesem Ort fortzubringen, und geht dann an dem Mann vorbei. Er spürt dessen Blicke im Rücken.

»Dass so was passieren konnte«, sagt der Mann, während er Falter folgt. »Man läuft ja seitdem mit einem ganz komischen Gefühl. Stellen Sie sich vor, ich war sogar am selben Abend hier«, ruft er ihm hinterher.

Falter bleibt stehen und dreht sich um.

»Hier?«, fragt er.

»Nein, weiter oben. Auf dem Parkplatz. Richtung Drais.«

Falter beantwortet diese wertlose Information mit einem flüchtigen Nicken und geht weiter.

»Ich hab den Mann noch gesehen. Er kam gerade an.«

Falter hält erneut inne.

»Meinen Sie den Toten?«, fragt er.

»Ja sicher«, antwortet der Mann und schließt zu Falter auf.

»Ich war schon fertig mit dem Laufen und saß im Auto, um etwas zu trinken. Da kam er mit seinem Wagen und stieg aus. Ich habe mich noch gewundert, dass jemand joggen wollte, wo es doch bald dunkel wurde. Als der Mann gerade losging, kam ein Auto auf den Parkplatz, und eine Frau stieg aus, die ihm etwas hinterherrief.«

»Was war das?«, fragt Falter.

»Das habe ich nicht gehört. Ich hab mich auch nicht weiter drum gekümmert. Ich wollte nach Hause. Beim Wegfahren habe ich nur gesehen, dass sie miteinander redeten.«

»Ist Ihnen sonst noch etwas aufgefallen?«

Der Mann schüttelt den Kopf. »Als ich das Bild von dem Kerl in der Zeitung gesehen habe, dachte ich nur, Mensch, das war doch der vom Parkplatz.«

»Haben Sie das der Polizei gemeldet?«, fragt Falter.

»Nein«, sagt der Mann. Er wirkt erstaunt, dass Falter diese Möglichkeit überhaupt in Betracht zieht. Er fällt in einen leichten Trab auf der Stelle, als wolle er damit signalisieren, dass er sein spontanes Mitteilungsbedürfnis bereut und zu weiteren Auskünften nicht bereit ist. Falter kennt diese Typen. Sie tun sich gern wichtig, aber nur solange es ihnen keine Mühe macht. Zur Polizei zu gehen, hätte Mühe gemacht.

»Die Frau, die sie gesehen haben, war das die Frau, die den Mann erschlagen hat?«, will Falter wissen, bevor der Mann ihm abhanden kommt.

»Nein, die sah anders aus.«

»Wie sah sie aus?«

Der Mann unterbricht sein ungeduldiges Tänzeln und versucht, sich zu erinnern. »Sie hatte ziemlich lange Haare. Dunkelbraun. An mehr kann ich mich nicht erinnern.« Er müsse dann mal weiter, sagt er noch und ist bald hinter einer Biegung verschwunden.

Falter geht mit gesenktem Blick zurück zum Auto. Die Steine auf dem Weg tanzen vor seinen Augen und verschwimmen zu einer Linie. Die Frau, die mit Schwaiger auf dem Parkplatz gesprochen hat, war nicht Katja. Wer war es dann? Er muss mit Silvia reden, ihr sagen, dass da noch jemand war, kurz vor Schwaigers Tod. Er setzt sich in Dotters Wagen und wählt ihre Nummer. Neben ihm hält ein silberner BMW. Falter nimmt ihn flüchtig wahr, während er darauf wartet, dass sich Silvia Münster meldet. Sie ist nicht im Büro, wird ihm mitgeteilt. Über das Handy erreicht er nur ihre Mailbox und hinterlässt eine Nachricht. Als Nächstes will er zu Dotter. Beim Rückwärtssetzen sieht er durch die Heckscheibe eine Frau zwischen den Bäumen verschwinden. Sie trägt einen schwarzen Mantel, aus dessen linkem Ärmel statt einer Hand ein Strauß gelber Blumen herausschaut.

Falter hackt den ersten Gang rein und schießt zurück in die Parklücke. Die Fahrertür lässt sich nicht richtig schließen. Falter wirft sich zweimal dagegen und gibt es dann auf. Sie hängt verschoben in den Angeln und könnte es Dieben unerwartet leicht machen, Dotters Auto samt dem im Kofferraum lagernden Hausrat wegzuschaffen, aber Falter vertraut darauf, dass Dotters Auto selbst im unabgeschlossenen Zustand keinen Anreiz darstellt. Er läuft über den Parkplatz in den Wald hinein und hält einen gleichmäßigen Abstand zu der dunklen Gestalt, die weder eilig noch schlendernd, nur zielstrebig auf die Stelle zusteuert, die Falter wenige Minuten zuvor als Gedenkstätte für Konrad Schwaiger entdeckt hat. Halb verborgen von einem Baum am Wegrand beobachtet Falter, wie die Frau für einen Moment verwundert die blütenlosen Stängel des vertrockneten Straußes in der Hand wiegt und sie dann wegwirft. Die frischen Blumen legt sie am vorgesehenen Platz ab, kommt aus der Hocke hoch und klopft sich ein paar Blätter vom Mantel. Während sie auf Falter zugeht, holt sie aus ihrer Handtasche eine Zigarette und scheint nach Feuer zu suchen, jedenfalls bleibt sie stehen und durchsucht ihre Tasche. Ihr Unmut ist offensichtlich und hörbar. Falter hat sich aus dem Schatten des Baumes gelöst und ist zurück auf den Weg getreten. Von hier aus kommt er als zufälliger Spaziergänger einer Frau ohne Feuer zu Hilfe. Sie lächelt, als sie den ersten Rauch ausstößt und ihn ansieht.

»Was für ein Glück ich habe«, sagt sie. »Hier gibt es sonst nur nichtrauchende Jogger.« Ihre Stimme ist tief und in einem Maße rau, dass sie die Haut auf Falters Rücken prickeln lässt, als fahre ihm jemand mit scharfen Fingernägeln darüber. Sie bietet ihm eine Zigarette an, die er in der Hoffnung nimmt, die Begegnung dadurch zu verlängern. Seine Augen wandern über ihr Gesicht, während er überlegt, wie er ein Gespräch beginnen kann, das ihm nützt. Sie nimmt seinen Blick hin, ohne die Augen zu senken. Sie wirkt bereit, sich aufhalten zu lassen. Er muss nur anfangen. Zwei Männer in kurzen Nylonhosen laufen an ihnen vorüber und sehen sie tadelnd an. Der eine schüttelt den Kopf und sagt etwas, das nicht zu verstehen ist. Falter und die Frau verständigen sich lächelnd über diese Missbilligung.

»Gehen Sie immer in den Wald zum Rauchen?«, fragt er.

»Sie?«, fragt sie zurück und macht einen Schritt zum Waldweg hin, auf dem bereits die nächsten Läufer nahen. Falter hat das Gefühl, die Frau möchte sich von dem Ort in ihrem Rücken entfernen, dessen gelbe Markierung gut erkennbar ist. Wenn er sie darauf ansprechen würde, könnte es die vage Vertrautheit gefährden, die zwischen ihnen ist. Er glaubt zu spüren, dass sie keinen Gedanken mehr an das hat, was sie hierher geführt hat. Sie denkt nach vorn. Und vorn ist er.

Sie setzt sich langsam in Bewegung und lässt ihm jede Chance, ihr wie selbstverständlich zu folgen. Ihr dunkles Haar ist zu einem Zopf gebunden, der ihr wie geflochtene Lakritze über den Rücken hängt. Glatt und schwer würde er in Falters Hand liegen, wenn er der Versuchung nachgäbe, danach zu greifen, um ein Gefühl für dieses Haar zu bekommen. Sie wird so alt sein wie Katja. Ihr Gesicht zeigt Spuren, die auf einen normalen Zerfallprozess der Zellen schließen lassen. Die Zeit ist wohlwollend mit ihr umgegangen und hat sich nur dort niedergelassen, wo Falten einem Gesicht gut tun.

Aber ihre Haltung und ihr Blick sind die eines Menschen, der vom Leben mehr gelernt hat, als er wissen wollte. Es gibt kein Zögern in ihren Bewegungen, kein Überlegen und Abwägen. Es gibt nur ein Ziel.

»Elena«, sagt sie und reicht Falter die Hand. Sie ist weich, aber sie drückt fest zu.

SECHZEHN

Falter wird wach von dem Gefühl, dass etwas fehlt. Ohne es zu sein, tut weh. Er zieht die andere Bettdecke zu sich heran und umschlingt sie mit seinen Beinen. Das Licht, das durch das Fenster ins Zimmer fällt, ist hell genug, um das Haar zu erkennen, das auf dem weißen Betttuch liegt, und diffus genug, um es sich um den Finger zu wickeln und wieder einzudösen. Es ist nur die Zehenspitze, mit der Falter die Schwelle zum Schlaf berührt. Als sich die Tür öffnet, ist er sofort wach und beobachtet, wie sie mit zwei Tassen in der Hand hereinkommt und um das Bett herumgeht. Falter rückt ein Stück und setzt sich gegen Kissen gestützt aufrecht hin, um ihr eine Tasse abzunehmen. Sie reicht sie ihm wortlos und balanciert sich selbst vorsichtig neben ihn. Ihre Schulter berührt seinen Oberarm. Ihr Haar streift sein Ohr. Indianerhaar. Daran hatte er gedacht, als seine Finger zum ersten Mal darüber gefahren waren. Strähne für Strähne hatte er ihren geflochtenen Zopf gelöst, mit derselben Andacht und Erregung, mit der er ihren Körper freigelegt hatte. Ihr Umgang miteinander war wortlos, als hätten sie eine selbstverständliche Übereinkunft, von dem Moment an, da sie sich im Wald trafen. Staunen und Fragen hatten sich nur in ihren Augen gespiegelt, wenn sie sich fest ansahen, dem anderen nie ausweichend, während ihre Körper eine eigene Sprache entwickelten.

Sie wird wissen, wer er ist. Es gibt keinen Grund für Erklärungen. Sie sind wortlos ehrlich miteinander. Sie müssen sich nicht erklären. Sie verstehen sich. Wenn sie den Kaffee in ihren Tassen getrunken haben, werden sie auseinander gehen, so wie sie sich gefunden haben. Eine Liebe, die nur eine Nacht hält. Und die man nie vergisst.

Was sie zu bereden hatten, war losgelöst von der Gegenwart gewesen. Erinnerungsstücke an einen Geruch aus einem anderen Leben. Ihres in irgendeinem polnischen Dorf, dessen Namen Falter vergessen hat. Von Eltern, Hunger und schlechtem Wetter hat sie erzählt. Von Hunden, die sie auf ihrem Hof hatten, buntscheckige Straßenköter, die kamen und gingen. Mit dem Zeigefinger ist sie über Falters Narbe am Unterarm gefahren, als könnte sie ihm verspätet den Trost spenden, den ihm seine Mutter nicht gab, als ihn dort der Spitz aus der Nachbarschaft gebissen hatte.

Sie haben nicht geredet, um sich kennen zu lernen. Vielleicht sind sie sich so vertraut, weil sie Übriggebliebene sind aus einem Spiel, das sie nicht angefangen haben. Falter kommt es vor wie ausradiert. Als habe diese zufällige Begegnung ausgereicht, den Dingen die Schwere zu nehmen. Er fühlt sich losgelöst. Voller Fragen zwar noch, aber die Antworten interessieren ihn nicht mehr wirklich. Er weiß es auch so. Dass sie es war, die ihren Mann auf dem Parkplatz zur Rede gestellt hat. Die immer geahnt hat, dass seine Leidenschaft nicht ihr gehörte, vielleicht weil sie mit einer solchen Leidenschaft um sie warb. Dass sie ihm gefolgt sein musste bis zum Treffpunkt mit Katja und sie daher wusste, dass Katja es war. Was sie gesehen hat?

Jetzt fragt er es doch. Sie zieht ihren Kopf von seiner Schulter fort und sieht ihn an. Es gibt kein Geheimnis zwischen ihnen. Sie sind sich in die Arme gelaufen wie Suchende, die ihre Last mit jemandem teilen wollen. Sie können sich nicht betrügen.

»Alles«, sagt sie. Das Entsetzen, das dieses Wort einmal ausgelöst haben muss, ist längst vergangen. Elena Schwaiger ist eine Frau ohne Illusion. Sie erlebt und überlebt. Als sie hierher gefahren sind, gestern, nach dem Wald, und Falter über die Betrachtung ihres Gesichts vergaß, worauf er sich einließ, da hatte er nach der Kunst ihres Mannes gesucht, nach seinen Spuren in ihren Zügen. Aber sie ist kein Mensch, der vertuscht.

»Er hat noch gelebt«, sagt sie. Das konnte sie nicht zulassen, nicht nach allem, was sie gesehen und gehört hatte. Sie hat ihm ein Ende gemacht.

Die Schuld allein Katja zu geben, sei nicht ihr Ziel gewesen. Aber als die Polizisten vor ihrer Tür standen mit der Nachricht, Konrad Schwaiger habe Katja vergewaltigt, da habe sie etwas tun müssen. Vergewaltigung sei das nicht gewesen.

Falter würde gern bei ihr bleiben und nicht über die Folgen

ihrer Worte nachdenken müssen. Aber von Bleiben war nie die Rede.

Sie trennen sich an der Haustür. Falter prägt sich ihr Bild ein, weil es kein Wiedersehen geben wird. Er geht durch die stillen Gonsenheimer Straßen mit ihren großen schönen Häusern bis zur Breiten Straße und steigt in einen Bus, von dem er hofft, dass er ihn in die Innenstadt bringt. Nichts ist mehr wichtig. Er fühlt sich fremd, wie an einen anderen Ort auf der Welt verpflanzt. Ausgesetzt. Ohne Bindung an alles Frühere. Sein Mund, seine Wangen sind wie mit Klebstoff fixiert. Das Vakuum, das er in sich spürt, zieht die Haut nach innen. Am Schillerplatz steigt er aus und hat zwei Möglichkeiten. Zu Ritzen in die Gerichtsmedizin oder zu Dotter ins Vinzenz-Krankenhaus. Eine Wahl ist so schlecht wie die andere, aber es fällt ihm kein besseres Mittel ein, um die Starre zu lösen. Er könnte Ritzen fragen, ob er eine Weile bei ihm wohnen will. Sie könnten harmlose Alltagsgespräche führen über den Transfer von Ritzens Habseligkeiten in Falters Haus. Sie könnten auch zu dritt wohnen. Erst mal. Solange auch Dotter nicht weiß, wohin.

Falter hält sich fest an der Idee, während er die Gaustraße hochgeht. Er schiebt in Gedanken Möbel von einem Zimmer zum anderen, streicht Wände neu und schmeißt Erinnerungen in einen Container. Er kostümiert seine Seele mit der Vorstellung einer unbeschwerten Männerwirtschaft, an deren Rändern Frauen nur als Trabanten existieren. Er muss sich ablenken von der Zeitluke, in der er die letzten vierundzwanzig Stunden verbracht hat und die ihren Sog unvermindert auf ihn ausübt. Er weiß, dass Elena Schwaiger zur selben Zeit unterwegs ist, Entscheidungen für ihr Leben zu treffen, die sie weit von ihm fortbringen. Sie hat ihm den Mord an ihrem Mann offenbart und es ihm überlassen, was er mit diesem Wissen anfängt. Jetzt ist es an ihm. Er kann Katja entlasten. An ihrer persönlichen Schuld würde das nichts ändern.

Schuld hatte jeder im Wald. Schwaiger hat sie mit dem Leben bezahlt, seine Frau mit der Vertreibung aus dem Paradies, das sie zu retten versuchte, indem sie Konrad Schwaigers Namen reinwaschen wollte. Aber sie ist Realistin. In Mainz gibt es für sie kein Weiterkommen, nach allem, was über ihren Mann bekannt geworden ist. Elena Schwaiger wird woanders überleben, und sie wird es gut machen, davon ist Falter überzeugt. Ob Ankenbach bei ihr sein wird? Falter hat nicht fragen wollen. Wissen schon. Sie hat ihn nur mit einem Satz erwähnt, zur Erklärung quasi, warum er Katjas Anwalt wurde. Um die Fäden in der Hand zu haben. Um Katja zu schaden. Sie bedauere das jetzt.

Nicht mal da, in diesem Augenblick, hat Falter Wut oder Empörung empfunden. Ihr Handeln schien ihm konsequent. Eine konsequente Umsetzung dessen, was sie für wahr hielt. Während Katja ihn belogen hat bis zum Schluss. Ein Kampf sei es gewesen, so hatte Elena Katjas und Schwaigers Zusammentreffen im Wald beschrieben. Ein Kampf um Liebe. Gebettelt habe Schwaiger, dass Katja mit ihm komme, aber sie habe ihre Macht genossen und gelacht, wie er überhaupt auf eine solche Idee komme. Macht, hatte Elena gesagt. Also immer noch, hatte Falter gedacht, immer noch das gleiche Muster. Irgendwann habe Schwaiger angefangen, Katja zu schlagen. Aus Wut, aus Verzweiflung, dann mit wachsendem Selbstbewusstsein. Wie hatte Elena diesen Prozess beschrieben? Als sei ein Schalter umgelegt worden und die Macht auf seine Seite gewandert. Katja habe sich gewehrt und dann scheinbar nachgegeben. Nie habe Schwaiger versucht, sie zu vergewaltigen. Nie.

Warum glaubt Falter ihr mehr als Katja? Vielleicht ist es seine innere Statistik, der Katjas Unwahrheiten zu viel zugemutet haben. Vielleicht hat diese letzte Lüge einfach zum Ermüdungsbruch seiner Geduld und Zuversicht geführt. Wenn er versucht, das warme, ockerfarbene Gefühl heraufzubeschwören, das Katja stets in ihm ausgelöst hat, dann bleibt seine Vorstellung von ihr nun kraftlos und kühl. Er sieht keine Farbe mehr, wenn er an sie denkt. Außer Weiß. Wässriges Weiß, wie beim Beißen in eine Salatgurke. Neutrales, bedeutungsloses Weiß, an dem die Erinnerung an frühere Farben abperlt. Weiß wie unbeschriebenes Papier, für das Falter keinen Text mehr hat. Es hätte ein neuer Anfang sein können, dieses Weiß, aber dafür fehlt ihm die Unschuld. Unter der sichtbaren Schicht liegt der Schmutz, der immer durchscheinen wird. Ihre gemeinsame Geschichte ist zu Ende erzählt.

Es tut nicht wirklich weh. Eigentlich ist Falter sogar froh. Er hat eine Entscheidung getroffen oder besser, eine Entscheidung hat ihn getroffen. Sie hat sich ihm in den Weg gestellt und ihn nicht vorbeigelassen, bis er sich und Katja zu Ende gedacht hat. Wer wartet, dem vergeht die Zeit nicht. Er hätte gewartet und gehofft, ohne zu wissen, worauf. Lieber gar nicht erst anfangen damit.

Erst als er die Pariser Straße erreicht, merkt er, dass er an seinen ursprünglichen Zielen vorbeigelaufen ist. Zur Umkehr hat er keine Lust. Dotter und Ritzen müssen warten. Er will nach Hause und sich einspinnen in den Kokon neuer Erkenntnis und Beschlüsse, um nach einer angemessenen Weile der Verpuppung irgendein Leben wieder aufnehmen zu können.

Bescheid geben muss er Ritzen und Dotter trotzdem. Sie werden gestern schon versucht haben, ihn zu erreichen, aber er hatte sich unerreichbar gemacht und das Handy ausgeschaltet, nachdem es mehrmals geklingelt hatte. Während er mit Elena Schwaiger untergetaucht war, sollte sie nichts voneinander ablenken, und Elena hatte es ihm nach einer Weile hartnäckiger Klingeltöne aus ihrer Handtasche und aus dem Wohnzimmer gleichgetan. Ein bisschen war es tatsächlich wie Untertauchen gewesen, weil sie alle Geräusche außer ihren eigenen wie unter Wasser ausgeknipst hatten. Die Ruhe und Ernsthaftigkeit ihres Zusammenseins ist noch in ihm gespeichert, und er empfindet den Lärm der Straße und der Flugzeuge, die mit gedrosselten Triebwerken auf Frankfurt zusteuern, als anstrengend und aufdringlich. Er schaltet sein Handy ein und sieht, dass Silvia Münster mehrfach versucht hat, ihn zu erreichen. Wo er stecke, fragt sie ungehalten auf seiner Mailbox. Es klingt dringend, also meldet er sich bei ihr, nachdem er vom Hauptstrom des Verkehrs abgebogen ist und über den Milchpfad nach Bretzenheim geht.

»Ankenbach ist weg«, sagt sie ohne Begrüßung oder Einleitung. Sie klingt betroffen und empört, als sei Ankenbach ein gemeinsamer Freund, der ohne ein Wort von ihnen gegangen ist. Falter wundert es nicht.

»Es gab noch zu wenig Beweise, dass er und Schwaiger zusammengearbeitet haben. Für U-Haft hat es nicht gereicht. Und jetzt ist er weg. Scheiße!«, brüllt sie.

»Gibt es Anhaltspunkte, wohin?«, fragt Falter, obwohl ihn Ankenbach nicht interessiert. Ihn interessiert nur die Frau seiner letzten Nacht, und es ist nicht ausgeschlossen, dass sie sich in Begleitung von Ankenbach befindet. Falter sieht sie in einem Flugzeug unterwegs nach irgendwo. Oder in einem Auto, das ohne Hindernis die Grenze nach Polen passiert. Er weiß nicht, warum, aber er will wissen, wo sie ist, wo sie sein wird, wenn er an sie denkt, irgendwann, damit er sie sich vorstellen kann. Ob sie in immer warmen Zonen mit kurzen Hosen durch die Straßen geht, ob sie am Ende der Welt, dort, wohin Falters Vorstellungskraft ihr nicht mehr folgen kann, am Meer steht und gelegentlich in seine Richtung sieht oder ob sie zurückgegangen ist zu ihren Ursprüngen, die einen nie loslassen, so sehr man sich auch maskiert. Der Platz neben ihr ist in Falters Gedanken unbesetzt, vielleicht weil er sich Ankenbach nicht vorstellen kann, weil er für ihn kein Gesicht hat. Wahrscheinlicher ist aber, dass Falter sie nur allein sehen will. Für ihn ist sie ein Alleinmensch, auch wenn sie sich anders gibt. Sie wird es noch selbst erkennen und nicht mehr um eine Liebe buhlen, die der Umworbene nicht verdient.

»Wir fahnden in alle Richtungen«, sagt Silvia Münster, aber sie klingt nicht sehr enthusiastisch. Sie wird wie Falter wissen, dass Ankenbach seinen Abgang gut geplant haben dürfte. Ankenbach ist ein Profi im Verschwinden. Daran hätten sie denken müssen.

Es kümmert ihn nicht mehr. Falter hat seine Antworten bekommen. Er versucht sich aus den Ereignissen herauszuschleichen, wie einer, der heimlich ein Zimmer verlassen will und rückwärts zur Tür geht, damit er bei Entdeckung so tun kann, als sei er nur zufällig in diesen Teil des Raums geraten, aber ansonsten voll bei der Sache. Er hofft, dass Silvia ihn gehen lässt.

»Warum wolltest du mich gestern sprechen?«, fragt sie. Er tut so, als wisse er nicht, was sie meint.

»Du hast gestern versucht, mich zu erreichen«, hakt sie nach.

Er könnte jetzt Klarheit schaffen und ihr von Elena Schwaiger berichten und dass nicht Katja es war, die den tödlichen Schlag getan hat. Er könnte sich gleich eingestehen, dass sein Rausschleichen nur misslingen kann, weil sich die Wahrheit wie ein Klebestreifen an ihn heften und ihn erst loslassen wird, wenn er sich zu ihr bekannt hat. Aber er ist noch nicht bereit. Nicht jetzt. Seine Entscheidung muss ihren Weg allein nach oben finden.

»Das sage ich dir später«, antwortet Falter nur.

Als er an seinem Haus ankommt, lässt sich die Haustür nicht öffnen wie sonst. Irgendetwas liegt davor und blockiert. Falter schiebt sich durch die Öffnung, die möglich ist, und stößt mit dem Fuß einen Koffer zur Seite, der mit anderen in der Diele steht. Aus dem Wohnzimmer kommt Musik. Falter steigt über das Gepäck und geht ihr nach. Auf der Schwelle liegt eine Krücke mit grauen Griffen. Ritzen sitzt halb liegend in einem Sessel, die Beine von sich gestreckt, und begrüßt Falter mit strahlendem Gesicht und winkender Hand. Auf dem Sofa hat sich Dotter ausgebreitet und eine faltenlose Decke über sich gelegt. Sie reicht ihm bis zu der beigefarbenen Halskrause, die er noch trägt und die wie eine übertriebene Fortsetzung seines Doppelkinns wirkt. Dotter und Ritzen tauschen Blicke und sehen dann erwartungsvoll zu Falter, der im Türrahmen lehnt.

»Willkommen bei den Lahmen und Bekloppten«, sagt Ritzen und zeigt auf seine Beine. Dotter bricht in sein Tischtennisballlachen aus und haut sich mit der flachen Hand auf den Kopf. Falter bückt sich nach der Krücke und stellt sie zu der anderen neben den Türrahmen.

»Ich dachte«, sagt Ritzen, »ich richte mich erst mal hier unten ein. Mit dem Treppensteigen wird es noch etwas dauern.«

»Und ich putze jede Woche«, sagt Dotter und hebt den Zeigefinger, um auch etwas beizutragen.

Falter verschränkt die Arme vor der Brust. Kurz bevor er in die Straße zu seinem Haus eingebogen war, hatte er noch einmal halbherzig die Möglichkeiten abgewogen, die ihm fürs Weiterleben blieben. Außer der Ahnung, dass er sich wieder im Alleinsein einrichten muss, waren keine konkreten Pläne dabei herausgekommen. Alles war unentschieden und offen gewesen.

»Dann ist ja alles klar«, sagt er jetzt.

KRIMI AUS RHEINHESSEN

Heidrun Immendorf
FALTERS SCHREI
Broschur, 176 Seiten
ISBN 3-89705-243-1

»Ein starkes Debüt: ›Falters Schrei‹ ist mehr als lesenswert.« Rhein-Zeitung

www.emons-verlag.de